KB033958

별말, 씀

별말, 씀

초판 1쇄 발행 2021년 11월 30일

지은이 | 글순희
펴낸이 | 정혜윤
본문 디자인 | 디자인 연우
펴낸곳 | SISO
주소 | 경기도 고양시 일산서구 일산로635번길 32-19
출판등록 | 2015년 01월 08일 제 2015-000007호
전화 | 031-915-6236
팩스 | 031-5171-2365
이메일 | siso@sisobooks.com

ISBN 979-11-89533-85-4 (03800)

별말, 씀

글순희 지음

siso

누군가의
반짝이는 눈빛으로
물**들어가는 말**이 되길

누군가의
하루하루 깊숙이
파고 **들어가는 말**이 되길

누군가에겐
읽을수록 점점 더
빠져 **들어가는 말**이 되길

누군가에겐
지친 하루에 쉼을
만**들어가는 말**이 되길

그렇게

누군가의 맘에 쏙
들어가는 말이 되길

別말' 씀

첫 번째　　　말, ＿＿＿＿＿＿ 씀

일상스럽게
쓰고
이상스럽게
쓰고

오늘 잘했어?

오! 늘 잘했어!

오늘도 잘했어요

"자잘한 일이야"
사소한 일에도

"자! 잘한 일이야"
칭찬해 주세요

오늘도 칭찬해요

일주일이란
단어는

일로 시작해서
일로 끝난다

일주일 내내 일, 일, 일

믿는
X끼에
발등
찍힌다

적은 항상 내부에

coffee

한 잔의 커피는
한 번의 휴식

커피 향기 속에서의 향기로운 쉼

전, 당신과 늘 함께하고 싶어요

전을 향한 막걸리의 고백

월
월
월
월
월

어김없이
주말 끝을
알리는
개소리

듣기 싫어, 주말 끝이라고 하지 마

'의류 수거함' 말고
'의류 수고함'이라
말해줘요

옷들아 수고했어

귀찮음이
도졌다

아니

귀찮음에
또 졌다

이길 수 없는 것인가, 이길 생각이 없는 것인가

파도

파도

끝이
없는

너의
매력

철썩 철썩, 파도를 멍하니 바라보다

DO not touch Korea,
DO not touch

대한민국 손대지 마,
손대지 말라고

길게 말하기 입 아프니까
딱 한 단어로 말한다

DOKDO

독도는 우리 땅

요즘 사람들에게
삶의 순위란

일이 최우선
이익이 먼저
삶은 그다음
사랑은 뒷전

순위에서 밀리는 나

street

우리의
거리는

나무가
있어야

비로소
완성됩니다

식목일에 씀

우리의
대화는 왜

소통으로
시작해서

소동으로
끝나는가

의견 조율한다면서 자기 말만

소셜미디어

누군가에겐

소셜미디어

sns에서 만든 또 다른 인생

인상적인 하루
보내시길

연봉협상을 앞둔 모든 직장인들에게

장난감

가격

짱, 난감

장난 아닌 장난감 가격

열정과 폐기 넘치는
우리의 야식 시간

열정적으로 먹은 만큼
쓰레기 한가득

잘 자야 잘 산다

나를
발전시키는
방법과

나를
방전시키는
방법은

언제부터
하나가 되었나

자기 계발인가, 자기 학대인가

필요할
때만
찾으면

필요한
사람
못 된다

그러다 혼자된다

업무 밀림
차가 밀림
등수 밀림
인파에 밀림
요금 밀림
승진 밀림
주문 밀림
숙제 밀림
계획 밀림

오늘도
우리는

밀림 속에서
헤매고 있네

밀리고 밀려, 시간에 떠밀려

나는 날마다 모든 면이 점점 더 좋아지고 있다

면 요리에 진심인 편

사공이 많아
배가 산으로
갈 땐,

NO로
방향을
바로 잡으면
됩니다

단호한 반대로 중심 잡기

너의 일주일은
월 화 수 목 금 토 일

나의 일주일은
월 화 수 목 금 토 일

주말 업무에 사라진 나의 주말

가정 안
에서도

노래방
에서도

가사분담은
확실하게

후렴은 내 꺼

정신통일

보다
힘든 것

점심통일

그냥 따로 먹어요

잘난 체

아는 체

있는 체

나이 먹고
체하면
약도 없어요

당신이 쓰는 폰트는 휴먼꼰대체

고양이
있는 사람이
되고 싶어요

아니

고양이
있는 사람이
되고 싶다고

집사가 되고 싶어

국민연금
연금저축
연금보험
연금복권
퇴직연금

이 모두를
창조해내는

연금술사가
되고파

노후 걱정보다 내일 걱정

옷장에서
옷 꺼내
입다가

복장
터지는 줄
알았네

살쪘네, 옷 터질 뻔

고졸을

거절로

읽으시네

말뿐인 블라인드 채용

씩씩하게
사는 거랑

씩씩대며
사는 거랑

구분을
못하시네

열정과 분노를 구분 못 하네

마음이
아플 땐

하루 한 정(情) 복용

마음을 치유해주는 건
사람의 정

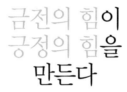

금전의 힘이
긍정의 힘을
만든다

돈은 천적이 없나 봐요

인기 가요**인가**

인기 강요**인가**

나의 플레이리스트는
차트에 없어

가만히
있으면
중간은
간다던데

가만히
있으니
시간만
가던데요

우물쭈물하다 또 지나갔네

경험담에서

경(敬 공경)이
사라지면

험담이 된다

✥

존중이 사라지면 뒷담화가 된다

sns를 열다

한글 자판으로 치면

눈을 열다

sns가 언제부터
세상을 보는 눈이 되었을까

말은 할수록
생각이 없어지고

글은 쓸수록
생각이 많아진다

생각은 글로 정리해요

같은 말
다른 뜻

금요일 밤
"자기 싫다"

일요일 밤
"자기 싫다"

각각의 이유로 잠 못 이루는 밤

수치를 보니
수치스럽네

건강검진결과

월급이 왔어요

신발을 사요
가방을 사요
향수도 사요
치킨도 사요
이것도 사요
저것도 사요

이번 달
내 월급이여

짧은 만남을
뒤로하고

사요나라

월급은 통장을 스칠 뿐

53

공 들인 탑은
무너질 수 있다

하지만

돈 들인 TOP은
무너지지 않지

돈만으로 최고가 될 순 없지만,
돈 있으면 최고가 되기 쉽지

풀만
먹었는데
살쪘다는
그대

풀을
FULL로
먹어대서
그래

코끼리도 풀만 먹는다

잊지 않고
축하해준

생일

이 말을
이 날을

거꾸로
되돌아보니

일생

잊지 못할
기억들만

생일 축하, 고마워요

고생 끝에
낙⋯⋯ 다운

☆

야근 끝에 쓰러짐

일한 만큼

정당하게
받질 못하니

받는 만큼

적당하게
일할 수밖에

열정도 받는 만큼 나옵니다

매주 꿈 속에서
인생 역전하고

매주 꿈 깨보니
인생 여전하고

이번 주도 낙첨

개미의
꿈인가

그냥

개
꿈인가

상한가 길만 걸어요

무리 없이
보낸
하루였는데

마무리 없이
보낸
하루 같아요

나를 괴롭히지 않으면
시간을 낭비한 것 같아요

내일은 해가 뜬다

노래가

내일은 회사 뜬다

로 들렸다

♔

사직서는 항상 준비되어 있다

듣던 중 반가운

소식(小食)
이로군

치킨은 한 마리, 일행은 다이어트 중

명절마다
특집이
풍성했는데

이젠

명절마다
트집만
풍성하구나

잔소리의 유료화가 필요해

수단 가리지 말고
일한다고 했지

수당 가리지 말고
일한다고 한적

없는데

열정도 유료화가 필요해

비울수록

채워지는

행복

장바구니 비움, 행복 시작… 아니 배송 시작

티끌
모아서
태산

만들려고
하니

모을
걱정이
태산

티끌 모아 태산 가능, 수억 년만 있으면

여보세요?
여보세요?
여보세요?
여보세요?
여보세요?
연봉 세요?

이직철 우리는 24시간 통화 중

일상에 지친
나에게
필요한 것

쉼, 기일전

다시 일어서기 위해선 쉼이 필요해

고향까지
왔다갔다

정신까지
왔다갔다

험난한 명절 귀성길

괜찮아
다 살 될 거야

오늘도 먹느라 고생한 나에게,
괜찮아 다 잘될 거야
아, 아니 다 살 될 거야

조심
했는데

소심
했다고

하시네

조심성이 많은 것뿐이야

야근
하면서

요기나
좀 하고
해라

저는

욕이나
좀 하고
할게요

야근… 이… 쓰…

셀카

고르다
이 밤을

샐까

∩

내가 이렇게 생겼을 리가 없어

백성은
국법으로
다스리고

배 속은
국밥으로
다스려라

국밥빌런이 나타났다

주말
계획들로

수만 가지
꿈을 꾸고

하지만

이번 주도

이불 속에서
꿈만 꾸고

주말에 만나! 꿈속에서

자비를
베풀어
주세요

아니

사비를
베풀어
달라고

동정할 거면 돈으로

나의 일상이
달라지면

나의 인상이
달라져요

내 하루가 내 표정을 만든다

머릿속이
복잡할 땐

산
책
이

상
책
이
지

답답할 땐, 무작정 걸어봅니다

한 뼘쯤 되는
장난감을 꼭 쥐고
온 동네를 누비며

드넓은 우주를
꿈꾸곤 했다

한 뼘도 안 되는
지옥철 빈 공간에
온몸을 구겨 넣고

더 넓은 평수를
꿈꾸고 있다

몸은 커졌는데, 꿈은 작아졌어

내가 잘했을 땐

모두가
손으로
박수치고

내가 못했을 땐

그놈만
속으로
박수친다

박수칠 때 못 떠난다, 더 열심히 해주마

나 같은
상관없지?

그래

너 같은 건
상관없지

눈치 없는 상사님아

직업엔
귀천이
없다드만

귀가도
없네

☆

밤인데 회사니? 왜 사니

朝는 아침이다

영혼 없이
인사들은
좋은 아침

정신없이
앉아서는
조는 아침

내 정신은 이불 속에 있어

내 기쁨을
나누면

배가 되고

네 기쁨을
나누면

배가 아파

쿨하지 못해 미안해

모두와
잘 지내는
방법은

모두와
잘 지내려
하지 않는
것이다

관계에 욕심을 내면 꼭 탈이 난다

선을 지키고
선을 긋고

살다 보면

선한 사람이
될 수 있을까

인간관계에도 안전거리가 필요해

오늘 도망쳤다

오늘도 망쳤다

피하면 더 꼬일 뿐

이 짓도
못 해 먹겠고

이직도
못 해 먹겠다

퇴사도 이직도 쉽지 않네요

기를 쓰고
일하는 사람이

아니라

귀를 쓰고
일하는 사람이

최고가 되는 법

일 잘하고 싶다면 잘 듣기

육신과 영혼이
하나가 된

인간으로
태어나

육식과 영혼이
하나가 된

인생을
사는 중

오늘도 고기 먹어야지

나 보기가
역겨워
가실 때에는

가시는
걸음걸음
놓인

은행열매

사뿐히

지뢰 밟고
가시옵소서

은행 지뢰

기본에
충실해야
하는데

기분에
충실하고
있었네

기분이 태도가 되지 않도록

저염식으로
몸을 아낄 것인가

저렴식으로
돈을 아낄 것인가

맛있고 건강하면서 싼 음식은 없어

인류는
지구
역사상

최고의
종으로

진화해

월급의
종으로

노화 중

월급의 노예

잠재력을
본다면서

재력만
보고 있네

경제력을 잠재력으로 생각하는 건가

엄마가
그러는데

남자는
나이를 먹어도
행동이 뻔하대

남자가
무슨 생각을
하든지

엄마 눈엔 다
BOY 니까

남자는 엄마 앞에선 영원히 소년

도 레 미 파 솔 라 시

한쪽의 소리만

울려 퍼지는

중간의 소리는

들리지 않는

그래서

도시

세상에는 사람 수만큼의

생각이 존재하는데

세상은 둘로만 나누려고 해

그땐
서툴러서

이젠
서둘러서

실수의 원인

HAPPY

요즘 우리
행복을
앱에서
찾고 있네

요즘 우리의 희로애락은
스마트폰에 있다

거짓말을 쏟아내고
그것을 덮기 위해
거짓말을 쏟아내고
그것을 덮기 위해
거짓말을 쏟아내고
그것을 덮기 위해
거짓말을 쏟아내고
그럼에도 덮지 못해
거친말을 쏟아내고

거짓말은 거짓말을 낳는다

선택받고
싶다면
직함달고
오시길

정직함
묵직함
우직함
강직함

선거철, 이런 후보를 찾습니다

세 살 식탐
뱃살까지

오늘의 식탐이 내일의 살로

마음이 열리면
귀가 열리고

뚜껑이 열리면
입이 열린다

좋아하면 듣고 싶고,

싫어하면 퍼붓고 싶고

새 신을
신고
뛰어볼까

팔짝

가격이
하늘까지
닿겠네

새 신을 신고 발걸음은 가볍게,
지갑은 더 가볍게

밤하늘
별자리는

내 두 눈을
빛나게 하고

오늘의
별자리는

내 하루를
소심케 하네

불확실한 하루하루
운세에 의지해 살아봅니다

무슨
일이든

섣불리
하게
되면

무슨
일이든

불리
하게
된다

급할수록 차근차근

친절친절

친절이
이어지면

절친이
되는구나

친해지고 싶으면 친절하게 다가가요

친구란

내 말에
장단을
맞춰주는
사람이 아니라

나만의
장단점을
맞춰주는
사람입니다

친구란 그런 것

"돈 많이 벌면"
"바쁜 일 끝나면"
"어른만 되면"
"형편 나아지면"
"취업만 하면"

만약이라는

가정이
눈앞의
가정을

가리고 있진
않은지요

나중 말고 지금, 가족과 함께 하세요

경차를
보여주면

격차를
보여주고

싶은가 봐

경차 무시하지 마

행복은
나눌수록
커진데!

나눠보니
거진데?

당신이 이룬 거야, 당신만 누려

우리는
보고 싶다

정의란 무엇인지

하지만
보고 있네

정이란 무엇인지

학연, 지연이 실력이 되는 세상

욕은

악한 사람이
아니라

약한 사람이
하는 것

욕, 자신의 약함을 감추기 위한 것

감나무
밑에서

감 떨어지기만

기다리다가

감 떨어졌네요

요행만 바라보고 있으면
있던 실력마저 떨어집니다

좋은 성품을
갖기 위해
노력한다면서

좋은 상품을
갖기 위해
노력하고 있네

비싼 명품이
내 가치를 높여주진 않는다

못하는
소리가
없네

못 하는
Sorry는
많으면서

변명보다 사과 먼저

국회는
재석 과반수가
넘어야

하지만

예능은
재석 한 명이면
됩니다

대한민국 유일무이한 쇼맨, 유재석

Maybe Happy

5월, 가족과
함께라면

어쩌면
한 달 내내
행복할지도 몰라

5월 아니, 365일 가족과 행복하시기만 하세요

악으로
버티던
나인데

이젠

약으로
버티는
나이네

밥 먹을 시간은 깜빡해도
약 먹을 시간은 빠짐없이

청정당당
코리아를
꿈꿉니다

미세먼지 없는 대한민국을 꿈꿉니다

이쯤
되면

이제

수정이냐
주정이냐

진짜레알제발마지막최종수정컨펌final2222222re.pdf

하나만 봐도
열을 아는
사람이 있고

하나만 봐도
열 받는
놈이 있다

싫은 사람은 뭘 해도 미워

지렁이도
밟으면
꿈틀한다

하지만

밟은 놈은
꿈쩍도
안한다

갑이 무심코 던진 돌,
을은 죽을힘을 다해 피한다

달콤한
후식엔

달콤한
휴식을

밥 먹고 꿀잠

공간이
부족한
걸까요

공감이
부족한
거예요

공공장소 자리 잡기

비출산

비결혼

비연애

살기 위해
선택한
인생 플랜비

살기 위해 포기하는 겁니다

강한 사람은

강한 적 앞에서
강한 척 안한다

드러내지 않아도 강함

아는 일도
묻어가라

나서지 말자

불같이 매운맛도
견디는 위

술을 들이부어도
멀쩡한 간

끝없는 야식에도
편안한 대장

이것이야말로

최고의
장기 자랑

내 몸아 미안해

산신령은
말했어요

금도끼
주겠네

직장인은
말했어요

금토일
주세염

일주일이 금토일 3일이면 좋겠어

남의 떡은
커 보이고

남의 땀은
안 보인다

성과만 부러워 말고
그 사람의 노력을 보도록

성실성실성실성실성실성실성

빈틈없이 성실하게만 살다간
정신없이 실성할 것만 같아요

가끔은 게을러도 괜찮아

금 토 일 WALL 화 수 목

주말의 흥을 가로막는
월요일이란 거대한 벽

일요일 밤만 되면 큰 벽에 막힌 기분

나는

겨우!

해냈는데

너는

겨우?

라고 하네

안 해

오늘도
끝나가네요

라는 말보단

오늘도
끝내줬어요

라는 응원을

당신의 하루하루를 응원합니다

미안 해지는
감사 해지는
소중 해지는
따뜻 해지는

그렇게

해 지는
12월31일

감사함으로 한 해를 마무리하기

두 번째 　말, _____ 씀

나랑 너랑
사랑 씀

"응원하고 있어, 너를"

이렇게
말하곤 했지만

사실

"응… 원하고 있어, 너를"

이렇게
말하고 싶었어

네가 잘됐으면 좋겠어
내가 정말 좋아하는 네가

너에게 하고 싶은

말들이
10,000개

널 보면
머리가 하얘져서

미소만
만개

널 보면 웃음만 나와

아직
1이 있다는 건

맘이
1도 없다는 것

카톡 안 읽음

여기로
나와 볼래요?

반가운
저 푸른 하늘

혼자 보기
아까워요

여기서
나와… 볼래요?

널 만나기 위한 핑계를 찾았네

최고죠

네 한마디에
내 심박수는

최고조

너만 보면 심장이 열일

넘치는
기쁨에

'꿈인지 생시인지'

분간 못하는
새신랑이
내뱉은 말

"꿈인지 색시인지"

신부는 세상에서 가장 아름다운,
신랑은 세상에서 가장 행복한

그대가

오기로
한 것도
아닌데

오기로
기다려
봅니다

한순간 우연을 위한 한없는 기다림

어디든
가 줄게요

너에게
나 줄게요

뭐든지
다 줄게요

사랑의 가나다

그대에게
첫눈에 반했던

그때에도
첫눈이 내렸다

그대가 눈처럼 내게 왔던 날

애정을
확인하고
싶은데

액정만
확인하고
있어요

연인과 대화 중엔 폰 내려놓기

부러우면
지는 거야

저 봄꽃들도
부러운지
꽃비 내리며
지고 있잖아

봄꽃들도 연인들이 부러운가 봐

아! 내가 최고지!

그렇게나
멋진 자신감으로
살던 그 남자

아내가 최고지!

이렇게나
멋진 신랑감으로
살겠답니다

아내에겐 남편이 최고

모질지
못하다며

나에게
여린 마음이라
했지만

너에게
열린 마음이었을
뿐이야

좋아했을 뿐이야

153

두 번째 말, 씀

너의 손을
잡을 수가 없는데

내 마음을
잡을 수가 있을까

너를 만나지 못해
무엇도 손에 잡히지 않던 날

154

너에게
낚인 건가

이조차
낙인건가

어장 속의 나

너에게
연락할 땐

용건이
있을 때가

아니라

용기가
있을 때다

너에게 연락하려면
엄청난 용기가 필요해

그대가 날
부르면

내 마음은
구름이 되어

몽실몽실
두둥실 떠올라

오늘은

어떤 모양으로
두둥실
너를 따라갈까

파란 하늘, 하얀 구름 그리고 너

기억을
지울 수밖에

마음을
비울 수밖에

그러나

무엇도
할 수 없기에

그냥
울 수밖에

헤어지고 나서, 울기만 했어

톡하는
사이와

통하는
사이는

다른 거예요

많이
다른 거예요

톡만으론 다가설 수 없어요

옷이
날개네요

아껴둔
새 옷을 입고

그대를
만나러 가는 길

기분이

훨훨

날아갈 것
같아요

♪♫

너에게 예쁘게 보이려고 새 옷 샀어

그 사람을
아끼고
있다면

그 마음을
아끼지
말아요

아낌없이 마음을 보여주세요

잠겨진
내 마음

너의

연락
한 번에
연락

너의 말 한마디에 얼었던 마음이 사르르

최고의
이벤트는

최고의
이 멘트로

사랑해

그때에는
미처 알지 못했지

아니

그대에게
미쳐 알지 못했지

내가 얼마나 멋진 사람인지

내가
네 곁에서

영원한
반쪽이길

네가
내 곁에서

영원히
반짝이길

영원히 빛나게 해줄게

fall in love

'사랑에 빠졌어'
이 말에는

'모든 걸 줄 수 있어'
이 맘이 숨어있지

내 모든 걸 걸고 사랑해

나의 맘은

그대에게
빠져 있었는데

사람들은

나사 하나
빠져 있었대

사랑이 사람을 바보로 만들어

그때의 난

오르지
못할 나무를
봤던 걸까

오로지
못난 나만을
봤던 걸까

짝사랑

그대가

나에게
손길을 건네요

그 순간

그대와
꽃길을 걷네요

그대와 함께라면 어디든 꽃길

마음 힘들게
다 정한 건데

넌 왜 이렇게
다정한 건데

마음 흔들지 마

애 키우기
힘든 세상입니다

愛 키우기도
힘든 세상입니다

사랑도 마음만으로 하기 힘든 시대

두 사람의
혼수 준비에

사람들은
훈수 준비를

그리고

두 사람은
혼술 준비 중

축하와 응원만 해주세요

사랑하고
싶은 사람을
찾는 걸까

자랑하고
싶은 사람을
찾는 걸까

남에게 보여주기 위한 연애

당신의 마음과
연결이 되지 않아
삐ㅡ소리 후
눈물샘으로
연결됩니다

차마 전하지 못한 마지막 말을
눈물로 쏟아내다

한없이 미뤘다

그래서

한없이 미웠다

사랑은 타이밍

당신만을
생각한 사람이 되고 싶어요
당신만을
연구한 사람이 되고 싶어요
당신만을
걱정한 사람이 되고 싶어요
당신만을
좋아한 사람이 되고 싶어요
당신만을
허락한 사람이 되고 싶어요

그래요

당신만의
한 사람이 되고 싶어요

너에게 하나의 존재가 되어

망상

그 끝은
언제나

마상

♂

짝사랑러들의 상상력

너를 만나러
달려가는 길

가쁜 숨소리
대신

기쁜 숨소리
만이

귓가에 맴돌아

너에게 달려가는 건, 하나도 안 힘들어

어떤 것도

나에게
기대하지 않는

너에게
기대고만 싶은

어떤 날

묵묵히 옆을 지켜주는 너

너에게
묻고 싶은 게
많았는데

가슴에
묻어 버리고
살고 있네

끝내 너에게 전하지 못한 말

너의 마음은

닿으려 해도
닿을 수 없는

저 달빛
같았는데

나의 마음은

닫으려 해도
닫을 수 없는

광고창
같았을까

너에게 내 마음은
그저 귀찮은 스팸 문자 같았을까

너와의
계정을
삭제해버린

그 순간

너와의
계절도
삭제되었다

이별, 그리고 추억 지우기

밥
한 번
먹어요

이 한마디
하기 위해

맘
수천 번
먹어요

말 한마디 하려고 종일 고민했어

내 마음
편지에 가득
적어요

다시 또 적어요

한 번 더 적어요

그렇게
한없이

적고 또 적어도

내 마음
담기엔 너무
적어요

하루 종일 쓰고 또 써도 쓸 말이 남았어

185

너무 행!

귀엽게 삐진
연인의 말을
자연스럽게
완성해 봐요

너무 행복해!

진짜 화났을 때 하면 큰일 나요

너는 한창
물이 올랐고

나는 라면
물을 올리고

불금인데 지금 어디니,
왜 전화를 안 받니

그 사람의
마지막 말을

아직도 외우세요?

그런데

아직도 왜 우세요?

너의 마지막 말을 잊을 수 없어

evolution의
약어

evol

이 단어를
반대편에서 보면

love

사랑이 성장하는 순간은
사랑하는 순간

좋아하는 사람
있냐고 물었을 때

난

No라고
말했었지

사실

너라고
말한 건데

용기 낼 수 없는 그 마음, 이해합니다

이 목걸이를
걸어 줄게요

그리고

내겐

그대 인생을
걸어 줄래요?

모든 걸 걸고 약속해

결혼,
사랑의 무덤
이란 말보다

결혼,
사랑이 무덤덤
이란 말이

더 무서워요

오랜 결혼 생활에도 늘 설렐 수 있길

사랑은

시작하는 것이
아니라
시작해 있는 것

끝나는 것이
아니라
끝나 있는 것

사랑은 나도 모르게 진행되는 것

아쉽지
않도록

헤어짐을
준비하는 것

아… 쉽지
않네요

준비된 헤어짐에도
준비되지 않는 이 마음

몇 개의
나이테가
쌓여야

너를 위한
그늘이 될 수
있을까

너를 위해 성장할 거야

침묵이 어색해
쉼 없이 대화하던
그때 우리

대화가 어색해
한없이 침묵하는
지금 우리

무슨 말이든 너에게 해주고 싶었는데
이젠 무슨 말이든 듣기 싫어진 걸까

전, 화해하고 싶었어요

그래서

전화해! 하고 싶었어요

진심은 톡 말고 전화로

사랑,

나를
아프게 했던

열병이었고

남을
힘들게 했던

염병이었다

♪♫

민폐 커플은 되지 맙시다

당신의 이별이
힘든 건

당신의 사랑이
끝나서가 아니라

당신의 사랑만
끝나지 않아서이다

관계는 끝났지만 사랑은 끝나지 않았어

세 번째   말, _____ 씀

인생은
쓰니까
인생을
쓰니까

맨날천날 같은 하루라도
맨날 첫날 같은 마음으로
살 수 있다면

첫날의 두근거림 기억하기

이제서야
알았어요

이제, 서야
한다는 걸

꿈을 포기하는 용기

전진전진전진전진전진전진

무작정
한발씩
전진하다 보면

어느새
조금씩
진전되기도 해

슬럼프라면

자신 있게
No
합시다

그리고

자신 있게
No.1
합시다

아닌 건 아니라고 말해도 됩니다

꿈,

현실을
뒤집어 보면

가끔

실현
되기도 해

생각을 바꾸면 길이 보인다

But, You can't

세상은 당신에게
할 수 없다 말하고

벗, You can

당신의 벗은 당신이
할 수 있다 믿는다

친구라면 끝까지 응원해주세요, 믿어주세요

진짜 뛰어난 리더는

"난 뛰어난 리더니까"

자만하지 않아요

"난 뛰어, 난 리더니까"

앞장서 행동하죠

리더라면 말보다 행동

당연하다는 듯
모두가 말했다

이건 상식

누군가

청개구리처럼
거꾸로 말했다

이건 식상

낡음과 새로움 사이에서의 줄다리기

될놈될
안될안

이 줄임말을
난 이렇게
생각하렵니다

될 놈은 될 대로 되라지
안될 놈도 안 될 거 없잖아

고민 말고 일단 해봅시다

집값 내랴 밥값 쓰랴 팍팍해서

혼자 남은 텅 빈 방이 외로워서

의지할 데 하나 없는 곳이라서

남들보다 뒤처질까 불안해서

이 악물고 잘 사는 척 해야 해서

그래서
울고 싶은
이 도시의 삶

서울 살이

사람은

타고
나는 거야

그래

꿈을 타고
높이 나는 거야

분명 날아오를 기회가 올 거야

타인의 눈을
의식하게 되면

자신의 눈을
의심하게 돼요

다른 사람 신경 쓰지 마

내 감정에 무너지면
내 강점도 무너진다

흔들리는 감정에도 흔들림 없이 나아갈 수 있도록

나의 결점에
나의 결정이
흔들리지 않기를

약점은 없애는 것이 아니라 극복하는 것

가장 작지만
가장 큰 단어

가능성

당신의 잠재력은 그 무엇보다 어마어마하다

완전해지고 싶다면
안전해지고 싶다는
생각을 버려야 한다

어차피 모험입니다

최선을 다했지만 실패하고
다시 실패하고 그렇게
하루 또 하루, 일 년 또 일 년
이루 다 헤아릴 수 없을 만큼
수많은 날이 지나고
인생을 자세히 돌아보면

결국
세 음절만 남게 될 거예요

결국 이루다

형식에
얽매이지 말자는
생각이
또 다른 형식을
만들고

혁신에
얽매이지 말자는
생각이
또 다른 혁신을
만든다

새로워야 한다는 진부한 다짐

진정한
긍정은

"잘 될 거야!"

보다

"잘 된 거야!"

막연한 기대보단 후회 없는 삶을

시련

끝에

실현

언젠가는 이룰 것이란 믿음으로

결과보다

과정이
중요해

때론

과장도
중요해

열심히 한 만큼 맘껏 자랑해도 됩니다

복잡한
세상

단순하게
삽시다

단, 순하게
살지는
맙시다

세상살이, 심플하게 그리고 굳세게

1st 2nd 3rd 4th 5th 6th 7th 8th 9th

그리고

youth

청춘, 당신 차례입니다

세상이란 무대, 청춘에게 오를 기회를

청춘은
미완성

그래서
美완성

완성되지 않아서
그래서 아름다운 청춘

매일
매일

수많은
다짐들

이제는
다 짐들

다짐만 하다간 다 짐

SMALL

작은 힘,
하지만
모든 것이
가능한 힘

아직 작다는 건, 앞으로 무엇이든 가능하다는 것

인생은
방향이다

나에겐
방황이다

인생, 어디로 가야 할지 안내해주세요

내 인생에
빽은 없어도

내 전진에
BACK은 없다

가진 게 많지 않다고
물러설 순 없다

어른이 되니
알아서 척척
해야 할 것들이
너무 많아요

쿨한 척
좋은 척
모른 척
아는 척
있는 척
없는 척
괜찮은 척

그리고

어른인 척

척척박사 어른이 되었네

233

한참을 걷다가

문득

이 길이 이렇게
먼가 싶어

앞을 봤다

이 길은 도대체
뭔가 싶어

그만

주저앉아버렸다

멀고 먼 길 위에서 길을 잃다

음식의
단짠
덕분에
입맛 나죠?

난

인생의
단짝
덕분에
살맛나요!

든든한 친구 한 명만 있어도
행복한 삶이다

"현실적으로"
라는 말버릇이

내 꿈을

"비현실적으로"
만들고 있었다

아직 현실에 없으니까 꿈인 거야

인생은 늘

변수가 있기에
걱정되지만

별수가 없기에
인정하지만

인생은 계획대로 되는 법이 없지

나는 늘

앞서가지
못 할까 봐

안달이네

아니

앞서가지
못하면서

안 달리네

잘 하고 싶은 만큼 열심히 하고 있나요?

한 자리에
고정돼 있다는 건

한 자리에서
고장 나 있다는 것

멈춰 있으면 녹슬기 마련

모두가

나이대로
살고 있지

하지만

나, 이대로
살고 싶어

나이에 맞춰 숙제하듯 살고 싶지 않아

뱁새는 황새를

쫓아가려다
가랑이가
찢어졌고

쫓아갈 수도
없는 현실
앞에서

가슴이
찢어졌다

세상은 뱁새에게 꿈도 꾸지 말라고 한다

우물을
파도

한 우물만
판 끝에

우물 안
개구리가
되었네

하나만 잘해선 성공하기 힘든 시대

양보다 질로
승부하는 것이
중요하지

질보다 양으로
시도하는 것은
더 중요하지

수많은 연습이 단 한 번의 도전으로

강력한
동기엔

강력한
독기가

필요해

꿈을 위해 독한 마음먹기

인생,
멀리서 보면
희극이라지만

내 인생,
내가 멀리서
볼 수가 없네

그래서 자기 인생은 늘 비극

그 쥐는

쥐구멍
볕 들 날이

아니라

쥐구멍
뜰 날을

기다렸을
텐데

더 큰 세상을 꿈꿨을 거야

수천 번의
연습이

단 한 번의
역습을

만든다

그리고 수많은 역습이 단 한 번의 성공으로

여전히
제자리인
걸까요

여기가
제 자리인
걸까요

정체된 내 정체성

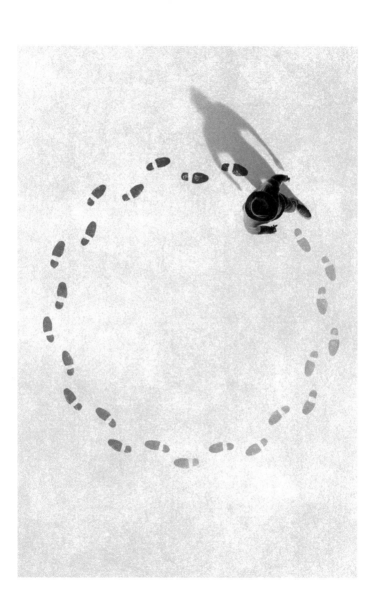

오랫동안
꿈을
그리다 보면

마침내

그 꿈은
그림의 떡

꿈을 그저 바라만 보면
꿈은 그냥 꿈으로만 남는다

간발의 차이로
이긴 것처럼

보이지만

간밤의 차이로
이긴 것이다

작은 차이 뒤에 숨은 엄청난 노력

창조란

무에서 유를
만드는 것이
아니라

유에서 NEW를
만드는 것

창조란 기존의 것에서
새로운 가치를 발견하는 과정

고개를 숙여
남을
존중하는 만큼

고개를 들어
나를
존중해야 한다

겸손하게 그리고 자신있게

뛰는 놈 위에
나는 놈도

날 때까지
죽어라
뛰었을 뿐

뛰는 놈도 뛰기 전에
뛸 준비를 열심히 했을 뿐

과거의 실패를
바로 잡는 방법은

과거로
돌아가는 것이
아니다

과거를
돌아보지 않는
것이다

그리고 미래를 만드는 것이다

걱정이
쌓여도

살다 보니
살아지더라

걱정이
쌓여도

살다 보니
사라지더라

정신없이 살다 보니 걱정도 흐려지네요

누구에게
걸어야 할지

내 손은 폰 위에서
길을 잃고

어딜 향해
걸어야 할지

내 발도 길 위에서
길을 잃고 마는

그런 순간이 있다

손도, 발도, 마음도 길을 잃어버렸네

인생의
서론이
끝났다

그리고
서른이
되었다

서른, 인생의 본론이 시작되는 나이

시작과 끝
사이엔
진화를

끝과 시작
사이엔
변화를

시작과 끝, 끝과 시작,
어느 사이에서도 쉴 수 없는 우리

쉼 없이
걸어왔던

천 리 길도

한 걸음으로
시작되었지

그런데 넌

한 걸음으로
끝나더구나

각자의 시작점은 달라,
세상은 공평하게 불공평하니까

선부른
짐작은

인생의
짐작이
될 뿐

쓸데없는 걱정과 기대로
시간 낭비 금지

쓰러짐 없이

똑바로
걸어가는 게
중요해

쓰러짐에도

또 바로
걸어가는 건
더 중요해

다시 일어나 내 갈 길 묵묵히

당신이

빗나간 길을

가고 있단
모두의 예상이

빗나가 길

당신의 인생이
누구보다

빛나지 길

보란 듯이 당신의 꿈을 이루길

시작은
미약하나

끝은
창대하리라

라는 말이
통하지 않는 시대

그래도

끝까지
상대하리라

끝까지 해봅시다, 혹시 모르잖아요

누구에게도
짐이 되려
하지 않고

결국엔

누구에게도
힘이 되지
못하는

그렇게 그 누구의 맘도 얻지 못하는

나 혼자
뒤떨어지진
않는지

현실과
동떨어지진
않는지

**마음은
조급해져만
가는데**

발길은
왜 떨어지지
않는지

맞는 길을 가고 있는 건지

천만번을 해도
재미있게 하는

사람을
천재라
부른다

즐기는 것이 재능이다

세상은
당신에게
말했어

"전망 없음"

당신은
그럼에도
웃었어

"절망 없음"

세상의 비웃음을 웃어넘겨버려

"힘 내…"

말 끝까지 해야죠

"힘 내가 줄게"

내가 힘이 되어 줄게

슬플 땐

이 슬픔이
언제까지
계속될지
두렵고

행복할 땐

이 행복이
언제까지
계속될지
두렵고

막연한 두려움에
소중한 지금 이 순간이 흔들리고 있나요

271

진정성이란
단어엔

정성이 가득
담겨 있구나

삶에 진심이라면,
모든 행동에 정성이 깃든다

세상의 사계절은

spring, summer, fall
그리고 winter

당신의 사계절은

spring, summer, fall
그리고 winner

1년이란 시간을 버텨낸 모두가 승자

제 발길이
이어지는

곳마다

제발 길이
이어지길

인생의 길을 열어주세요

한 남자를 위한 천사에서

한 아이를 위한 전사로

위대한 그 이름, 어머니

그 겨울밤

힘겨운 하루를 보낸
차가운 숨소리에

두 눈 질끈 감고
잘 자는 척하곤 했다

이 겨울밤

차가운 전화기 너머
반가운 잔소리에

두 눈 질끈 감고
잘 사는 척하고 있다

부모님의 소리는 언제나 따뜻했다

당신이
용기내서
건넨

소주 한 잔
이었다

무엇도
대신할 수
없는

소중한 잔
이었다

아버지가 건넨 술 한 잔

우리는 잘 안다

노력해도
모두 가질 순
없다는 걸

우리는 믿는다

노력하면
모두가 질 순
없다는 걸

나보다 우리를 위해

행복을 찾기 위해

자주 위를 봐?

찾기 어렵다면

자, 주위를 봐!

행복, 생각보다 가까이 있다는 말. 진짜야

열 번 찍어
안 넘어가는
나무가 없다

그런데

열 번 찍을
독기가 없다

열 번 아니 백 번, 천 번
찍어보겠다는 마음으로

열정을
다한 순간

결정은
단 한순간

중요한 승부를 앞둔 모두, 파이팅

세 번째 말, 쏨

Game Over

줄여서

GO

실패? 다시 시작하면 됩니다

나는 지금
막다른 길로
가는 걸까

아냐

나는 그저
다른 길로
가는 거야

남들과 조금 다른 길을 가는 것뿐이야

인생이 뭔지
대답할 순 없지만

인생이 뭐든
대답할 수 있도록

인생, 답은 없어요.
가야 할 길이 있을 뿐

마지막!

거꾸로
생각해
봅시다

막지마!

끝을 새로운 시작으로 만드는 용기

end

이 책이
끝날 때쯤

우린
친구가
되어 있겠죠

friend

글순희의 글을
시작하게 한 혁에게

글순희의 이름을
있게 한 가람에게

그리고

귀한 시간 내어
함께 해준 당신께

무한한 감사를 보내며

이 책으로 만난
당신과의 인연이

END가 아닌 AND가 되길

교육감 선거

교육이 망가지는 이유

교육감 선거

교육이 망가지는 이유

박융수 지음

2018년 3월 16일, 필자는 8년 남은 공무원 정년을 과감히 내던
지며 인천교육청에서 29년 공직생활을 마감했다. 세칭 철밥통, 그
것도 고위공무원직을 버린다는 것은 개인적으로나 가족들 처지에
서도 쉬운 결정은 아니었다. 그 공직 사퇴는 인천교육감 선거에
출마하기 위해서였고, 3월 19일 인천선거관리위원회에 직접 가서
인천교육감 예비후보자로 등록했다. 그 이후 60여 일 동안 미답의
길을, 그리고 예상치보다 훨씬 세게 선거라는 괴물을 경험했다. 배
움과 깨달음, 그리고 수치심 또한 매우 큰 고난의 길이었고 좌절의
연속이기도 했다.

그중에서 제일은 사람들 간의 부대낌이었으며, 그에 동반한 좌
절감이었다. 이미 알고 있었던 사람들의 마음을 얻는 것도 매우
힘든 일인데, 알지도 못하고 일면식도 없는 수십만 명의 마음을
선거를 통해서 얻겠다고? 그것도 아무런 연고가 없다는 곳에서 교
육감 선거판에 내 몸을 던진 것이 얼마나 무모한 짓이었는지를 깨

달아야만 했다. 필자의 무모한 도전에 애초 기대했던 격려보다는 비수처럼 폐부를 찌르는 세간의, 그리고 경쟁 후보자 진영의 공격과 비아냥에 대한 상처도 있었다. 그 생채기가 곪아 터져 중도 사퇴라는 메스를 가했다. 결국, 필자의 오만과 오판으로 인한 시작과 끝이었다고 결론 맺어야만 했다.

선거도 다 끝나고 실업자로 홀로 남은 필자는 빈집 책상에 덩그러니 앉아 당시를 정리할 때가 되었다고 생각하며 이 글을 쓰기 시작했다. 적어도 필자가 왜 탄탄하고 보장된 고위 공직을 그만두고 인천교육감 선거에 출마했으며, 그리고 왜 또 중도에 사퇴했는지를 설명하고 답할 필요와 당위가 있다고 느꼈다. 그 시작과 끝은 다분히 개인적인 결정이었으나 그 개인적 거취의 배경이나 동인은 매우 공적이고 교육적이었기 때문이다. 필자가 교육감 선거와 최종 당선을 통해서 이루고자 했던 교육 혁신을 이 글을 통해서 밝히고 그 뜻이 두루 전파되길 바란다. 그래서 잘못된 선거제도가 널리 알려져 선거로 교육이 왜곡되고 무시되는 상황이 하루빨리 개선되기를 희망한다.

필자는 8년이나 남은 정년을 포기하며 무엇을 위해서 공직을 그만두었을까? 대한민국 사회와 교육 덕택에 필자가 이렇게 성장하고 여기까지 의미 있게 살아온 혜택에 보은하는 차원에서 필자는 교육감 선거에 출마하여 우리 사회와 교육에 이바지하고 싶었다. 부끄럽게도 거창할 수도 있겠지만 있는 그대로다. 2018년 3월까지 교육공무원으로서, 인천광역시 부교육감으로서, 그리고 인천광역시 교육감권한대행으로서 일하면서 경험하고, 연구하여 만든 정책 대안을 실천하여 교육적이지도 상식적이지도 못한 교육감 선거제도의 새로운 지향점을 제시하고 싶었다. 무모하리만큼 황당한 도전일 수도 있겠지만, 필자가 인천에서 확인한 학부모와 시민들의 호응과 지지라면 허황한 게 아니라 실현 가능한 것일 수도 있겠다는 신념이 생겼다.

무엇보다도 필자가 지향하고 얻고자 하는 목표가 교육적이고 상식적이었기에 실패하더라도 의미 있는 시도라 여기고 과감히 실천을 감행했다. 선택은 나름 신중하게 했지만, 실천은 즐기면서 과감하게 했다. 그 모험적 도전은 2018년 6·13 전국동시지방선거에 인천교육감 후보자로 출마해서 교육감 선거의 새로운 표준을 보여주고 실천하는 것이었다.

출마와 선거 과정의 새로운 기준으로 직선제 교육감 선거의 공공성과 정치적 중립성이란 게 무엇인지를 새롭게 교과서를 쓰듯 직접 보여주고 싶었다. 헌법과 법률이 선언하고 명령하는 교육과 교육감 직선제의 정치적 중립성이 행정과 현실에서 철저히 무시되고 훼손되고 있는 상황에 교육을 업으로 살았던 사람으로서 더는 침묵하거나 방관할 수는 없었다. 그래서 교육감 후보자로서 직접 출마하여 그간의 교육감 선거의 문제와 한계를 드러내어 시민들에게 알리고 현실적 차선을 행동으로 보여줌으로써 대안을 제시하고자 했다.

그러나 교육감 후보자로서 중도에 사퇴했기에 그 성과를 이루지 못했다. 교육감 선거에 대한 시민들의 무관심을 극복하겠다는 의욕도 그저 소망으로 끝났다. 60여 일간 예비후보자로서 필자는

3무(無) 선거와 교육중심주의로 교육감 선거의 새로운 기준과 대안을 제시하고 직접 실천했으나, 처절하리만큼 무관심한 '깜깜이' 교육감 선거에 좌절하고, 하나도 다를 게 없는, 아니 오히려 이중적이고 표리부동한 '정치판' 교육감 선거에 분노하며 깊은 상처를 입었다.

또한 역시나 예외 없이 확연한 지연과 학연에 근거한 대한민국 사회의 연고주의가 스스로 세계 도시라 자랑하는 인천에서도 예외가 아님을 확인하고 인정해야만 했다. 교육감을 뽑는 데 혹은 교육감을 하는 데 지연이나 학연이 장애가 되면 됐지 좋을 게 없을 것 같았건만, 후보자들과 그 지지 세력이 조장하고 주장하는 연고주의라는 엄연한 현실의 벽은 하늘을 뚫고 공고했다. 선거판에서 학연과 지연을 너무도 자연스럽게 받아들이고 활용하는 지역의 분위기에 필자는 결국 갈 길을 잃었다. 그래서 결국 중도에 사퇴했다.

교육감 선거에서는 완주하지 못했지만, 이제 선거 과정의 기록과 선거제도에 관한 생각의 정리로 필자가 목표했던 교육감 선거의 정치적 중립성과 공공성 확보, 그리고 진정 교육에 도움이 되는 교육감 선거를 만드는 데 마지막 일조를 하고자 한다. 여기에는 과거 수년 동안 필자가 고민하고 연구한 것과 60여 일 동안의 교육감 예비후보자로서 체험하고 학습한 모든 과정을 가능한 한 담고자 한다. 별 생각 없이 해 온 선거 관행이라는 것이 법령과 선거관리위원회 행정을 장난치듯 유희하고, 참여 민주주의의 꽃이라 할 수 있는 선거는 전혀 진화하지 못하고 있다는 증거들을 여러

가지 사례를 제시하며 고발할 것이다.

교육감 선거는 '깜깜이' 선거다. 2018년에 다시금 세 번째로 화려하게 등장했다. 오히려 더욱 센 놈으로 돌아왔다. 후보자가 누가 누군지 알지 못하고 알려고 하지도 않는다. 교육감 후보자 하면서 뼈저리게 느꼈다. 깜깜이의 정도가 더욱 심화됐다. 그러나 누구도 개선의 의지나 실천이 없다. 교육감 선거는 광역자치단체장인 시장, 도지사 정치인 선거의 형식과 내용이 똑같다. 다만 정치적 중립성을 지키라 해서 정당의 관여가 금지되고 정치인들과 공식적 협력과 연대를 못 하게 할 뿐이다.

그러나 그와 같은 공식적 관여나 협력 이외의 모든 것은 다 한다. 또한, 정치인들이 하는 것도 거의 다 하고 선거비용도 같은 금액을 쓰고 선거 방식도 똑같다. 이게 무슨 정치적 중립을 표방하는 교육감 직선제인가? 눈 가리고 아웅도 이런 게 없다. 국회, 정부, 교육계 모두가 직무유기요, 교육의 정치화의 주범 또는 공범이다. 이걸 앞으로는 막겠다고 개혁하겠다고 출마했던 필자도 결국 중도 사퇴했으니 2018년 6·13 지방선거도 결국 도루묵이었다. 2022년을 포함해 앞으로의 지방선거에서 이 직무유기를 계속 반복한다면 우리의 장래는 어둡다. 같은 시행착오를 여러 번 반복하는 자에게 관용이나 자비가 있기는 어렵다.

교육감이 되려는 자가 어떤 교육철학과 역량을 갖추었는지도 모르는 상태에서 유권자는 투표하게 되고, 결국 선거 공학에 능한 조직을 갖춘 진영의 후보자가 교육감이 될 가능성이 매우 큰 교육감 선거제도다. 민주적이지도 못하고, 역량 점검이나 교육적 신실함도 없다. 교육감이 되는 유력한 방법은 세력 혹은 진영 간 단일화를 이루고 상대 후보자의 낮은 인지도와 불행 그리고 네거티브를 이용하거나 운에 맡기는 것이다. 이것이 작금 대한민국의 특별·광역자치단체 교육 수장을 뽑고 민주주의를 실천한다는 교육감 선거의 실제 모습이다. 교육감 선거는 민주주의의 꽃이라고 치장할 수 없는 이유이다. 그런 교육감을 선출하는 선거를 위해서 아이들에게 써야 할 교육청 예산 2,000억 원의 혈세를 무의미하게 낭비하고 있다.

이 책에서 다루는 내용은 전국동시지방선거에서 함께 치르는 교육감 선거다. 민주주의의 꽃은 선거라고 하는 수사(修辭)가 교육감 선거에서도 유효한지를 논의한다. 교육감 선거제도에 많은 문제가 있음을 실제 필자가 선거직 출마를 위해 공무원직을 버리고 교육감 예비후보자로 경험한 것과 임명직으로서 교육감권한대행 부교육감으로 3년 넘게 인천교육을 책임져 왔던 경험을 종합하여 설명할 것이다. 이 책의 최종적 목표는 교육감 주민직선제의 한계와 부조리함을 드러내 새로운 대안을 모색함에 있다. 따라서 필자의 이 글을 통한 논의와 대안 탐색은 좀 더 나은 교육과 민주주의를 갈구하는 한 시민의 선량하고 눈물겨운 몸부림이라고 독자들이 여겨주었으면 한다.

민주주의의 꽃이라는 선거가 진정 유권자가 교육감 후보자의 면면을 알고 선택할 수 있도록, 교육감 선거가 헌법과 법률이 명령하는 정치적 중립 선거가 되도록 하는, 작지만 의미 있는 시작이 되었으면 하는 바람이다. 교육감 주민직선제가 과거 간선제의 폐해를 극복하기 위한 대안으로 도입되었으나, 이제 세 번 이상 치른 지금 그 폐해는 더욱 심각하다. 그런데도 선거가 끝나면 언제 그런 일이 있었냐는 식으로 다시 제자리다. 그래서 좀 더 현실적인 기대와 요청을 이 글을 통해서 제기하는 것이다. 결국 칼자루를 든 국회와 교육부 그리고 중앙선거관리위원회를 비롯한 정부에게는 이 책을 통해서 제도 개선 논의의 계기가 되었으면 한다. 교육을 교육답게, 교육감 선거가 진정 교육에 도움을 주게 하는 방향으로 말이다.

2018년에 쓰기 시작하여 2021년에 마무리하면서

무릉 **박용수**

추
천
사

김도연 서울대학교 명예교수, 전 초대 교육과학기술부장관

정치적으로는 특정 정파와 관련이 없으며 재정적으로는 어느 개인이나 집단의 지원을 받지 않고, 아울러 당선을 위한 정책이 아니라 국가백년대계로서의 교육적 측면만을 고려하는 교육감 ─ 위의 세 가지는 유·초·중등 교육을 책임지는 교육감이 당연히 지녀야 할 〈3무(無)〉의 자세다. 이를 표방하며 선거에 직접 뛰어들었던 박용수 전 인천교육감권한대행의 좌절이 안타깝다. 이 책을 통해 많은 사람이 교육감 선거의 실상을 직시할 것으로 믿는다.

김신호 전 교육부차관, 전 6, 7, 8대 대전광역시교육감

박용수 박사는 교육학자이자 교육부 고위직을 지내신 행정가로서, 한국교육의 모든 면에 정통한 분입니다. 저자는 뜻한 바 있어 자신의 고위공직을 버리고 교육감 선거에 도전한 바 있고, 선거를 통해 경

험한 사례들을 바탕으로 '교육감 직선제'의 여러 문제점과 폐해를 지적하면서, 이의 획기적 개선 또는 폐지의 당위성을 논하고 있습니다. 부디 교육감 선거제도의 소관 부처는 저자의 충정 어린 제안에 대해 깊은 숙고와 개선이 있기를 바랍니다.

┃ 성태제 이화여자대학교 명예교수, 전 한국교육과정평가원장

교육자치제라는 미명 아래 실시되고 있는 교육감 선거! 얼마만큼 알고 있으며 그 해악이 어느 정도인지 누가 밝히겠는가? 교육부에서 교육정책 전반에 대하여 해박한 지식과 경험으로 가장 올곧게 공직을 수행한 저자가 인천시교육감선거 경험을 통해서 교육감 선거에 대한 문제점을 분석하고 통렬히 비판한다. 깜깜하고 괴상한 교육감 선거를 개선하지 않고는 우리 교육의 미래가 없다는 사실을 이 책을 통하여 직시하고 대안을 찾아야 할 것이다.

┃ 양영유 단국대학교 특임교수, 전 중앙일보 교육담당 논설위원

안갯속이다. 혼탁하다. 이념이 춤춘다. 돈이 많이 든다. 자주성·전문성·중립성은 허구다. 유권자는 무관심하다. 그래도 누군가는 뽑힌다. 대표성이 없다. 내 아이를 맡기려니 불안하다. 어떻게 할 것인가. 저자 박융수는 이런 고민을 명징하게 풀어낸다. 미사여구가 없다. 전직 엘리트 교육 관료의 전문성과 교육감 출마 경험이 농축되어 있다. 교육감 직선제 폐부를 정곡으로 찌른다. 2022년 6월 1일 교육감 선거를 앞두고 우리 사회에 던지는 메시지가 강렬하다.

| 이관섭 한국무역협회상근부회장, 전 산업통상자원부1차관

20여 년 전 박용수에게 경제계 쪽에 일할 생각이 없냐고 권유했던 기억이 난다. 오랜 친구이자 동생에게서 느껴지는 넘쳐나는 에너지를 볼 때 좀 더 액티브하고 적극적인 열정을 발휘할 수 있는 곳이 낫지 않겠냐는 생각이었다. 나는 그가 왜 앞길이 보장된 교육부 고위공무원직을 그만두고, 선거판에 뛰어들었는지 충분히 이해한다. 그가 소리높여 외치는 교육감 선거의 개혁, 우리 조국의 미래가 걸려있는 교육의 정상화를 위한 그의 노력이 언젠가는 큰 결실을 맺을 것이다. 그의 강철같은 신념과 용광로 같은 열정을 믿는다.

| 조규향 전 대통령교육문화수석비서관, 전 교육부차관

박용수를 처음 만나고 같이 일한 게 1999년이었다. 그는 지금도 역동적이고 개혁적이며, 교육에 대한 열정도 대단하다. 공무원 철밥통을 버리고 교육감 선거에 나가 걱정하는 맘이었는데, 결국은 선거가 행하는 거악(巨惡)을 거부하고 중도 사퇴를 결행했다. 나는 평생을 교육계에 몸담아서 교육을 잘 알고 있다고 여겼지만, 실제의 교육감 선거에 대해서는 문외한이었다. 교육감 선거가 이 정도일 줄은 몰랐다. 많은 시민께서 이 책을 읽어보시기를 기대한다.

| 조영달 서울대학교 사회교육학과 교수, 전 사범대학장

2018년 교육감 선거에서 나와 함께 가장 앞서 탈정치 교육혁명을 내걸고 출마한 분이 저자인 박용수 박사이다. 그는 진영 편 가르기를

온몸으로 거부하고 진정한 정치 중립의 교육감 선거를 철저히 실천했다. 그가 외친 '교육중심주의'는 나에게 강인한 인상을 주었다. 나 또한 탈정치 교육혁명을 외치며 선거에 출마했으나, 깜깜이 선거의 틀을 깰 수 없었다. 내가 교육감이 되더라도 교육감 직선제를 폐지하려 노력할 것이다. 정치선거는 교육자의 몫이 아니다.

목차

I

인천광역시교육감 선거

출마에서 돌연 사퇴까지

필자는 왜
인천교육감 선거에 출마하였는가?

　필자는 2014년 12월 30일자로 인천광역시부교육감으로 발령났다. 다른 여타 근무지도 그랬긴 했지만, 그때부터 인천이란 곳에 처음으로 근무하게 됐다. 그 뒤로 2018년 3월 15일까지 3년 3개월 가까이 근무했다. 필자의 29년 공직 경력상 이렇게 오래 근무한 기관은 없었다. 원 소속인 교육부에서도 연속해서 3년 이상 근무한 적이 없으니 경력상 특이한 일임은 분명하다.

　당시 기준으로 3년 3개월이라는 최장 부교육감 근무 기간에 걸맞게 정말 많은 일이 있었다. 2015년 1월 2일 제18대 부교육감 취임식이 있었고 본격적인 업무도 시작됐다. 시작하자마자 첫 도전은 재정 문제였다. 1월 17일은 보수지급일인데 잔고가 부족하여 교육금고인 농협에서 차입해야 한다는 경리팀장의 보고가 있었다. 1,000억 원만 빌려도 1년 이자가 40억 원인데 ─ 연 4%라면 ─ 필자의 계산으로는 선뜻 빌릴 수가 없었다. 교육청 금고에 잔고가 바닥난 가장 큰 이유는 2014년에 인천시청에서 받아야 할 전입금을 못 받았기 때문이었다. 당장 시청에 전화를 걸어 자초지종을 설명하면서 시한을 정하여 전입금을 전출할 것을 통보했다. 지난해 교육청 예산 870억 원을 1~2월 중에 나눠서라도 전출하라는 것이 통보의 핵심이었다. 그리고 교육부에도 연락해서 교부금을 미리 당겨서 더 많은 금액을 받자고도 했다. 양 기관으로부터 계획한 대로 자금을 받게 되어 빚을 내지 않고도 교직원 봉급을 지급하고 다른 사업도 차질 없이 진행할 수 있었다. 그 이후로도 많은 일과 도전이 있었다. 여기서 그 내용 모두를 상세하게 기록할 수는 없다. 그래도 독자들에게 당시 상황을 설명한다는 차원에서 몇 가지 큰일들만 요약하여 설명해 보겠다.

먼저, 부교육감직을 시작하자마자 교육청 내부의 일은 필자가 도맡아 했다. 교육감은 선거직이어서 그런지, 혹은 교육감이 부교육감을 상당히 신뢰하고 의지해서 그런지, 교육감은 외부와 학부모 및 시민들과의 행사와 의전에 집중했고 부교육감은 교육청 내의 행정을 책임지고 하는 식이었다. 효율적인 분업에 의한 협업 체제가 이루어졌다. 교육청에서 처음 알게 되고 같이 일하게 된 교육감이 필자를 신뢰하고 의지하니, 바쁘고 힘들게 일은 했지만 신이 났다. 그렇게 한동안 지속하다 보니 전국교직원노동조합(이하 전교조) 출신 교육감 취임 후부터 조직화한 그들만의 그룹에 의한 일방적 행정이 자연스럽게 수그러들었다.

교육감을 비롯한 교육청 간부들은 2015년 상반기가 지나서부터는 각종 간부회의 때에 이따금 필자가 2년 이상은 인천교육청에 근무해 주면 좋겠다는 의사를 피력하기 시작했다. 교육감은 농담

처럼 본인의 임기까지 같이 있자는 이야기도 했다. 필자에게도 흐뭇한 일이었다. 나를 인정해 주는 것이니 좋고, 일을 소신대로 교육적으로 풀어낼 수 있도록 교육감이 전폭적으로 지지해 주니 힘이 나고 의미도 있었다. 누리과정 국고지원 문제 때문에 인사 조치 받고 인천에 왔으나, 인천에서의 누리과정은 문제가 안 됐다. 이미 그에 대해 필자는 해결에 대한 방법과 실천 의지가 있었기에 큰 문제없이 예산 편성도 다 해서 시의회와의 약간의 갈등도 양념처럼 여겨졌다.

시청에서의 고질적인 교육청 재원 미전출 문제는 계속 필자를 괴롭혔지만, 필자도 이에 질세라 끝까지 고군분투했다. 의회 본회의에서 한 발언이 의원들의 항의와 야유를 받고 중단도 되고 급기

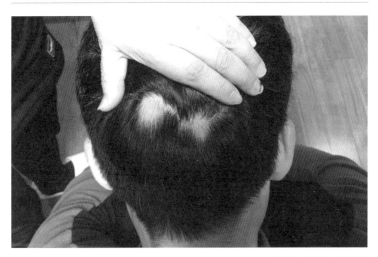

2015년 원형탈모 발생 사진

야는 시의회 의장의 경고장도 받았다. 스트레스를 받았는지 필자의 뒤통수에는 밤톨만 한 원형탈모 두 개가 생겨났지만—이 원형탈모 자리에 모두 머리가 나기까지는 1년 가까이가 걸렸으며 새로 나온 머리 색깔은 검은색이 아닌 흰색이 되었다—결국 인천에 온 지 2년이 되었을 때 거의 모든 교육청 예산을 다 받아낼 수 있었다.

2년까지는 인천에서 근무해 줬으면 좋겠다는 교육감과 간부들의 요청에 필자도 그리하겠다고 약속했다. 그들의 호의가 고맙고 성과가 있기에 좋기도 했다. 실제로 이루어진 교육부로의 한 번의 인사 발령—이것은 장관과 교육감, 그리고 필자와의 최종 협의 끝에 발령 취소로 해결했다—을 포함해 총 네 차례의 교육부에로의 복귀 요구가 있었으나 유예 요청을 했다. 적어도 2년은 인천에 근무하겠다는 약속을 지키기 위해서였다. 그래서 모든 게 순조로웠다. 2016년 하반기 교육감에 대한 뇌물 수사가 시작되기 전까지는……

2년이 지났음에도 불구하고 교육감의 기소와 재판의 진행으로 필자는 2017년 1월 1일 자로 인천을 떠날 수가 없었다. 교육감의 공개적이고도 간곡한 요청과 이런 상황에서 교육부로 돌아갈 수는 없다는 필자의 선량한 가치 판단에 기초하여 교육부 장·차관의 교육부에로의 전입 요구에 대해 교육감의 재판 사정을 설명하며 완곡히 유예 요청을 했고, 2017년 2월 9일 교육감의 1심 유죄판결과 법정 구속으로 필자는 필자의 의지와 무관하게 인천교육감권한대행이 되어 버렸다. 교육부도 더는 교육부에로의 발령을 요청할 수 없었고 필자는 권한대행직을 수행하게 되었다.

대통령 탄핵으로 인한 파면 결정 그리고 대선 후 새롭게 취임한 교육부장관은 2017년 7월 필자를 불러 면담하면서 다시 교육부에 들어와 일해 달라고 요청했다. 교육감 출신 장관이라는 점과 현재 권한대행을 하는 인천의 사정 등을 종합할 때 교육부에 들어가는 것보다는 인천에서 계속 근무하는 것이 장관의 첫 교육부 인사에 부담을 주지 않는 순리이고, 인천에 대한 배려요 예의라는 점을 설명하니, 장관도 장고 끝에 최종적으로 그리 결정하여 필자는 결국 인천에 남게 됐다. 그리하여 2018년 6월 30일까지만 인천교육청에 근무하고 그 이후에 교육부로 돌아가는 계획이 확정되었다. 그동안 해 왔던 것처럼 인천교육을 잘 보호하고 지키고 가면 되는 것으로 생각하고 후회 없이 일하겠다는 일념으로 다시금 마음을 다잡았다.

교육감권한대행을 하면서도 전 교육감이 중시했던 외부 행사나 사람들 만나는 것을 필자는 거의 하지 않았다. 공식적으로 꼭 참석해야만 하는 외부 행사만 참석했다. 부교육감과 교육감, 두 개의 직을 다 소화해야 했기 때문에 외부를 신경 쓰다 보면 꼭 해야 할 일을 할 수가 없으므로 그리했다. 그러나 2017년 하반기에 접어들면서 2018년 지방선거를 의식한 일들이 많이 벌어졌다. 그 대표적인 것이 고등학교 무상급식이었다. 인천시장은 한결같이 반대했던 중학교 무상급식을 2016년에 갑자기 하자고 나서더니, 2017년 하반기, 다음 해 예산 시즌에 돌입할 때 또다시 급작스레 고등학교 무상급식을 하자는 정치적 주장을 본회의에서 함으로써 큰 쟁점으로 부각했다. 법령상 학생들의 급식 사무는 교육감 권한 사항인데 시장이 먼저 나서서 하겠다고 난리를 치는 상황이었다. 정치란 것이 오만방자하며 무소불위의 영역임을 보여주는 사례였다.

시장이 무상급식을 하자고 하니 내막을 모르는 대부분 시민은 환영했다 — 하기야 내막을 알만한 언론인들도 대체로 비판적 사고 없이 환영하고 급식을 안(못) 하는 것을 비난했다. 돈 문제가 가장 중요한데 시장은 그에 대한 구체적 이야기 는 없고 대뜸 교육감과 같이 급식을 하자고만 했다. 각론이 없이 그저 내지른 모양새였다. 이후 일종의 전쟁이 다시 벌어졌다.

인천시장은 급식예산이 전혀 포함되지 않은 2018년 예산안을 이미 시의회에 제출해 놓은 상태였다. 2018년 시청 예산안 제안 설명에서 그는 고등학교 급식예산을 의회에서 잘 마련해 줬으면 좋겠다고 발언했다. 시장이 먼저 예산안에 반영하고 그 검토와 심의를 의회에 요청해야 할 터인데, 스스로 반영도 안 한 예산을 시의회에 반영해 달라고 요구하는 웃지 못할 상황이 발생한 것이다. 인천시장의 정치 플레이로 공은 시의회로 넘어갔다. 분명히 잘못된 시장의 정치 행보에 대한 견제는 없었고 시의회는 여야 구분 없이 그 공을 바로 받았다. 항상 대립하던 여야도 이 사안에는 한목소리였다. 무조건 하자는 식이었다. 중학교 이하의 재원 분담 방식에 의해 고등학교도 하자는 것이었는데, 그렇게 하면 교육청은 매년 고교 무상급식을 위해 대략 440억 원을 새로 마련하여 써야 한다. 교육청의 예산 상황으로는 불가능한 일이었다. 그러나 막무가내였다. 교육감권한대행인 필자의 발언 기회도 주지 않고 상임위원회인 교육위원회와 예산결산위원회에서는 인건비와 오래된 학교의 대수선비를 삭감하여 급식비로 마련해 놓고 본회의 수정 의결을 시도했다. 필자는 결사 항전을 선언하고 SNS, 언론, 브리핑을 통해 세세히 시민들에게 알리며 도움을 청했다. 고독하지만 매우 처절한 싸움이었다.

시장과 시의원을 비롯한 정치인들은 "우리는 고교 무상급식을 시행하고 싶어서 추진하고 있는데 교육감권한대행이 반대해서 못하고 있다"는 프레임을 만들어 사실을 왜곡하면서 다가올 지방선거에 전략적으로 활용했다. 필자야 선거 나갈 이유가 없으니 — 예상과 달리 실제 선거에 나갔지만, 그들이 하는 식으로 선거에 임하지 못했고, 그래서도 결국 사퇴했다 — 필자는 그들의 아무 생각 없음을 공식적으로 비난하고 대처하면서 교육 예산을 확보하는 데 전력투구했다. 결국, 교육청이 승리했다. 중학교 이하 급식예산의 교육청 분담률은 60%이었는데 고등학교는 40%만 부담하는 것으로 최종 합의했다. 시·군·구가 440억 원을 추가 부담하는 것으로 결론이 난 것이다. 교육청에는 개청 이후 최대의 대외 협상 승리로 기록될 수 있는 값진 성과였다. 그리고 인천 전체로서도 전국 대도시 중에서는 최초로 초등학교에서 고등학교까지의 모든 무상급식을 완성한 도시로 기록될 수 있었다.

아마도 고교 무상급식의 격론과 최종 교육청의 승리 덕분에 이후 필자에 대한 일반 시민과 학부모들에 대한 인지도와 인기도가 올라가지 않았나 싶다. 시장의 고교 무상급식 발표 이후로 아무리 언론에 설명하고 도움을 요청해도 별 반응이 없어서 필자가 SNS

인 페이스북(facebook)을 시작한 것도 이즈음이다. 어찌 보면 교육청의 승리 1등 공신이 필자의 페이스북이었다. 실시간으로 가감 없이 올리는 사실(facts)에 시민들과 기자들이 즉각 반응하고 정확한 정보를 획득할 수 있었다. 그리고 사실대로 그리고 널리 전파되었다.

2017년 말이 되자 2018년 지방선거 후보자들이 언론에 등장하기 시작했다. 인천교육감 선거는 대체적인 머리기사가 "무주공산 인천교육감 누가 되나?"였다. 아무나 나오고 재수가 좋으면 된다는 식의 기사였다. 현재 교육감은 영어의 몸이 되고 부교육감이 권한대행을 하고 있으니 주인이 없다는 식으로 모든 언론이 약속이나 한 듯 보도했다. 당시에 출마하겠다는 사람들이 모두 전전임, 전임 교육감들의 핵심 측근들이었다. 교육과 정의와 거리가 먼 사람들이 교육감을 하겠다고 자랑스럽게 나서는 코미디 같은 상황이었다.

학부모들을 중심으로 요청이 쇄도하기 시작했다. 필자에게 교육감에 출마하라고 말이다. 고위직 공무원 정년이 8년이나 남고, 인천에 혈연, 지연, 학연이 전혀 없고, 정치적 야망이나 색깔도 없고, 소위 권력의지—앞뒤 안 보고 무조건 교육감이 되고자 하는 욕구—도 없는 필자가 교육감 선거에 나가라고? 매우 비현실적인 일이었다. 기억을 더듬어 보니 2017년 7월쯤인가 지역 신문의 한 기자가 필자의 사무실에 대뜸 들어와서 직설적으로 물었다.

"부교육감님! 내년 교육감 선거에 나가실 거 아닌가요? 인천에서 여론이 너무 좋아서 나가시면 되실 거라고 많은 분이 그러시던데요?

그리고 부교육감님 같으신 분이 없고 스펙도 화려해서 경쟁력도 있고요."

뭐 대충 이런 식이었던 것 같다. 필자의 대답은 단순 명쾌했다.

"일단 저 정년 8년 남았고요. 여기 인천에 아무 연고가 없어요. 그리고 교육감 자리가 저에게는 별 매력이 없어요. 그거 하고 싶은 생각도 없고. 그리고 요즘 제가 조금 알려져서 사람들이 좋게 보는 것 같지만, 막상 선거에 나가면 유권자 시민 대부분이 저를 몰라요. 그런 상황인데 제가 나가요? 미친 짓이죠."

그 기자는 필자의 나이를 잘 몰랐나 보다. 정년 8년 남았다는 말에 그러면 출마할 일이 없겠다며 곧바로 나갔다.

그러나 새해가 되고 각 언론사가 필자와 신년 인터뷰를 하면서 많은 질문과 답이 오갔고 기사화됐다. 2018년 1월에 걸쳐 인터뷰 기사가 계속 나갔으며 기자들에게는 필자가 교육감 선거에 출마할 것인지가 주요 관심사였다. 아마도 출마하겠다고 나서서 단일화까지 진행하고 있는 다른 후보자들만으로는 재미있는 매치가 안 된다고 주장하는 기자들도 많았던 것으로 기억한다. 기자들은 나름 집요했다. 인터뷰 중에 혹은 취재하면서 필자의 출마를 종용했다. 이따금 찾아오거나 만나는 인천 시민들과 학부모들도 필자의 출마 요청에 합류했다. 결국, 집요한 질문 끝에 필자는 시민들의 여론조사에서 1위가 나오면 교육감에 출마하겠다고 답변을 해 버렸다. 그럴 일이 일어날 가능성이 매우 낮았지만, 필자는 만에 하나를 대비한다는 식으로 심사숙고해서 그리 대답한 것이었는데, 기자들의 반응은 웃긴다는 식이었다.

나오지도 않을 여론조사 1위를 왜 내세우냐는 게 기자들의 일반적인 반응이었다. 아무 연고도 없는 인천에서, 대부분 유권자가 필자를 알지 못하는데 어떻게 1위가 나오느냐는 것이었다. 생각해 보니 그럴 만했다. 여론조사 결과가 그렇게 안 나오면 출마도 못 하는 거라고 답하며 필자도 웃어넘겼다. 그러나 여론조사 1위를 내걸고 나서 출마 요구가 수그러든 것이 아니라 더 세졌다고 평가하는 게 옳을 것 같다. 다른 진영에서 단일화가 되면 2월까지 필자를 포함하여 여론조사를 하겠다고 떠벌리는 지역 언론사와 기자들도 많았다. 필자도 그럼 그 여론조사 결과를 보고 최종 출마 여부를 결정하겠다고 했다. 그러나 전교조 측이나 소위 보수 측 후보자들의 단일화가 애초 예고했던 2월까지 이루어지지 않았다. 그런저런 이유로 떠벌렸던 언론사의 여론조사는 2월 말까지 없었다. 공직 사퇴시한도 3월 15일이어서 선거에 나갈 일은 없겠다 싶었다.

그러나 3월 초에 갑자기 경인방송이 필자를 포함한 여론조사를 했다. 이 방송사가 왜 갑작스럽게 여론조사를 하였는지 아직도 알지 못한다. 2월 말까지도 예산상의 이유로, 전례가 없어서 여론조사를 못 한다고 필자에게 직접 밝히기도 했는데 말이다. 그간 후보군에 전혀 이름을 올리지 않았던 1인을 추가해서 말이다. 결과는 추가된 1인이 1표 차로 1위를 하고 필자는 2위를 하였는데 경인방송은 필자를 "공동 선두권"으로 표현했다.[1] 2018년 3월 5일이

---

1 〔경인방송 90.7MHz〕 2018년 3월 5일 모바일뉴스 〔경인방송=이원구 기자〕 '경인방송! 인천을 듣습니다' iFM(90.7 MHz) 모바일뉴스 〔인천소식〕

교육감 선거 – 교육이 망가지는 이유

"박융수 부교육감, 출마 응답하라~"

인천 시민·학부모 촉구 기자회견
朴 "여론조사 결과 따라 결정"

인천지역 일부 학부모들이 인천시교육감 권한대행을 맡고 있는 박융수 부교육감에게 시교육감 선거 출마를 요청하고 나섰다. <사진>

5일 '박융수 부교육감의 선거 출마를 촉구하는 시민·학부모 일동'은 인천시교육청 본관 앞에서 기자회견을 열고, "인천의 교육 발전을 위해 박 부교육감의 3무(無) 선거 출마를 강력히 촉구한다"는 뜻을 밝혔다. '3무' 선거 출마란 지난 1월 박 부교육감이 선거에 출마할 경우 실천하겠다고 약속한 선거운동 방식이다. 선거운동을 하는 과정에서 기부금 후원, 선거펀드 모집, 출판기념회 등 세 가지를 하지 않겠다는 것이다.

이날 모인 학부모 40여명은 "지난해 이맘때 교육감 법정 구속으로 인천 교육가족의 자존감이 바닥으로 떨어졌을 당시 박 부교육감이 권한대행을 맡아 교육감조차 엄두내지 못한 일들을 해결하기 시작했다"며 "인천시로부터 법정 전입금을 모두 받아오는 것을 시작으로 과학예술영재학교 운영비 확보, 도립 이전 확정, 고교무상급식 시행, 역대 최대 교육부 중앙투자심사 학교 신설 통과 등 오로지 아이들을 위한 교육행정을 펼쳤다"고 평가했다.

특히 이들은 전임 시교육감이 연이어 뇌물수수와 비리으로 불명예스럽게 퇴장한 만큼 이번 선거가 인천교육의 중요한 전환점으로 봤다.

학부모들은 "앞선 교육감들이 무리하게 선거를 치르면서 부패를 저지른 것으로 볼 때 박 부교육감이 3무 선거에서 승리하기를 바란다"며 "공직자 정년이 6년 정도 남은 상황에서 출마를 요청하는 것이 욕심이라는 생각도 들지만 다년간의 풍부한 교육부 경험을 지닌 박 부교육감의 능력이 현재 인천교육에 절실하다"고 강조했다.

기자회견을 마친 뒤 학부모들은 곧바로 부교육감실을 찾아 박 부교육감에게 기자회견문과 편지를 전달했다.

박 부교육감은 "학부모와 시민들이 지지 의사를 밝혀줘 감사하면서도 한편으로는 어깨가 무겁다"며 "지역 언론 여론조사 결과에 따라 출마를 결정하겠다고 한 만큼 곧 나올 여론조사 결과를 바탕으로 고민해 보겠다"고 신중한 태도를 보였다.

2018. 3. 6. 기호일보 12면 기사

었는데, 같은 날 또 하나의 사건이 발생했다. 학부모 40명 이상이 무리를 지어 교육청 앞에서 '박융수 출마 요청 성명서'를 발표하며 구호를 외치더니, 곧바로 부교육감 사무실에도 예고 없이 방문하여 출마를 촉구했다.[2] 참으로 절묘한 타이밍이었다. 약속하고 해도 쉽지 않을 출마를 촉구하는 두 가지 사건이 같은 날 동시에 발

■ 경인방송 6.13지방선거 D-100일 여론조사
— 교육감 후보로는 이기우 재능대총장과 박융수 교육감권한대행이 각각 11.6%, 11.5%로 공동 선두권…임병구 8.7%, 도성훈 8.0%, 고승의 5.9% 順
http://www.ifm.kr/news/154826 2021. 5. 16. 인출
2 학부모들, 박융수 부교육감 찾아 교육감 출마 촉구
http://www.obsnews.co.kr/news/articleView.html?idxno=1085787
2021. 5. 16. 인출

생했다.

2018년 3월 5일 늦은 저녁부터 새벽까지 장시간 의견을 나눈 가족회의에서 필자는 인천교육감 출마를 최종적으로 결정했다. 다음과 같은 이유로 출마의 명분을 정리했다.

① 시민들의 출마 요청이 확인되었다. 여론조사와 그것을 보도하는 언론사들의 태도가 그 메신저다.

② 매우 어려운 시기에 인천교육을 3년 넘게 지키고 발전시켰듯이 앞으로 4년 더 인천을 지키고 인천교육을 모범이 되게 하자.

③ 세종 교육부가 아닌 인천에서 지방 교육에 봉사하는 게 대한민국과 인천을 위해서 좀 더 효율적이고 직접적으로 교육에 의미 있게 이바지할 기회가 될 수 있다.

④ 3무(無) 선거와 교육중심주의로 그간 잘못된 교육감 선거의 새로운 표준을 만들어 정치 중립 선거, 완벽한 선거 공영제의 모델을 직접 실천하고 만들자.

이렇게 해서 필자는 인천교육감 선거에 출마하게 되었다.

왜 교육감 선거에서
중도 사퇴하였는가?

　선거를 실제 경험하고 나니 지피지기(知彼知己)를 못 했다는 결론이다. 소크라테스의 "너 자신을 알라"라는 경구를 절실히 새기고 실천하지 못했다고 할 수도 있겠다. 막상 선거에 나가 보니 선거를 치를 사람은 다음과 같은 세 가지 특징 내지는 강점이 있어야 했다.

　첫째, 철면피 할 수 있을 것.
　둘째, 모든 사람과 외부 요인을 철저히 수단화하여 활용할 능력이 있을 것.
　셋째, 사람들에게 상처받지 않고 본인이 남에게 상처 주는 것도 대수롭지 않게 여길 것.

　필자는 세 가지 모두에서 다 결격이었다. 그래서 그런지 60여일의 사전 선거운동 기간 내내 매우 고통스러웠다. 그래도 대의와 교육을 위해 개인 희생을 감수하며 출마한 것이니 그 되새김으로 견뎌냈다. 사실 실질적인 버팀목은 선거 기간 내내 후보자 이상으로 동분서주했던 아들이었다. 부자 관계 24년 만에 최초로 아버지가 아들에게 의지하고 그로부터 영감과 용기 그리고 실천력을 얻어 견디고 즐길 수도 있었다. 매일 아침 일어날 때 곤히 잠든 그의 모습을 보며, 종일 단 한 순간도 쉼 없이, 단 한 번의 얼굴 찌푸림 없이 긍정적이고 친절하게 모든 이를 대하는 모습을 보면서 아비의 부족함을 깨닫고 그의 훌륭함을 거울삼아 하루하루를 견디고 강행군을 감행했다. 새벽에 일어날 때는 '뼈 마디마디가 안 아픈 곳이 없다' 혹은 '뼈아프다'라는 표현이 어떨 때 쓸 수 있는지를 확인하는 계기도 되었다.

그러나 결국 사퇴를 했다. 사퇴 여부에 가족과 긴 숙의를 했다. 결국, 모두가 사퇴에 동의했다. 모두가 많은 울분과 눈물을 쏟았다. 감정을 추스르고 결국 페이스북에 아주 짤막한 사퇴의 변3을

---

3 박용수는 이번 6.13 교육감 선거에 출마하지 않습니다.
시민들과 학부모의 부름이 있다고 판단하여 8년 남은 공직을 사퇴하고 출마를 결심하였으나, 두 달 동안 확인한 결과는 '저의 오만과 착각이었다'라는 것이었습니다.
교육감이라는 자리에는 관심이 없고 오로지 교육과 아이들에게만 전념하겠다고 항상 말씀드렸던 제가 인천에서 더 이상 할 것도, 머무를 명분도 없다는 최종적 결론에 이르렀습니다.
인천 시민 여러분, 안녕히 계십시오.
그간 감사했습니다.
그리고 항상 제 곁을 지켜준 아들과 딸, 그리고 아내에게 미안하고 고맙다는 말씀을 전합니다.
https://www.news1.kr/articles/?3316443 2021. 6. 3. 인출

교육감 선거 – 교육이 망가지는 이유

올리고 모든 것을 포기했다. 페이스북에 올린 짧은 글이 모든 것을 대변하고 있다. 며칠이 지난 후 선거사무소의 캠프 직원들—이들은 모두 필자의 개인적인 인간관계에 의해서 모였던 분들이다. 27년 전 첫 직장에서 같이 근무했던 분들, 필자의 초·중·고 동창 친구의 아들들, 그리고 아들의 친구 등—에게 사퇴 변을 대신하는 아래의 문자 메시지를 보냈다.

혁, 석, 은, 기계장님, 그리고 김 과장님께

충분한 설명이나 사전 양해도 없이 갑자기 이루어진 후보 사퇴에 많이 놀라고 당혹스러웠을 줄 압니다. 그리고 행여 같이 한 여러분들에 대해 배려 없이 내 맘대로 그만두었다는 맘은 추호라도 안 가졌으면 합니다.
여러분들 덕분에 캠프가 가능했으며, 60여 일 매일 열두 번씩 무너졌어도 다시 일어날 수 있었던 것도 모두 여러분 덕분입니다. 다시금 감사드립니다.
월요일에 충분히 설명과 이해가 안 되었을 것 같아 다시 몇 자 적어봅니다.
갑자기 사퇴해서 모두 놀랐을 겁니다. 우리 가족도 지난 일요일 저녁부터 월요일까지 울분과 좌절, 그리고 당혹감에 많이 울기도 하면서 어려운 결정을 한 겁니다. 정년 8년을 버리고 명퇴금 다 날리면서까지 한 결정이니 그 절박함과 단호함을 헤아린다면 여러분들의 당혹감도 달래지지 않을까 싶습니다.

그런데도 모든 게 다 제 탓입니다. 나의 성정을 이 선거라는 상황을 배경으로 잘 이해를 못 했으며, 뭣보다도 사람들을 쉽게, 아무런 의심 없이 믿었던 나의 바보스러움이 있었습니다. 그러나 그 모든 잘못과 거짓을 정확히 알았을 때 빨리 결정을 하고 그래도 차선을 찾은 것이라 이해해 주셨으면 합니다.

60여 일 동안 단 하루도 안 무너진 날이 없지만, 항상 굳건히 내 곁을 지켜줬던 아들 덕에 다 견딜 수 있었습니다. 그러나 순수할 것이라고 믿었고 믿었던 사람들이 그렇지 않았다는 것을 최종 알았을 때 절대 나와 가족을 이런 곳에 더 빠트릴 수는 없었습니다.

사람들은 정말 나를 모릅디다. 60여 일 내내 내가 교육감 자리에 욕심이 있어 나온 것으로 재단하고, 3무 선거를 하는 것도 나의 잘난 체로 비아냥거렸으며, 교육청 소속 직원들도 나를 다른 교육감 후보 중 하나로밖에 여기지 않더라고요.

......중략......

이런 상황에선 내가 교육감이 되어도 계획했던 것을 이룰 수 없고 오히려 4년이 의미 없이 고통스러울 것 같았습니다. 그래서 여기가 하루라도 빨리 떠나고 싶은 곳이 되어 버렸습니다. 결국, 곁에서 모든 것을 지켜본 가족들도 그만두는 게 낫겠다고 같이 동의해 주었습니다. 대체로 그런 겁니다.

다시금 여러분들의 도움에 깊은 감사를 드리고 그 성원에 보답을 못 해 미안할 따름입니다.

죄송하고 감사합니다.

이제 이전의 일상으로 돌아가 다시 의미 있게 생활합시다.

감사합니다.

2018. 5. 19.

박융수 올림

출마도 정말 많은 고민 끝에 결단하였으나 사퇴도 또한 그랬다. 사람들은 모두 자기 기준으로 남을 재단하려 든다. 선거라는 것이 내가 직접적으로 알지 못하는 사람들 대다수의 지지를 받아내야 가능한 과정이다. 필자는 이를 쉽게 생각했고 오만하게 판단했다. 선거는 인간적으로 접근해서 될 것도 아닌데 필자는 지극히 인간적이고 감성적으로 접근했다. 또한 무엇보다도 교육감 자리 자체에 욕심이 많아서 선거에 나갔어야 했는데 필자는 그러하지 못했다. 사람들은 이를 '권력의지'라고 멋지게 표현한다. 맞다, 필자에게는 권력의지가 없었다. 오로지 측은지심(惻隱之心)과 사회적 부모의 책임감이 과도하게 크고 무거웠다. 그 두 가지에는 사람이라는 두 글자가 있었는데 선거 과정에서 두 글자가 칼이 되어 필자의 폐부를 아프게 찔렀다.

인천교육청에서 일하면서
한 일 중 대표적 몇 가지

필자가 2014년 말 인천광역시 부교육감으로 발령 나 일해 보니 인천교육청은 고질적인 문제와 숙원 사업이 몇 가지가 있었다. 그러나 필자가 인천에 3년 3개월 있으면서 그 대부분을 해결했다. 최종 결과물은 말끔하고 화려하게도 보일 수 있겠지만, 그 과정은 참으로 험난하고 힘들었다.

교육청에게는 당연히 불편하기도 하고 꼭 해야만 하는 것들이 있었지만 십 년 넘게 불가능을 체념하듯 여겨왔던 사안들이어서 그런지 교육감을 비롯한 구성원에게서 큰 개선 의지나 실천 노력을 찾기 어려웠다. 그러다 보니, 하고 싶다면 오롯이 필자인 부교육감이 스스로 나서고 주도적으로 해결해야 하는 상황이었다. 교육감도 크게 힘이 못 되었으나 그의 전폭적인 지지와 믿고 맡기는 상황이 일을 적극적으로 할 수 있는 기반이 되었다. 그나마 그도 나중에는 실형을 받고 교육감직까지도 상실해서 필자가 1인 2역까지 감당해야만 했다. 교육감 일까지 더 하는 상황이어서 일은

2배 이상 해야 했지만, 권한대행을 하면서부터는 의사결정은 구성원들 간에 쉽게 할 수 있어서 일을 처리하는 데는 이전보다 훨씬 수월했다.

필자가 인천교육감 선거에 출마했기에 그간의 실적을 알리기 위해서도 인천에서 노력해서 얻었던 결실을 분석해서 매주 언론브리핑을 했었다. 이는 후보자로서 무엇을 잘했는지를 알리려는 의도도 있었지만, 그에 더 나아가 교육감 후보자들이 공약에서나 앞으로 당선자가 교육감직을 수행할 때 적어도 이런 것들은 꼭 염두에 두고 일했으면 하는 의도가 더 컸다. 사실 교육감 공약이란 것이 대부분이 '빌 공(空)'자 공약(公約이 아닌 空約) 수준이고, 교육감이 할 수 없는 것을 할 수 있는 것처럼 위장하는 것도 다반사여서 그에 대한 경종을 울리기 위한 것이었다. 그러나 깜깜이 교육감 선거에선 이 또한 효과가 없었다. 그래서 이 책에서 다시금 그 실적을 설명하니 그 내용을 통해 교육감들이 무엇을 해야 하는지에 대한 참고로 받아들였으면 하는 바람이다.

첫째, 필자가 인천광역시 교육감권한대행과 부교육감으로 재임한 3년 3개월 동안 인천교육청의 열악한 재정 위기 상황을 모두 극복하여 재정 정상화를 이루어냈다.[4] 중앙정부 이전수입은 취임초(2015년) 1조 9,710억 원에서 2017년 말 2조 6,120억 원으로 대폭 증가하였으며 6,410억 원이 추가 확보되었다. 또한, 2015년 1

4　http://www.kihoilbo.co.kr/?mod=news&act=articleView&idxno=743962
　　2018. 10. 1. 인출

월 취임 이후, 인천시 미전입금 2,619억 원을 다 받아냈다. 취임식 이후 첫 어려움은 교직원의 1월 봉급을 못 줄 정도로 매우 열악한 재정 상태였다. 그 주요 원인은 시청으로부터 고질적으로 법정 전입금을 제때 받지 못하고 교육부로부터도 추가적인 재원을 확보하지 못한 것이었다. 2015년 1월 재원이 부족하여 농협으로부터 빚을 내야 하는 상황이었으나, 교육부로부터 추가적인 자금을 교부받고 시청으로부터도 밀린 예산을 급하게 받는 조처를 함으로써 빚을 내지 않고 봉급을 줄 수 있었다. 그 후에도 시청으로부터 각종 밀린 교육청 자금을 받아내기 위한 모든 노력을 다했으며, 특히 감사원의 교육청 특정감사에서 시청의 부당한 미전출 사례를 지적받게 하고(부록 2. 참조) 시의회에 지속적으로 문제를 제기하는 등의 노력으로 최종적으로는 미전출 문제를 근본적으로 해결했다. 교육청 수입의 97% 이상을 법정 경비에 의존하는 교육청 재원의 성격상 기관장을 비롯한 공직자들의 예산 확보 노력이 매우 중요하기 때문에 교육감 선거에서도 재정확보 능력의 검증이 매우 중요한데 현실에서 이를 검증하기는 거의 불가능한 상황이다.

둘째, 필자가 인천교육청에 근무하는 동안 인천의 대학진학 실적이 최고 수준으로 상승했다.[5] 과거 인천의 경우 대학진학 실적이 부진해서 학생 유출 등의 문제가 심각하다는 게 일반적인 평이

---

5 http://www.kihoilbo.co.kr/?mod=news&act=articleView&idxno=745078
   2018. 10. 1. 인출

교육감 선거 – 교육이 망가지는 이유

었으나, 괄목할 만한 성과 덕분에 학생 유출 문제도 없어졌다. 현장에 중점을 둔 인천교육 구성원들의 열정과 실천 노력으로 가능했다. 세상에는 공짜가 없다. 교사들의 교육과 진로 교육에 대한 열정과 그들의 전문성을 존중하고 권한을 부여하기(empowerment) 위해 교육감은 성원하고 예산을 지원하는 데 아낌이 없어야 한다. 교육은 전문가의 역량과 실천이 절실히 필요한 부문임을 다시금 확인했다.

2018학년도를 기준으로 지난 3년의 인천 대입 결과를 요약하면 다음과 같다.

◈ 2015년 대비 2018년 서울대, 연세대, 고려대, 과기대, 의·치·한의대, 경찰대·사관학교 등 최상위권 대학 합격자는 1,186명으로 2015년 1,057명 대비 129명(22.2%) 증가

◈ 2015년 대비 2018년 유은혜 의원 발표 10개 대학(서울대, 연세대, 고려대, 서강대, 성균관대, 한양대, 중앙대, 경희대, 한국외대, 서울시립대) 합격자는 2,562명으로 2015년 2,194명 대비 368명(27.3%) 증가

◈ 2015년 대비 2018년 중앙일보 학교평가[수도권] 상위 20개 대학 합격자는 5,173명으로 2015년 4,797명 대비 376명(17.5%) 증가

셋째, 필자는 인천에 있는 동안 학생의 안전과 쾌적한 학교생활 여건의 개선을 위해 학교시설환경 개선 사업, 다목적강당 신축, 학

교급식 시설 현대화 사업에도 역대급 투자를 했다.[6] 먼저 학교시설환경 개선 사업에는 취임 전인 2012년부터 2014년 3년간 122교에 590억 원을 지원한 것에 비해서 취임 후인 2015년부터 2017년 3년간 1,041교에 3,051억 원을 지원했다. 2018년에도 143교에 921억 원이 지원되었다. 지원 학교 수로는 122교에서 1,041교로 증가해서 8.5배의 증가율을 기록했다. 투입 예산도 2,461억 원이 증가하여 과거 3년 대비 5배 이상이 증가한 규모였다.

[학교환경 개선사업 현황]

(단위: 교, 억 원)

구분	2012	2013	2014	2015	2016	2017	2018
학교 수	36	45	41	89	324	628	143
예산액	126	281	183	294	1,456	1,751	921

그리고 그간 다목적강당이 없어 실내 체육활동이나 행사가 어려웠던 학교에 숨통이 트였다. 취임 전 3년(2012-2014) 동안에는 고작 16교 372억 원이 지원되었으나 필자가 인천에 온 후에는 취임 후 3년(2015-2017) 동안 31교에 738억 원이 지원되어, 지원 학교 수가 두 배(15교)로 증가하고 투입 예산도 두 배(366억 원)가 증가한 규모다. 2018년에도 10교에 강당을 짓기 위해 511억 원의 예산이

---

6 http://www.incheonilbo.com/news/articleView.html?idxno=806462#08hF
   2018. 10. 1. 인출

확보되었다. 강당 신축과 관련하여 흥미로운 사실이 발견되었다. 전전임 교육감 시절에 인천체고 훈련장이나 강당 신축을 위해서 339억 원의 빚을 농협에서 냈는데 그 빚을 필자가 추가 예산을 확보하여 2015년과 2016년에 다 갚았다. 빚내서 생색내는 사람과 동분서주하며 예산 확보하여 빚 갚는 사람이 따로 있었던 셈이다.

[다목적강당 증축 현황]

(단위: 교, 억 원)

구분	2012	2013	2014	2015	2016	2017	2018	계
학교 수	7	5	4	5	10	16	10	**57**
예산액	143	131	98	97	276	365	511	**1,621**

인천의 경우는 도시 자체가 전통과 역사가 유구한 만큼 학교도 오래된 건물이 많아 아이들의 안전과 쾌적한 학습 환경을 위해서는 계획적이고 주기적인 시설 개선이 이루어져야 한다. 그러나 2010년 이후 그러한 투자가 원활치 못해 학교 시설과 환경이 매년 열악해진 실정이었다. 당시 3년간 시설 개선 실적이 앞으로도 지속되어야 한다. 아이들을 위해 재정을 확보하고 어디에 우선순위를 두고 투자해야 하는지에 대한 교육적 고려와 배려가 절실하다.

넷째, 전국 최하위 수준의 인천 무상급식 실시율을 필자의 3년 재임 기간 중 전국 최고 수준으로 올려놨다.[7] 2017년에 전면적인

---

7 http://www.incheonilbo.com/news/articleView.html?idxno=807756#08hF
   2018. 10. 1. 인출

중학교 무상급식을 시행했고, 이듬해인 2018년 고등학교 무상급식까지 시행함으로써 전국 도시에서 유일하게 모든 학교급에서 무상급식을 시행했다. 2016년까지는 중학교 무상급식도 도입하지 못했기 때문에 무상급식 실시율이 전국 하위권이었으나, 2017년 중학교 무상급식 도입으로 전국 상위권으로 올랐으며, 2018년 고등학교 무상급식의 전면적 도입으로 전국 최고 수준이 되었다.

구체적인 혜택을 2018년 기준으로 학부모의 입장에서 계산해 보면, 초등학교 학부모의 경우는 연간 655,240원, 중학교는 818,780원, 고등학교는 827,800원의 금액 부담이 경감되었다. 또한, 2017년 말에 극적으로 타결했던 교육청과 시·군·구의 분담률—전국에서 가장 낮은 40% 수준—덕분에 교육청은 그만큼 교육 예산을 다른 교육 활동에 쓸 수 있게 되었다. 따라서 교육청은 더 많은 교육 예산을 확보하여 아이들에게 더 많은 예산을 투자할 수 있게 된 것이다. 2017년 하반기 고교 급식 협상 타결을 위한 치열한 싸움은 외롭고 힘든 것이었으나[8] 이제 와 냉정히 생각해 보니, 인천 아이들과 시민들에게 좀 더 나은 교육과 혜택을 주기 위해서는 꼭 필요한 과정이었던 것 같다. 이 또한 학부모들과 시민들의 한결같은 지지와 성원 때문에 가능한 일이었기에 아이들과 교육만을 생

---

8 http://ilyo.co.kr/?ac=article_view&entry_id=284065
   http://www.obsnews.co.kr/news/articleView.html?idxno=1074050
   http://www.asiae.co.kr/news/view.htm?idxno=2017121314553201178
   http://www.kihoilbo.co.kr/?mod=news&act=articleView&idxno=728684
   http://www.kyeongin.com/main/view.php?key=20171214010004574
   관련 기사 2018. 10. 1. 인출

각하는 교육감은 언제나 시민들과 학부모들의 지지를 받을 수 있음을 확인한 소중한 사례이기도 했다.

다섯째, 필자는 인천교육감권한대행 부교육감 재임 시 과거 전임자들이 해결하지 못한 인천유아교육진흥원 신축과 인천예술고 예술관 신축을 교육부로부터 특별교부금을 확보하여 완성했다.[9] 인천유아교육진흥원은 2011년 인천광역시교육청 행정기구설치조례에 의거 서류상으로는 신설이 되었으나, 오랫동안 실체인 기관 건물과 필수 요원 정원이 없어서 실제는 이름만 있는 일종의 유령(?) 기관이었다. 필자가 인천 부교육감 취임 이후 진흥원 신설을 위해 백방의 노력을 다했는데, 결국 2016년 하반기 특별교부금 신청에서 최종 29억 원을 받아 내고 자체 확보 예산 59억 원을 확보하여, 총 88억 원 규모의 인천유아교육진흥원을 전 백석초등학교 자리에 대수선의 형태로 신축하게 되었다. 1년간 공사 후 2018년 3월에 완공된 인천유아교육진흥원은, 2011년 조례 제정으로 이름뿐인 개원 7년 만에, 실제로도 개원이 완성되었다.

여섯째, 인천 예술고등학교의 본관은 개교 때부터 학교 건물 신축 없이 이전 간호전문대학의 건물을 그대로 사용했기 때문에 그 낙후시설은 예술 교육에 큰 장애 요인이 되어 왔었다. 필자가 부교육감으로 온 후 즉시 당시 예술고 교장의 집요한 요청으로 필자는 학교 방문을 할 수밖에 없었다. 그 덕분에 예술고 본관의 부실함을 확인할 수 있었다. 과거 10여 년 넘게 예술관 신축의 요구가

---

9 http://www.anewsa.com/detail.php?number=1309146 2018. 10. 1. 인출

있었으나 예산의 부족 문제로 매번 좌절되었다. 필자는 교육부와 의 긴밀한 협의 끝에 2016년 말 100억 원의 특별교부금을 확보해 서 강당을 포함한 예술관 신축을 223억 원 예산으로 가능하게 하 였다. 인천예고는 서울과 경기와는 달리 공립인 관계로 좋은 학교 시설에서 양질의 교육으로 우수 예술 인재를 양성할 수 있는 학교 임을 자랑할 수 있게 되었다.

마지막 실적으로 제시할 사업은 학교 이전 및 신설이다.[10] 필자 는 교육감권한대행 재임 시인 2017년 교육부 중앙투자심사위원회 에서 도림고등학교 이전·신축을 포함해 청라, 영종, 송도, 서창 등 학생 과밀지역에 학교 10개교 신·증축을 결정받아 승인율 전국 최고 수준을 달성했으며, 그간 지역 학부모와 학생들의 숙원 사업 의 상당 부분을 해소했다. 특히나 도림고등학교 이전은 구월 농산 물도매시장의 남촌동 도림고 앞쪽으로의 이전(173,188m²)과 인근에 도시첨단산업단지(233,044m²) 지정에 따른 도림고등학교 교육환경 악화로 인해 불가피했다. 동시에 인천시의회와 도림고 학부모 등 의 근본적 대책 마련 요구가 가세하여 도림고 이전 요구가 탄력을 받는 듯했으나, 급작스러운 도림·남촌동 일부 주민과 해당 지역구 시의원의 조직적 반발로 이전 자체가 불투명했었다. 필자는 올바 른 민의를 정확히 파악하여 학부모와 일부 지역 주민들의 간의 갈 등을 조기에 해소하고자, 전국 최초로 여론조사를 시행하여 학교

---

10 http://www.anewsa.com/detail.php?number=1315178&thread=09r02
   2018. 10. 1. 인출

이전에 대해 73%라는 압도적 지지를 확인할 수 있었다.[11] 이에 따라 도림고의 학교 이전 및 신축을, 적기에 그리고 갈등 없이, 완성하는 좋은 모범사례를 만들어 낼 수 있었다. 또한, 도림고 이전은 그 재원도 교육청의 자체 신규 재원을 전혀 쓰지 않고 학교 신설·이전을 완성한 전국 최초 사례여서 교육청 재원 확보와 기존 학교의 다른 지역에로의 이전에도 매우 모범적이고 특기할 만한 사례가 되었다.

[도림고 이전 사업비]

(단위: 억 원)

이전 사업비	부지매입비			시설비			인천시청 총부담액
	법정부담금 (인천시청)	인천시청	합계	회계이관 (현 학교 매각: 인천시청이 매입)	인천시청	합계	
307	26	26	52	159	96	255	307

※ 총액 307억 원 중 부지 관련 회계 이관 159억 원과 추가 필요 재원 148억 원 모두를 인천시청이 부담

---

11 http://www.hankookilbo.com/v/45a2925374804a86ac2ebdcd839af521
    http://www.hani.co.kr/arti/society/area/817166.html
    http://www.yonhapnews.co.kr/bulletin/2017/11/02/0200000000AKR2017110
    2075100065.HTML?input=1195m
    http://go.seoul.co.kr/news/newsView.php?id=20171102500185&wlog_tag3=
    naver
    관련 기사 2018. 10. 1. 인출

도립고의 서창2지구에의 이전은 개발에 따른 공동주택 입주 완료(2020년) 임박으로 서창지구 내 고등학생 수 증가와 도립·남촌동 지역의 학생 수 감소의 두 가지 문제를 모두 해결할 수 있는 일거양득의 효과도 함께 얻을 수 있었다.

또한, 인천 지역의 학생 과밀지역인 청라, 영종, 송도, 서창 등에도 학교 신설과 증축이 대거 이루어져 숨통이 트였으며, 그간 지역 간 갈등까지도 염려되었던 만큼 이러한 학교 신설의 의미는 매우 컸다. 먼저 청라에서는 해원초를 증축하고 경연초·중학교를 신설하여 과거 봉화초 이전의 시의회 부결로 인한 학교 신설 어려움을 극복하였다. 따라서 서구 원도심에 있는 봉화초의 청라 지역에로의 이전은 더는 추진하지 않아도 되었다. 서창에서도 도립고 이전 이외에 서창3초 신설을 받아냈는데, 이 또한 애초 남구의 용정초 신설 대체 사업이었으나 원도심에 있는 용정초는 그대로 존속시키고 단독 신설로 교육부 중앙투자심사위원회를 통과시킨 것으로 양 지역의 학부모와 주민들로부터 환영을 받았다. 그 밖에 영종, 송도지역에도 운서초 증축, 영종하늘5초, 영종하늘6고 및 해양5초, 해양1중 신축 등 전체적으로 당시 인천은 학교 10개교 신·증축 결정을 받아냈다.

3무(無) 선거로 교육감 선거에 출마하여 예비후보로서 한 일

필자는 교육감 선거의 새로운 표준을 만들겠다고 선언하며 인천교육감 선거에 출마했었다. 새로운 표준이란 정치 선거와 크게 다르지 않은, 아니 정치 선거보다 더 진영 선거에 매몰된 교육감 선거를 전혀 다른 모습의 교육적이고 정치 중립적인 형태로 운영해 보겠다는 것이었는데 크게 아래 세 가지를 내걸고 실천하는 것이었다.

먼저, 정치 중립 선거다.
둘째, 돈 안 받고 안 쓰는 선거다.
셋째, 후보자가 직접 만들고 뛰는 선거다.

이미 앞서 설명했듯이 교육감 선거와 시장·도지사 선거와의 차이는 정당의 관여 여부만이다. 정당만 관여하지 않으면 교육감 선거나 일반 시·도지사 선거나 다를 게 없다. 선거비용, 방식, 형

태 등 모든 게 유사하다. 전국동시지방선거일에 같이 한다. 교육
감 선거는 기존에 있던 전국동시지방선거에 얹혀 시행하게 되었
다. 그러다 보니 같이 하는 선거이기에 유권자들은 교육감 선거와
다른 지방선거의 차이를 알지 못하는 게 일반적이다. 헌법과 법률
이 강제하는 교육의 정치적 중립 의무 때문에 교육감 선거에 정당
관여 금지를 시행하는 것인데 실제 정치 중립과는 거리가 먼, 말
그대로 '눈 가리고 아웅' 격이다. 교육감 선거에 직접 참여해 본
필자의 경험과 판단에 의하면 표면적으로만 정치 중립이지 오히
려 수면 이하 혹은 뒤에서의 교육감 선거는 위선적으로 오히려 더
정치적이다. 그래서 필자가 내린 결론은 현재의 교육감 선거는 정
치 중립 선거가 아니라는 것이다. 표리부동하고 매우 편향적이고
정치적이어서 헌법과 법률이 명령하는 정치 중립 선거와는 거리
가 멀다.

그래서 필자가 인천교육감 후보로서 내걸었던 첫째가 정치 중
립 선거다. 지금의 교육감 선거는 정당의 정치 관여만 금지되었을
뿐 그 밖의 대부분은 허용한다. 보수, 진보, 혹은 전교조를 포함한
각종 조직과 단체가 뒤에서 후원하고 조정하는 게 다 일상화되어
있고 공공연하다. 그래서 유권자가 투표할 때도 교육감 후보자의
능력과 역량을 고려하는 것이 아니고 그가 내걸고 있는 진보냐 보
수냐 하는 정치 혹은 이념 성향을 보고 선택한다. 그리고 각 진영
에서 최종 후보자로 결정하는데, 진보 혹은 보수라는 간판을 내건
조직과 단체가 그 후보자를 실질적으로 골라내면서 최종 단일화
과정이란 것을 거친다. 물론 아직은 전교조를 중심으로 한 진보

진영 쪽에서만 그 단일화 과정을 필수적으로 완벽히 진행해 왔고 보수 진영은 진보 진영을 흉내를 내는 정도 수준이다. 즉 유권자가 선택하는 구조가 아니고 특정 진영과 조직이 만들어 낸 제한된 후보를 유권자가 선택할 수밖에 없는 비민주적 교육감 선거다.

당 이름만 내걸지 않았지 정당과 정치인들의 암묵적이고 비공식적인 연대와 지지가 공공연한 비밀이다. 형식적으로는 개인 후보자가 하는 교육감 선거이지만 실제로는 이면과 비공식적인 진영 대결로 펼쳐지는 교육감 선거이기 때문에 진영과 조직이 지원하지 않는 진짜 개인 후보자는 필패할 수밖에 없는 구조다. 법을 지키는 후보자는 선거에서 절대 당선될 수 없는 게 지금의 교육감 선거. 개인에 앞서 진영과 그림자조직—공식적으로 드러내지는 않지만, 실질적으로 후보자를 지지하고 지원하는 조직—이 단일화된 후보를 만들어 내고, 그 단일화된 후보가 최종 당선될 가능성이 가장 크다. 그래서 진보, 보수를 가리지 않고 오직 후보 단일화가 당선을 위한 필수 요건이 되었다. 그러나 상식적으로 생각해 보자. 단일화란 복수의 후보자들을 놓고 한 사람을 대표 후보자로 선택하는 것인데, 그 과정은 공개적이지도 공정하지도 않다. 교육감 선거는 정당도 없기에 지극히 개인적이고 비공식적으로 후보 단일화가 이루어진다. 공적인 관리도 없기에 선거관리위원회도 관여를 안 한다. 그냥 개인들과 사조직들에 의해 단일화는 이루어진다. 따라서 공직선거의 공정성을 갖춘 사전적 절차라고 할 수 없다. 공적 공직선거에 사조직이 개입하는 형태다. 그래서 단일화에도 문제가 있다. 이렇게 문제가 너무나 명백한데도 그 어느 사람도 문제를 제기하지 않고, 모두가 모른 체한다.

　단일화 과정은 필연적으로 진영 논리와 그와 관련한 세력과 단체의 탄생을 수반할 수밖에 없다. 거기에는 돈이 들고 사람과 조직이 필요하다. 그러나 모두 공식적으로 알 수 없는 영역이다. 그런데 감독기관은 그냥 놔둔다. 법에서 정한 정당 관여가 아니라는 이유로 말이다. 개인 자격으로 참여하고 행해지는 선거인 교육감 선거가 절대 자연인 개인에 기초하기 어려운 이유이기도 하다. 그러니 조직이 강하고 체계화된 진영이 만들어 낸 단일 후보가 당선될 가능성이 매우 클 수밖에 없는 것이다. 그래서 교육감 선거는 정당에 근거한 정치 선거보다 더욱 정치 공학적이다. 후보자 개인의 경력과 역량은 고려 대상이 아니고 어느 편인지, 그가 단일 후보인지가 선거 승리의 핵심 관건이 되는 게 교육감 선거인 것이다.

　그러다 보니 교육감 선거에는 크게 진보와 보수 두 가지 진영밖에 없고, 진보와 보수를 아우르거나 진영과 무관하게 오로지 교육만을 중점적으로 홍보하고 강조하는 후보가 없다. 만에 하나 있더라도 주목을 받거나 선거에 이길 확률은 거의 제로에 가깝다. 필자가 인천교육감 후보자로서 출마하면서 내세운 '교육중심주의'가 진보, 보수를 아우르는 탈정치, 정치 중립을 표방하는 것이었다. 아래는 경인일보 2018년 3월 7일 자 기사이다.

　　6일 인천시교육감 선거 출마를 선언한 박융수 인천시교육청 부교육
　　감(교육감권한대행)은 "교육감은 세칭 진보와 보수의 진영 논리를 극

복하고 포괄할 수 있어야 한다"고 했다.

그는 이어 "아이들의 교육을 책임지는 자가 어느 특정 시대와 진영 논리만을 대변한다면 50점도 못 되는 수준이고, 그런 반쪽도 못 되는 자는 아이들의 교육을 논할 자격도, 수준도 되지 못한다"면서 진보와 보수 진영의 후보와 그들을 지원하는 세력을 강하게 비판했다.

진보와 보수 어느 쪽도 대변하지 않겠다는 인천시교육감 후보의 첫 등장으로 선거판이 출렁이고 있다. 교육감 직선제 이후 두 차례의 인천시교육감 선거 구도는 '진보 대 보수' 구도로 짜여졌다.

진보 진영은 '인천 교육희망 일파만파'(2010년), '2014 교육자치 인천시민모임'(2014년)을 통해 단일 후보로 이청연 전 교육감을 추대했고, 이번 선거에서는 '2018 인천촛불교육감추진위원회'가 도성훈 전 동암중 교장, 임병구 인천예고 교사 2명을 대상으로 단일화 절차를 밟고 있다.

보수 진영에서는 '바른교육 인천시민연합'(2010년), '올바른 인천교육감 만들기 추진위원회'(2014년) 등이 활동했다. 이번 선거를 앞두고 보수 진영 2~3개 단체가 후보 단일화를 추진 중이다.

진보 대 보수 구도로 치러지는 선거의 성패는 '단일화 성공 여부'였다. 이번 교육감 선거에서도 각 진영의 쟁점은 후보 단일화였다. 하지만 박융수 부교육감이 선거판에 뛰어들게 되면서 각 진영의 셈법이 복잡해졌다. 진보 진영은 박 부교육감의 출마가 '보수표 분산'의 효과를 낼 것으로 전망하는 분위기다. 반면 이청연 교육감을 지근거리에서 보좌한 박 부교육감이 제기할 '진보 진영 책임론'에 대한 부담을 안고 있다.

박 부교육감은 이날 기자회견에서도 "진보 진영에 좀 불만이 많다.

국민이 일구어낸 촛불이라는 단어를 거기에 왜 붙이고 하는지. 제 생각에는 국민들이 노할 것 같다"고 정면 비판했다.

보수 진영 역시 박 부교육감이 보수쪽 표를 흡수해갈 것으로 보고 있다. 박 부교육감의 보수 교육감 경선 참여 의사를 타진한 적도 있다. 보수 교육감 후보 단일화 일정이 애초 계획보다 지연되는 상황에서 박 부교육감의 출마가 미칠 영향이 적지 않을 것으로 예상된다. 반면 박융수의 출마를 '찻잔 속 태풍'으로 보는 이들도 보수 진영 내에 적지 않다. 보수 쪽 한 인사는 "돈 들이지 않는 선거의 취지는 백분 공감하지만 곧 현실의 벽에 부딪히게 될 것"으로 내다봤다.

기사가 보도한 대로 필자의 색다른 출마는 초기에는 주목을 받았지만, 언론과 시민들의 추가적이고 지속적인 관심을 받지 못해 결국 찻잔 속의 태풍으로 끝났다. 결국, 필자는 깜깜이 교육감 선거와 시민들의 교육감 선거에의 무관심으로 60여 일 만에 예비후보자 신분을 내던지고 사퇴했다.[12]

선거는 기본적으로 정당을 기반으로 해서 치러지는 것이 대한민국에서 일반적 모습이다. 2010년 제5회 전국동시지방선거부터 도입된 교육감 직선제[13]는 그 시작부터 정치 선거, 진영 선거의 모

---

12 http://news.heraldcorp.com/view.php?ud=20180614000314 2018. 10. 1. 인출 이 기사의 제목은 [선택 6.13] 찻잔 속 태풍으로 끝난 '교육 탈정치화'

13 지방교육자치에관한법률 제43조(선출) 교육감은 주민의 보통·평등·직접·비밀 선거에 따라 선출한다.[본조신설 2010.2.26.]

교육감 선거 – 교육이 망가지는 이유

습을 보여줬으며, 2014년 제6회, 2018년 제7회 선거를 거치면서 교육감 선거의 정치화, 진영 대결은 더욱 격화되고 있다. 교육감 선거가 그간의 간선제 폐해를 극복하고자 급조된 형태로 직선제로 변경되었으나, 정치(정당) 선거에 묻어가는 형태로 주민직선제를 도입했기 때문에 그 시작부터 기형화되고 변질한 정치판과 다르지 않았다. 정치 선거와 다르기를 기대했던 교육감 선거는 그 시작부터 단추가 잘못 끼워져 탄생의 목적이 무색할 정도로 몸에 맞지 않는 거추장스러운 옷, 나아가 그 옷을 입은 사람이 바보가 되는 상황이 되었고, 2018년 선거 결과는 시민들과 언론의 철저한 무관심에 근거해서 정치화와 진영 싸움이 극에 달했음을 증명하기에 충분했다.

결론적으로 필자는 전국에서 최초로 진영 논리를 펴지 않고 오로지 교육만을 이야기하며 진영 대결과 정당의 뒷배경을 거부하고 보수나 진보의 세력과 단체의 지지와 후원을 받지 않는 유일한 후보임을 자처하고 실천했으나 그저 돈키호테 짓에 불과했다. 그 시작에는 언론의 주목을 받았으나, 예비후보자 등록 후에는, 국민이 관심 없는 교육감 선거라는 치명적 한계 때문에, 추가적이고 확장적인 관심을 받지 못했다. 그리고 깜깜이 교육감 선거[14]에서는 오

---

14 아래 링크의 쿠키뉴스는 그 기획시리즈에서 교육감 선거를 다음과 같이 요약하고 있다.
   6·13 전국동시지방선거가 임박했지만, 교육감 선거는 여전히 '그들만의 리그'에 갇혀있다는 우려가 있다. 국회의원 재보궐 및 광역단체장 선거에 묻힌 데다 북미회담 등 대형 이슈들이 더해져 주목을 받지 못하고 있다는 진단이다.
   그간 교육감 선거 과정에서 진영 논리에 얽힌 대결 구도만 부각되며 유권자와의 거리

로지 개인에 기초해 선거운동 하는 후보자는 일종의 바보 놀이를 하는 것으로 여겨졌다. 대통령 탄핵을 이뤄낸 '촛불 민심'도 교육감 선거에는 '촛불'이라는 단어만 사용하면 그것이 촛불 민심을 대변한다고 착각하여 지지하는 식으로 결국은 아무것도 모르고 구호와 치장에 근거해서 후보자를 찍는 깜깜이 선거로 전락했다.

필자가 두 번째로 실천한 것이 돈 안 받고 덜 쓰는 선거였다. 그것의 실행 방법이 3+3 무(無) 선거였다. 다른 정치 선거와 다를 게 없으니 합법적인 돈도 받을 수 있고 시·도지사와 똑같은 금액의 선거 경비도 사용할 수 있다. 그러나 이 제도가 말이 되지 않는다고 판단했다. 기본적으로 개인이 출마해서 선거를 치러야 하는 교육감 선거인데 그렇게나 많은 선거비용을 마련해서 선거를 치르게 하는 제도가 부조리하다. 그러니 교육감들은 선거 때마다 예외 없이 부정한 돈을 받고 교도소엘 갔다. 인천의 경우는 더욱더 심한데 전전임 교육감과 전임 교육감이 연속으로 뇌물에 연루되어 유죄 실형 판결을 받았다. 당시 두 교육감들은 보수, 진보의 대표격으로 교육감에 당선되었다. 그러나 뇌물 받는 데는 차이가 없었

를 좁히지 못했다는 지적도 새겨볼 필요가 있다. 실제 이념에 따른 공방이 앞서면서 정작 중요한 구체적 정책 제시 등은 뒷전으로 밀리기도 했다······.

······중략······

시민들의 무관심에 지쳐 사퇴한 후보도 있다. 박융수 인천교육감 예비후보는 지난달 13일 후보직을 내려놨다. 그는 한 언론과의 인터뷰에서 "공직 8년을 남긴 상황에서 교육감 선거 출마는 쉬운 결정이 아니었다"면서 "교육감 선거에 대한 무관심으로 의지가 약해졌다. 더 이상 무관심 속에 선거를 이어가고 싶지 않아 사퇴를 결정했다"고 토로했다.

http://www.kukinews.com/news/article.html?no=555171 2018. 9. 20. 인출

교육감 선거 – 교육이 망가지는 이유

다. 결국, 진영 논리와 색깔 논쟁은 선거 공학적으로 접근하기 위한 '유권자 홀리기' 이었음을 확인할 수 있는 좋은 예인데도 깜깜이 교육감 선거에서는 유권자들의 판단을 흐렸다. 흐렸다기보다는 어느 후보자가 훌륭한지 모르니 그저 진보냐 보수냐로 선택했다고 하는 것이 오히려 현실적 해석이겠다.

또한, 필자는 개인이 감당할 수 있는 자금의 한도 내에서 선거를 치르기로 했다. 그리고 나중에라도 누구에게도 신세를 안 져야 교육감이 되어서도 교육과 인사를 공정하고 정의롭게 펼칠 수 있기에 누구로부터도 돈을 받지 않았다. 교육감 선거에 출마하는 사람들이 필수로 하는, 특히 현직자들은 매우 많은 돈을 긁어모을 수 있는 출판기념회도 선제적으로 하지 않겠다고 선언했고 실제로도 하지 않았다. 그러나 다른 후보자들은 필자를 비웃으며 출판기념회를 통하여 세 과시를 했고 선거 자금을 모았다. 결국, 다른 이들은 변한 게 없었다. 법에서 허용하는 것도 하지 않은 필자만 세상 물정 모르는 꼴이 되었다.

정당의 관여가 없고 공식 정치인 선거가 아니기 때문에 교육감 후보자의 출판기념회에 참석하여 책값의 명목으로 돈 봉투를 건네는 대부분 사람이 해당 지역의 교육 가족이다. 인천교육청 소속 교직원 3만 명 중 10%만 책값 돈 봉투를 내도 3천 명이다. 과연 진정 자발적이고 부담 없이 돈 봉투를 내는 사람이 얼마나 될까? 교육감 되고자 하는 사람이 그 시작부터 구성원들에게 이렇게 눈치 보기와 부담을 강요한다면 교육감 될 자격이 없는 것으로 판단했다. 내 돈을 써야지 이들에게 돈을 구걸하거나 강요하지 않아야 한다는 믿음으로 실천했다. 구성원들에게 금전적 신세를 진 사람이 그들의 인사를 공정하게, 그리고 일을 소신있게 처리하기가 쉽지 않을 거라 여겼다. 필자를 포함해 모든 후보자가 다 유혹에 약한 사람들이기 때문에 그 유혹의 여지를 만들어서는 안 된다고 생각했다. 그들의 돈 수억 원을 받지 않는 대신 내가 쓰는 개인 돈 수억 원은 우리 사회와 교육을 위한 기부라고 생각했다.

후원금도 받지 않는 것으로 했다. 세를 모으고 과시하는 개소식, 공약 발표회 등도 하지 않았다. 특히 출판기념회는 땅 짚고 헤엄치는 식의 '눈먼 돈 받기'였다. 더구나 현직자의 프리미엄이 엄청난······. 그러나 현실은 이중적이었다. 그것을 거부한 필자에게 그 용기가 가상하다고 칭찬하는 것보다는 비난하는 자들이 더 많았다. "돈이 많은가 봐. 출판기념회만 하면 수억 원을 쉽게 챙길 수 있는데 그것도 하지 않고 제 돈 쓰면서 선거하겠다는 것을 보니······. 바보야? 아니면 잘난 체 끝판왕이야?"

세상은 공짜가 없다. 그리고 공짜가 없는 세상이 건강하고 정의롭다. 그래서 그 세상의 경험칙을 인천의 교육감 선거에서 잊지 않고 경계하고자 했다. 선거하면서 신세를 안 질 수는 없다. 그러나 돈만은 피하고 싶었다. 인천은 특히나 교육감들이 다 돈 받고 감옥 간 지역이어서 그 오명을 깔끔히 지우기 위해서라도 개인적인 희생을 감수하기로 한 것이다. 노력과 희생 없이 값진 것을 이룰 수는 없기에 필자의 기득권을 포기하고 남의 돈도 받지 않는 교육감 선거의 새로운 지평을 열고 싶었다. 그러나 비아냥거림과 무관심이 그 메아리로 돌아왔다.

남의 돈을 안 받고 내 돈만을 쓰니 선거비용 지출도 최소한으로 해야 했다. 인천의 경우는 법정 선거비용 한도가 대략 14억 원이다. 필자는 그 한도액의 50% 수준인 7억 원까지만을 쓰기로 했다. 정년 8년 남은 상태에서 명예퇴직하니 그 수당으로 1억 6천만 원 정도 받고, 가족자금 3억 4천만 원, 집 담보로 2억 원 대출받는 것으로 해서 세출의 재원을 마련했다. 선거비용으로 반만 쓰려니 그동안 관행적으로 해 왔던 선거 지출 관행을 대폭 손봐야 했다. 그래서 맘먹은 게 세출에서의 3무(無)였다. 트럭과 스피커 사용 금지, 그리고 율동 운동원도 고용하지 않겠다는 것이었다. 율동 운동원은 이번에 필자가 인천선관위 관계자와 상의하면서 함께 만든 신조어다. 선거사무원 중 무리를 지어 춤추고 지지를 호소하는 사람들을 지칭하는 것인데 그들을 고용하지 않겠다는 것이었다. 이 세 가지를 하지 않고 각종 경비를 공개 입찰하여 가격을 낮추니 가능했다.

마지막으로 실천했던 것이 교육감 후보자가 직접 뛰는 선거였다. 교육감 선거는 개인이 직접 뛰는 선거다. 당도 없기에 세력과 조직도 없어야 한다고 필자는 믿었다. 진영과 세력에 기대지 않으니 속된 말로 선거꾼(선거기획자)의 도움을 받지 않았다. 출마 결심 후 십여 명의 선거꾼의 요청이 있어 만나 봤는데 이구동성으로 3무 선거를 먼저 포기해야 한다는 것이었다. 그들은 교육감은 교육을 위해, 해당 지역과 대한민국의 아이들을 위해 출마해야 한다고 주장하는 것에 귀 기울이지 않았다. 선거에 나왔으면 수단과 방법 가리지 말고 무조건 이겨야 한다고 강변하면서 필자의 교육감 선거 개혁 의지와 교육중심주의를 냉소적인 표정과 헛웃음으로 비웃었다. "내가 선거에 잘못 나왔구나" 하며 자조해야 하는 시간의 연속이었다. 그들을 만나면 만날수록 나의 자존감과 패기는 상처받고 낮아졌다. 그러나 교육감 선거 개혁과 진짜 교육만을 생각하는 교육감의 탄생을 위해서는 양보할 수 없는 3무 선거였다. 선거꾼을 포함한 20여 명의 선거경험자를 만나고 얻은 결론은 그들의 도움을 받을 수 없다는 것과 도움을 받는 순간 나의 출마의 명분과 실리를 모두 잃는다는 거였다. 그래서 더는 만나지 않았고 그 뒤에 계속 울리는 전화도 받지 않았다.

여기서 부가적으로 기록해야 할 것들이 있다. 필자가 직접 만난 그들에게서 들은 충고나 경험담이다. 실제 교육감 후보자로 출마 경험이 있는 자들의 조언들도 그들과 다르지 않았다. 먼저, 선거는 선거일 뿐이다. 그래서 ① 선거는 공학적으로 잘 접근하고 활용할 수 있는 조직과 선거꾼들이 해야 한다고 했다. ② 회계장부는 꼭 이중, 삼중, 더 심하면 사중 장부까지도 만들어야 한다고도 했다. ③ 당연히 돈줄을 잡아야 한다. 그 돈줄은 교육감 되고 나서 대가를 바라지만 일단을 돈 대준다는 사람이나 업체를 잡아야 한다. 돈이 없으면 당선도 없다는 게 그들의 주장이었다. ④ 당선을 위해서는 모든 것을 걸고 모든 것을 포기해야 한다. 선거는 게임이지 진정성이 아니라는 것을 강조하면서……

이렇게 선거를 하다 보니 선거사무소는 상당 기간까지 후보자인 필자가 선거사무장을 겸직하고, 아들이 회계책임자 겸 총괄 비서를 하고, 필자의 친구 아들 2명과 아들의 대학 친구 1명, 그리고 필자의 첫 직장인 서울특별시목동도서관에서 함께 일한 퇴직공무원 1명 등 5명이 고용된 선거사무원의 전부였다. 그리고 다른 후보자들과 달리 다른 숨김이 없었다. 골목길 안쪽에 있는 10평 정도의 아주 작은 사무실[15]에서 이들과 함께 인천교육감 선거에 참여했다. 그러다 보니 후보자가 해야 할 것은 정말 많았다. 선거사무소 운영, 각 선거사무원 담당 업무 배분 및 조정, 선거운동 기획 및 참여, 회계 업무 총괄, 선거비용 충당, 각종 언론 인터뷰 기획 및 자료 작성, 8차에 걸친 정기적 언론브리핑 보도 자료 작성 및 언론사 대응 등 선거의 모든 과정에 후보자가 직접 관여하고 필요 자료를 직접 만들었다. 다른 후보자들은 다른 이들이 만들어 준 영혼 없는 기획서와 자료로 말하고 움직이는 것처럼 비쳤다. 그들과 짤막한 대화를 하거나 공식 석상에서 인사말을 하는 것만 봐도 그들이 직접 만든 교육 정책이나 비전은 없어 보였다. 교육감을 통해 무언가를 하겠다는 것보다 오로지 교육감직을 꼭 차지하겠다는 권력의지만 확실해 보였다. 그래서야 어찌 교육감직을 제대로 수행할 수 있을까 싶었다. 그래서 이제 4년의 임기가 다 되어가는

---

15 사무소에 방문한 사람들은 많이 놀라고 당혹스러워했다. 일단 그 규모의 협소함에 놀라고 골목 안에 있음에 경악했다. 사실 필자도 교육감 후보자 사무실이 대로변이 아닌 곳에 있는 최초의 사례가 아닐까 싶긴 하다. 한 지역 신문은 아래와 같이 보도했다.
시교육감 후보 4인 '찜'한 사무소: 최순자, 전 교육감 선거 캠프 계승; 도성훈, 사통팔달 눈에 띄는 자리; 고승희, 홍보사진 걸기 좋은 건물; 박용수, 주민 피해 안 주는 골목길
http://www.incheonilbo.com/news/articleView.html?idxno=807526 2021. 5. 22. 인출

현 교육감이 그 직무를 잘 수행해 왔는지에 대한 평가에 필자의 결론은 '미흡'이다. 하기야 교육감의 인수위원회 위원이었고 전임 교육감 및 현 교육감 보좌관까지 역임한 최측근이 구속된 상황[16]이니 성과를 논하는 게 무슨 의미가 있을까 싶기는 하다.

---

16 https://www.edaily.co.kr/news/read?newsId=03758886629080408&med
    iaCodeNo=257&OutLnkChk=Y
    https://www.khan.co.kr/national/incident/article/202105181701001 2021. 6.
    13. 인출

필자는 거짓과 위선의
교육감 선거를 거부한 것이다

부록 3에 있는 2018년 6월 13일 실시 제7회 전국동시지방선거 주요 사무 일정을 보자. 교육감 후보자는 2월 13일부터 예비후보자로 등록하여 선거운동을 할 수 있다. 6월 13일인 지방선거일 120일 전으로 본 선거기간을 포함하여 넉 달여 동안 직·간접적으로 선거운동을 할 수 있다. 예비후보자로서 활동할 수 있는 기간은 석 달 보름 정도이고 정식 후보자로서의 기간은 그 나머지인 보름 가까운 시간이다. 필자는 인천교육감 예비후보자로 선거에 60여 일 동안 참여했다. 교육을 위해 공직을 사퇴하고 60여일을 선거운동에 참여하였으나, 제도의 부조리, 현실의 위선과 거짓을 더는 참지 못하고 중도 사퇴했다. 그 시작부터 마칠 때까지 초보자와 학습자로 배우면서 직접 경험했던 교육감 선거였다. 선거 캠프의 모든 직원도 필자와 같이 선거라는 것을 처음 접하는 사람들이었다. 직접 경험해 보니, 선거 법령과 제도가 교육감 선거의 취지에 맞지 않으며, 선거에 참여하는 후보자들이나 그들을 지원하는 사람들도 부조리와 위선으로 선거에 참여하고 있다고 볼 수밖에 없었다. 제도와 참여자가 결국은 공모하는 구조와 관계였다. 필자는 그것을 개혁하려고 참여했으나 결국 한계를 인정하고 중도 하차했다. 그 제도적인 측면과 교육감 선거에 참여하는 사람들의 부조리를 기술하고자 한다.

먼저, 왜 예비후보 기간과 정식 후보 기간을 구분해서 운영하는지 이해가 안 간다. 선거관리위원회가 정하는 선거 일정을 보면 공식 선거기간은 5월 31일부터 6월 12일까지 13일 동안만이다. 상식적으로 보면 예비후보 기간 107일은 본 선거기간 13일을 위한 것으로 여겨진다. 예비후보자로서의 기간은 선거에 매우 긴요하면서도 전체의 80% 이상을 차지하여 예비라는 명칭에 걸맞지 않게 중요한 기간이다. 각종 규제 사항이 있는 기간이지만 법에 따라 선거운동이 보장되고, 대부분 후보자가 예비후보자로 등록하는 것을 보면 예비후보자로서의 활동 기간이 선거 결과에 치명적임을 방증하는 것이라 하겠다. 그러나 예비후보 기간과 본 후보 기간을 구분하여 운영함에 따라 어색하고 불합리한 것이 많다. 실제 전체 선거 일정을 보면 예비후보로 등록하거나 사전에 선거 준비를 하지 않으면 실질적으로 선거에 임하기가 거의 불가능하다. 그 이유와 근거는 꽤 많다. 그러나 여기서는 부록 3의 일정표에서 쉽게 확인할 수 있는 두 가지만 언급하겠다.

후보자로 등록하는 기간이 2018년 5월 24일과 25일인데 후보자로 등록하자마자 곧바로 5월 30일까지 선거 벽보 인쇄물을 선관위에 제출해야 하고 6월 1일까지는 선거공보도 제출해야 한다. 선거 벽보는 동네 벽에 붙이는 후보자들을 알리는 한 장짜리 벽보이다. 선거공보는 가가호호 우편으로 배달되는 후보자들이 직접 만들어 홍보하는 12쪽 이내의 후보 안내 책자이다. 여기에는 많은 사람의 아이디어와 노력, 그리고 큰돈이 들어간다. 법령과 규칙에 따라 곧이곧대로 그리고 법대로 오로지 캠프 직원들과만 함께 작업한 필자에게는 매우 힘든 작업이었다. 시간도 오래 걸려서 미리 기획자와 인쇄업자를 찾는 게 중요했다. 공개적으로 업체를 찾고 다양한 견적을 받아 결정하여 계약을 성사시켰다. 아는 인쇄업자를 섭외하면 금액이 올라가고 금전이 오가는 뒷거래(소위 리베이트)도 있을 수 있다는 것을 알게 되어 그런 업자들은 모두 배제했다. 물론 그들은 일정에 늦지 않게 안정적으로 벽보나 공보를 만들 수 있는 장점이 있기는 했지만 깨끗한 선거를 위해 모두 포기했다. 공개 입찰 방식으로 사전에 알지 못한 사람이나 업체를 찾는다면 벽보나 공보 제작을 위해서는 적어도 4월부터 해당 일을 본격적으로 시작해야 했고, 그래서 시급했고 매우 바빴다.

그런 점에서 보면 후보 등록 기간을 24~25일로 정하고 있으나 그 훨씬 이전부터 본 선거기간을 위한 핵심적인 일을 할 수밖에 없는 일정과 구조는 실제 선거비용이나 선거에 투여되는 시간, 비용, 인력을 작거나 적게 보이게끔 하는 속임수가 아닌가 싶은 생각도 든다. 선거관리위원회는 후보자가 지출한 선거비용을 공식 집계하여 보도 자료의 형식으로 발표하지만 실제로 지출한 금액은 예비후보 기간과 신고하지 않은 금액까지 포함하면 이것보다 훨씬 많을 것이다. 그러나 누구도 선거 과정에서의 진실과 실제 쓴 모든 선거비용을 알려고 하지 않고 알 길도 없다.

[선거별 선거비용지출액 현황]

(단위: 수, 백만 원)

선거명	후보자수 (사퇴 등 포함)		선거비용지출액			
	제6회	제7회	총액		후보자 1인당 평균	
			제6회	제7회	제6회	제7회
시도지사	61	71	46,956	54,112	769	762
교육감	72	61	72,964	67,761	1,013	1,110
구시군장	727	757	84,141	90,200	115	119
시도의원	1,736	1,889	67,813	75,609	39	40
구시군의원	5,414	5,336	164,043	168,233	30	31
소 계	8,010	8,114	435,917	455,915	1,966	2,062
국회의원재·보궐	–	46	–	5,103	–	110
합 계	8,010	8,160	435,917	461,018	1,966	2,172

출처 : 중앙선거관리위원회 보도자료, 6.13. 지방선거 및 국회의원 재·보궐선거 정당·후보자 선거비용 4,610억 원 내역 공개

공식 선거기간이 13일이라면 그 기간에 선거에 관한 상당한 일을 다 할 수 있게끔 해야 한다. 그러나 실제는 본 선거기간이 아닌 예비 기간에 선거에 관한 상당 부분이 사전적으로 준비되고 완결되는 수준으로 진척되어 있어야 한다. 선거 일정상으로는 선거방송토론위원회 주관 대담·토론회가 선거기간의 핵심 일정으로 유권자나 후보자 모두에게 가장 중요한 활동임에도 불구하고 짧은 본 선거기간과 준비 부족으로 유명무실하게 운영되는 게 현실이

다. 인천의 경우, 지상파 방송사 초청 토론회는 딱 한 차례만 있었을 뿐이고 진행 과정과 내용도 허접하기 이를 데 없었다. 민주주의, 토론 수업, 그리고 인성 교육을 공통으로 외치는 후보자들이었는데 정작 그들이 보여주는 민주주의, 토론, 인성 수준은 모두 부적격이었다.

후보자들이 선거비용 보전을 위해서 선거관리위원회에 신고하고 제출하는 선거비용 수입지출 내역은 선거비용 제한액 한도 내에서만 작성한다.[17] 예비후보자 기간에 최소한도로 써도 신고하지 못하고 추가로 들어가는 비용이 인천의 경우 억대이다. 이런 비용은 나중에 선관위에 의해 보전도 안 되고 후보자 개인이 고스란히 부담해야 한다. 이런 비용을 부담하면서 선거에 출마하는 심리도 참으로 이해하기 어렵다. 필자가 출마를 결심하고 나서 선거 자문 받기 위해 과거 출마 경험이 있거나 출마 의향이 있었던 10여 명 이상의 사람들을 만났었다. 실제 출마한 사람 중에는 개인 돈만

17 2018년 6·13 지방선거에서 인천교육감 후보자로 쓸 수 있는 선거비용 제한액은 1,344,000,000원이었다. 이 금액의 대부분은 공식 선거기간인 13일 동안의 선거운동을 위해 지출되는 금액이다. 따라서 예비후보 기간인 107일 동안 쓰는 비용은 후보자가 전적으로 스스로 알아서 해야 하고 대부분이 선거 보전 비용 대상이 아니다. 예비 기간과 공식 선거기간을 구분하는 저의를 의심케 하는 대목이며 공영 선거를 무색케 하는 괴이한 구분이기도 하다. 필자가 인천선관위에 예비후보 동안의 선거비용은 어떻게 해야 하냐고 질문한 적이 있었는데, 이에 대해 선관위는 답을 정확히 하지 못하고 후보자 스스로 알아서 해야 한다는 궁색함만 있었다. 정당도 없는 교육감 선거에서 개인이 선거비용을 알아서 조달하라고 하는 것이 과연 선거 공영제인지 의문이고 이에 대해 과거 10년 동안 교육감 선거에 출마한 사람들이나 교육 관련자들이 문제 제기 한 번 안 한 것도 또한 의아스럽다.

수억 원을 날렸다고 자기의 경험담을 무용담으로 소개하기도 했다. 왜 그렇게 많은 돈을 쓰면서 교육감이 되려고 하느냐의 필자의 질문에 거의 모든 사람이 원래 선거직에 나오려면 그 정도 쓰지 않고는 안 된다고 하면서 그런 것에 의문을 제기하지 말라는 식이었다. 그러면서 필자가 이미 선언한 3무 선거운동을 아주 호되게 비난하고 조롱했다. 선거는 돈을 쓰면 쓸수록 유리한데 필자는 법이 허용한 돈도 안 쓰면서 선거에 나온다고 하니 소가 웃을 일이라고……. 필자는 그들에게 또다시 다음과 같이 물었다. "개인 자격으로 나오는 교육감 후보자가 정당이 있고 정치인인 시·도지사 선거와 똑같이 혹은 돈을 더 쓰게 하는 교육감 선거가 과연 합리적이고 교육적인 선거인가?" 그들의 답은 매우 명쾌했다.

선거에 나온다면 그런 문제 제기 자체가 자세가 안 돼 있는 거다. 수단 방법 가리지 말고 무조건 당선되는 일만 해야지 무슨 쓸데없는 소리를……. 3무 하면서 선거하면 안 된다. 그걸 누가 알아주나? 선거에 백해무익이다. 혼자만 병신 되는 거다. 박 부감 말대로 선거비용 제한액의 반만 쓴다 치자. 그래서 7억 원 쓰고 낙선하느니, 14억 원 혹은 그 이상 써서 당선되는 게 낫지. 당신이 그렇게 한들 여기 인천에서 알아주는 사람 하나도 없을 거다. 그냥 세상 물정 모르는 객지 사람이 또라이 짓 한다고 생각하지…….

이번에는 후보자들이 과연 법에서 정한 선거사무원들한테만 도움을 받는지 점검해 보자. 앞서 언급했듯이 예비후보자 기간 동안 선거의 대부분이 준비되고 완결된다. 그러면 최장 107일의 공식적인 예비 기간 동안 선거 캠프에서 후보자를 포함한 몇 명이 선거를 준비하고 일할까? 현행 법령에 따르면 교육감 후보자 이외에 선거사무소에서 그 후보자를 도와 선거에 참여할 수 있는 유급 '선거사무원'은 최대 5명까지이며 이와 별도로 회계책임자를 둘 수 있으니 최대 6명이 함께 할 수 있다. 물론 이 경우에도 후보자가 사무장과 회계책임자를 겸임할 수 있는데 그러면 4명이 함께 일하는 게 된다.

예비후보 초기에는 필자가 사무장과 회계책임자를 겸했고, 이후 회계책임자를 별도로 두고 다시 40여 일 후에 사무장을 추가로 고용했다. 그래서 유급으로 일하는 직원이 시작 때는 4명, 40여 일이 지난 후에는 6명이 되었다. 후보자와 선거사무원들은 선거일에 정말 눈코 뜰 새 없이 바빴다. 먼저 후보자 본인은 선거를 총괄하면서 각종 기획과 보고서 작성, 사람들 만나는 것을 비롯해 언론 대응 등 거의 모든 일을 했다. 선거사무원 1명은 차량 운전을 전담했고, 2명은 비서 역할을 함께 혹은 교대로 했다. 나머지 2명은 사무실에서의 기획업무, 지출 계약 업무를 같이 담당했다. 물론 모든 선거사무원은 수시로 교대하며 현장에 나가 필자와 함께 시민을 만나 명함을 나눠 주며 동분서주했다.

사정이 이렇다 보니 일주일 7일 근무, 하루 12시간 이상 근무가 어쩔 수 없었다. 이렇게 한 달 일한 이들에게 줄 수 있는 선거사무원 월급이 250만 원 조금 넘는 수준이다. 일단 현실적이지 않다.

그래서인지 인천 지역에서 실제 과거 선거 경험이 있고 전문가로 여겨지는 사람들을 만나 그들이 이 월급을 받고 선거에 도움을 줄 수 있냐고 했더니 한결같은 대답은 노(no)였다. 그 돈 받고 누가 일하겠냐며 건설 공사의 일괄수주(turnkey) 입찰방식처럼 선거 전체를 책임지는 식으로 참여하든지 홍보나 기획, 인쇄나 기기 장비를 총괄하는 식으로 쪼개서라도 나름 큰 덩어리를 책임지는 형태로만 참여할 수 있다고 했다. 이는 큰 덩어리의 사업 예산을 확보함으로써 어떻게든 실질적인 인건비 이상을 챙기겠다는 의도라 생각된다.

회계책임자를 포함해 총 6명이 선거 캠프 직원으로 일했지만, 필자는 그들이 분담하고 있는 일도 거의 다 함께하며 핵심 의사결정도 그때그때 긴박하고 절실하게 해야만 했다. 필자가 직접 스스로 행한 구체적 예를 든다면 다음과 같다.

1. 각종 자료 모두 작성: 워드 작성까지 본인이 100%
2. 언론 대응도 스스로: 기자 인터뷰, 설명, 전화 응대 등
3. 시민들을 만나는 현장에서 명함 나눠 주기
4. 선거 자금 조달 100% 스스로
5. 선거 공약 작성
6. 각종 질의에 대응한 검토서 본인 직접 작성
7. 8차에 걸친 정규적인 언론브리핑 직접 하고, 자료 없이 즉석에서 기자들과의 Q&A
8. 학원연합회 등의 단체에서 요청하는 공개 질의 및 답변을 토크콘서트 식으로 후보자 본인이 직접 대응

9. 각종 직능 단체 임원진이나 시민 대표들이 면담을 요구할 때
도 필자가 몇 시간씩 직접 대응하고 답변

10. 선거사무소도 가장 저렴하고 시민들에게 피해 안가는 장소
로 직접 물색하고 건물에 걸린 현수막 시안들도 후보자가 직
접 완성

이러다 보니 필자가 언론브리핑, 인터뷰, 공개 답변, 시민과 학
부모 만남, 인사말 등에서 사전에 말씀 자료를 준비해서 갈 수도
없었고 할 필요도 없었다. 그럴 참모진도 없었고 모든 것을 후보자
본인이 직접 해야만 했다. 상황이 이러다 보니 메모나 사전 준비
자료 없이 현장에서 즉시로 하는 것이 효율적이고 경제적이었다.
필자의 경험에 따르면 현행 선거 법령은 필자가 했듯이 대부분을
교육감 후보자가 스스로 하는 것을 염두에 두고 있는 것 같다. 그렇
게 안 한다면 불법이나 위법을 저지르며 선거를 치러야 할 개연성
이 매우 크다. 60여 일을 직접 발로 뛴 자의 종합적 판단은 그렇다.

그러나 현실은 달랐다. 60여 일의 기간 동안 필자가 후보자의
한 사람으로서 다른 세 명의 후보자를 경험한 느낌도 그랬고, 특히
선거기간에 유일했던 지상파 방송사 초청 인천교육감후보자토론
회[18]를 시청한 소감을 종합적으로 분석·평가해 보면 이들이 과연

---

18 2018년 6월 7일 10시부터 11시 40분까지 KBS 1TV에서 생중계되었고, 아래 링
크에서 다시 볼 수 있다.
https://www.youtube.com/watch?v=jkqCu0BkPJc 2018. 6. 20. 인출

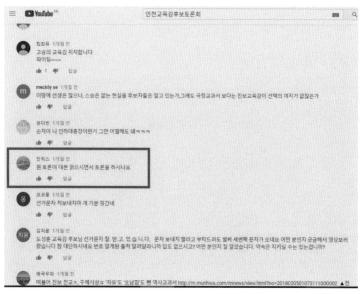

인천교육감후보토론회 댓글

본인이 직접, 혹은 주도적으로 선거에 임했는지 의문이다. 말이 토론회지 실제는 토론회가 아니고 준비된 원고를 읽는 수준이었다. 교육감 하겠다고 나온 사람들의 수준이 의심 가는 대목이 아닐 수 없다. 이 토론회 영상을 보면 이들 세 명의 후보자는 선거기간 내내 공식적, 비공식적 선거 참모에 의존하여 선거운동을 하지 않았나 하는 합리적 의심을 하지 않을 수 없다. 후보자들이 공약, 선거 기획, 선거 자금 등에 직접 관여하고 책임지고 했다면 토론회에 나와 누가 써 준 듯한 자료를 앞뒤 안 가리고 읽어 내려가는 모습은 부끄러워서라도 보일 수가 없기에 말이다. 그림과 같이 인천교육감후보토론회에 달린 7개 댓글 중의 하나가 매우 의미심장하다. 필자의 소감을 대변하는 것이기도 하다.

무슨 토론회를 대본을 읽는 식으로 하느냐고 질책하는 의견이다. 생중계로 본 필자도 60여 일 이런 후보자들과 함께 선거에 참여했다는 것 자체가 부끄러울 정도로 형편없는 토론회였다. 그들과 함께했던 선거운동을 다시금 검증한다는 차원에서도 인내력을 가지고 100분 동안 토론회를 생방송으로 지켜봤지만, 민주주의와 정상적인 선거제도라면 받아들일 수 없는 '생방송' 토론회였다. 준비된 자료를 그저 읽어 내려가는 모습과 미리 다 알고 있는 질문과 답변으로 짜여진 것이어서 '녹화·편집 방송'으로 해도 무방한 내용과 수준이었다.

이런 일련의 과정에서 필자가 종합하여 결론 맺을 수 있는 것은 더는 이런 교육감 선거는 안 된다는 것이다. 선거관리위원회가 정하는 교육감 선거의 일정, 과정, 비용 등을 포함한 교육감 선거의 전반에 대해 근본적인 고민을 해야 한다. 그래서 몇 가지를 제안한다.

먼저, 정당이 없이 개인 자격으로 출마하는 교육감 선거는 정치 선거와 전혀 다른 형태로 구안하여 대안을 마련해야 한다. 정당 관여 금지 선거인데 정당에 기초해서 하는 정치인 선거의 옷을 입혀 놓은 꼴이 오히려 교육을 망치고 있으니 말이다.

둘째, 예비후보자 기간과 정식 후보자 기간의 개념 정리와 역할 구분을 명확히 해야 할 것이다. 이런 식이면 그 구분을 없애고 기간을 합리적으로 다시 정하고, 선거비용도 실제 쓰이는 돈을 다

계산해서 눈속임이 없게 해야 한다.

셋째, 선거비용 문제를 좀 더 명확히 해야 할 것이다. 현행법은 선거 공영제를 선언하고 있다. 즉 선거 공영제가 진정한 목적이라면 지금과 같은 형태는 안 된다. 특히나 교육감 선거는 너무나 개인 돈에 많이 의지하게끔 하고 있고 결국 교육감이 감옥 가기를 반복하고 있다.

넷째, 지금까지도 선거는 명함 돌리기, 선거공보, 벽보, 트럭과 스피커의 소음에 의한 유세, 그리고 돈에 의해 후보자 이름 알리기에 몰두하고 있다. 이런 것들로 교육감 후보자의 능력과 역량을 파악할 수는 없다. 가장 유력한 방법은 준비된 자료 읽지 않는(no paper) 형태의 진정한 방송 토론회를 여러 번 개최하는 것이다. 21세기 4차 산업혁명 시대에 교육감 선거 방법은 20세기에 머물러 있다. 이름 석 자만을 알려서 그 이름의 인지도에 따라 교육감을 뽑는 거라면 그냥 추첨으로 뽑는 게 2,000억 원이라는 교육 예산을 선거비용으로 낭비하지 않을 수 있으니 나을 수 있다. 그 많은 돈과 시간을 들여도 정작 교육감 될 자가 어떤 비전과 능력, 그리고 교육적 자질을 갖추었는지 검증하지 못한 채 투표용지에 도장만 찍는 것에 머문다면 교육감 선거는 그저 돈만 낭비하며 허투루 하는 바보 놀음에 지나지 않는다.

필자는 60여 일간 바보 놀음을 안 하려고 온갖 노력을 다했다. 그러나 나머지 30일간 더 한다 해도 결국 바보 놀음으로 끝날 것이 명약관화하여 사퇴한 것이다. 이런 식으로 당선된다 한들 그게 당선되었다는 사실 외에는 다른 의미가 없을 것 같았다. 이런 선거제도와 방법으로서는 인천교육감 후보자로서 240만 유권자에게 후보자의 비전과 능력을 알릴 길이 없었다. 민주주의에 의한 교육감 탄생이 아니었다. 그저 각본과 속임수에 의한, 그리고 그들만의 리그에 의한 치밀한 정치 공학의 산물인 교육감에 불과했다. 젖먹던 힘까지 다 소진하고 피 같은 돈도 의미 없게 다 쓰면서 말이다. 참 의미 없는 교육감 선거 과정이었다. 그걸 확인한 이상 난장의 교육감 선거판에 더는 머물거나 나아갈 수 없었다.

돈키호테의 시작이었지만
나비효과를 기대한다

　정치적 진영 대결을 극복하고 오로지 교육만을 생각한다는 교육중심주의와 깨끗하고 교육 예산을 절약하는 교육감 선거의 새로운 표준을 창출하려는 3무 선거는 90일의 완주를 못 하고 60여 일의 미완의 중단으로 끝났다. 무관심과 현실을 모른다는 조롱, 그리고 후보자 개인의 좌절과 모멸감을 극복하지 못한 아픈 패배였다.

　이러한 비참한 패배와 그 현실 앞에서 좌절하는 아버지를 처음부터 지금까지 믿어 주고 격려해 주는 동지가 있었다. 그는 필자의 아들이다. 선거에 출마를 결심할 때까지도 가족의 물리적 도움 없이 선거를 치를 계획이었지만, 결국 필자는 아들의 도움이 절실했다. 그래서 아버지로서 그에게 도움을 청했고, 그는 주저함이 없이 선거에 참여했다. 아래는 당시 필자가 페이스북에 올린 글이다.

우리 아들이 지난해 말 제대하고 이번에 복학했었는데, 내가 새로운 환경과 시련에 힘들어하는 것을 보고 휴학하고 아빠를 돕겠단다. 아랫글을 받고 눈물을 훔치지 않을 수 없었다.

아들아!

고맙고 대견하다. 뭣보다도 이 생경하고 험난할 과정을 아들과 함께 한다는 것에 감사하다. 너와 시간과 공간, 그리고 생각과 실천을 함께 하고 같이 기억할 수 있으니 말이다. 이젠 어느 것도 두렵지 않다. 네가 아빠를 지켜보고, 같이 고민하며, 함께 일하니 말이다.

고맙구나, 아들아!

"오늘 아빠한테 나의 휴학에 관한 얘기를 듣고 감사하면서도 죄송했다. 우리 집의 가장으로서 막중한 책임감과 부담도 엄청나게 클 텐데, 제대하고 복학한 아들에게 휴학하는 건 어떻겠냐고 물어보는 건 아빠가 나에게 정말 하기 어려운 얘기였을 것이라는 걸 나도 너무 잘 안다. 내가 아는 아빠의 성격이라면 더더욱 얘기하기 힘들었을 것이다. 내가 아빠라도 선뜻 얘기하기가 쉽지 않았을 거다. 아마 잠을 설치시면서 며칠간 고민을 하시다가 꺼낸 얘기일지도 모른다.

그래서 아빠에게 정말 감사했다. 가족들에게 아빠가 느끼는 힘듦과 고민을 다 털어놔줘서 감사했다. 아무리 가까운 가족이라도 직접 얘기하지 않으면 완벽히 알 수가 없다. 말하기 쉬운 게 아니지만, 이제는 이 선거가 얼마나 힘든 것인지 나도 느껴진다. 8년 남은 정년을 버리고 나온 것이기에 그 부담감도 말로 표현할 수 없을 것이다. 생각보다 선관위에서 대주는 금액도 많지 않은 것 같다.

인천광역시교육감 선거 출마에서 돌연 사퇴까지

나는 어제까지만 해도 말로는 열심히 돕겠다고 했지만, 학교 후배들, 동기들, 동아리원들을 만나니 나도 모르게 굉장히 들떠있었던 것 같다. 그러다 보니 지금 현재 가장 중요한 일인 선거에 집중을 못 했던 것 같다. 그래서 더 죄송했다. 이 정도로 아빠가 힘들어하시고 조금만 도움을 달라고 하신 건데 그걸 소홀히 했었다. 유일하게 맡기신 일인 SNS 작업도 아직까지 미뤄 두었었다.

오늘 아침 아빠가 출근하시기 전에 대화하고 나는 생각이 많이 바뀌었다. 상황에 대한 긴박함과 절실함도 달라졌고, 마음가짐도 달라졌다. 엄마도 걱정이 많으신 것 같다. 아빠가 언제나 어떤 일이라도 그랬듯이 리스크가 있어도 월등히 쭉 진행되는 것을 예상하셨던 것 같다. 하지만 예상보다 아빠가 많이 힘들어하시는 걸 보고 걱정을 하시는 것 같다.

며칠 전에 엄마에게 이유 없이 짜증을 부린 적이 있다. 나도 학기 초에 많은 일을 하며 과부하 되면서 나도 모르게 짜증을 부렸다. 지금 생각해 보면 너무 죄송했다. 엄마가 안 그래도 경제적 부담을 많이 안으셔서 늦게까지 일하고 돌아오셔서 많이 힘드실 텐데, 나까지 짜증을 부리니.

아빠, 엄마가 가장 힘들겠지만, 이번 석 달은 우리 가족 모두가 제일 힘든 시기일 가능성이 크다. 하지만 이럴 때일수록 힘들어서 올라오는 짜증도 잘 눌러야 우리 가족이 더 잘 단합할 수 있을 것이다. 이것도 이번 기회에 배울 하나의 레슨이라고 생각한다. 결국, 서로 다독여주고 힘을 합치는 게 우리 가족이다.

세상에는 새로운 도전을 하는 사람들이 많다. 성공도 하는 사람도 있지만 실패하는 사람이 대다수이다. 하지만 우리 가족은 그 대다수와 다를 거다. 나는 그걸 안다. 그래서 성공할 것이다. 힘만 합치면 우리 가족은 잘할 수 있다.

방금 학과 사무실에 휴학에 대해 알아보고 왔다. 긴급한 사정이 있으면 등록 휴학이 가능하다고 한다. 사유서만 제출하면 된다고 한다. 마음의 준비는 됐다. 3년 늦어져도 이렇게 잘 다니는데 1학기 더 늦어진다고 어떻게 될 리가 있겠나? 동기들은 인턴 한다고 하는데 나도 생각해 보면 이것도 결국 인턴이나 다를 게 없다. 아니, 오히려 더 좋은 경험일 거다.

지금은 많이 힘들겠지만, 이루어 내면 정말 새로운 세상을 열 수 있는 도전이다. 우리 가족! 조금만 더 힘내서 앞으로 3개월 열심히 달리자! 파이팅!!"

그는 아버지의 요청으로 선거 캠프의 시작과 끝을 지키고 마무리한 선거 핵심 참모이기도 했다. 60여 일 동안 그의 아버지와 함께 하루도 빠짐없이 선거운동을 함께 한 그가 후보 사퇴 후 아프게 신음하고 있는 그의 아버지에게 아래와 같이 위로의 말을 건넸다. 그도 한없이 좌절하고 많이 힘들었을 텐데도 말이다.

아빠는 실패한 게 아니에요. 아빠와 우리 가족 모두가 출마할 때나 사퇴할 때나 함께 고민하고 최종 동의해서 한 것이었어요. 즉 모두가 아빠의 도전이 필요하다고 생각했고 당위성도 있다 생각한 거죠.

엄마나 우리 처지에서 남의 돈 한 푼 안 받고 아빠가 억대의 집 돈을 쓴다는 거 쉽게 동의하기 쉽지 않죠. 그러나 우리는 다 감내하고 동의했잖아요. 아빠가 생각하는 교육중심주의와 3무 선거를 통한 교육 예산의 절약과 확보가 너무 필요하다고 우리와 같은 문외한들도 같이 생각한 거예요. 그만큼 아빠의 도전은 그 자체로도 의미가 있다는 것이에요.

아빠나 우리가 현실의 벽을 넘지는 못했지만 분명 토양에 거름을 주거나 몇 알의 씨앗을 뿌린 정도의 효과는 있을 거예요. 아빠가 항상 얘기했잖아요? 세상은 공짜가 없다고……. 아빠를 포함한 우리는 꽤 많은 것을 포기하고 희생했어요. 돈, 직업, 명예, 자존심 등등…….

그런 시도를 한 사람도 없었잖아요? 아빠의 도전과 시작, 그리고 중도 사퇴는 했지만 60여 일간의 약속을 지키는 선거 장정은 분명 많은 이들에게 울림과 반성의 기회를 제공했을 겁니다. 저도 아빠와 함께 많은 분을 만났잖아요? 현실이 녹록지 않다고 걱정을 대부분이 하셨지만, 아빠의 의도와 목표, 그리고 교육에 대한 순수성과 열정을 부정하거나 의심하는 분들은 없었어요.

그리고 아빠가 휴대전화 번호를 바꿔서 연락할 길이 없어 저에게 전화했던 분들이 토로하는 아쉬움과 당혹감을 봐도 아빠의 도전은 실패가 아니에요. 물론 성공한 것은 아니지만 충분한 의미가 있는 도전이었다 생각해요. 아빠!

아들의 주장과 위로에 미안하고 고마울 따름이다. 필자도 그의 생각에 동의한다. 그리고 제발 그런 효과가 있기를 소망한다. 나비효과라도 있어야 억울하지 않고, 대한민국 교육이 생존하고 더 나아가 발전할 수도 있다. 찻잔 속 태풍으로 전락하고 소기의 성과는 이루지 못했으나 이대로 가면 안 된다는 절박한 위기의식과 개혁 노력이 늦게라도 생겼으면 싶다.

필자는 2018년 3월 5일 저녁에 가족과 긴 시간 회의를 한 후 다음 날인 6일 출마 기자회견을 했다. 그 내용을 다시금 읽어 보자.

사랑하고 존경하는 인천시민과 인천 교육 가족 여러분!

드디어 인천시민들과 인천 학부모님들의 부름과 명령을 확인했습니다. 당초 언론과 제 SNS에 공표하고 약속드렸듯이 필자는 6월 13일에 치러지는 교육감 선거에 출마합니다. 어느 누구도 예상하지도 실현 가능하지도 않을 거라 웃어넘긴 일이 실제 벌어졌습니다. 인천시민과 학부모의 위대함에 다시금 경의를 표하며 제 어깨에 지워진 여러분들의 요청과 명령의 무게에 막중한 책임감을 느낍니다.

공직 사퇴시한까지 8년 남은 고위공무원으로서의 공직을 과감히 내려놓겠습니다. 인천 교육을 위해 저의 모든 기득권을 내던지겠습니다. 최종적으로 학부모와 시민의 선택을 받도록 하겠습니다. 이보 전진을 위한 일보 후퇴를 과감히 결행하겠습니다. 지난 1년 넘게 교육감권한대행으로서 오직 시민과 아이들만 바라보며 실행하고 완성한 교육의 승리를 선거 과정에서 다시금 보여드리겠습니다. 제가 믿고 의지할 분들은 학부모와 시민들뿐입니다.

인천은 저의 학연, 지연, 혈연과 무관한 곳입니다. 그런 사적 인연과 관련이 없기 때문에 오히려 교육감이란 직을 오로지 교육과 아이들을 위해 수행하기에 너무나 좋은 곳이기도 합니다. 저는 30년 가까운 공직 생활 동안에도 고향인 충남이나 출신교인 서울대나 가족들이 근무하거나 관련된 곳에 근무한 적이 없습니다. 근무한 모든 곳은 항상 새로운 곳이었습니다. 새로운 곳은 항상 정들고 푸근한 곳이 되었습니다. 인천도 예외는 아니었고 오히려 제2의 고향이 되었습니다. 인천시민이 된 지 3년이 넘었습니다. 제 공직 기간 중 가장 오래 근무한 기관이 인천교육청이기도 합니다. 이 새로운 고향과 직장에서 박융수가 지향하는 우리 아이들을 위한 교육을 바로 이곳, 인천에서 펼치고 싶습니다.

교육감은 과거, 현재, 그리고 미래를 아우를 수 있어야 합니다. 세칭 진보와 보수의 진영 논리를 극복하고 포괄할 수 있어야 합니다. 아이들의 교육을 책임지는 자가 어느 특정 시대와 진영 논리만을 대변한다면 50점도 못 되는 수준입니다. 그런 반쪽도 못 되는 자는 아이들의 교육을 논할 자격도, 수준도 되지 못합니다. 교육은 과거에서 시작하여 현재를 이끌고 미래를 창조할 수 있는 그런 포괄적인 영역이어야 합니다. 보수의 우직스러운 가치를 미래 세대에게 자신 있게 이야기하고 자랑스럽게 지킬 수 있어야 하고, 진보의 미래 가치와 표준을 두려워하거나 주저하지 않고 수용하고 창조할 수 있어야 합니다. 그런 자가 교육감이 되어야 합니다. 박융수가 그런 자가 되겠습니다.

인천교육감은 인천의 모든 아이의 담임 선생님입니다. 모든 학부모님이 배정받기를 원하는 담임 선생님, 그런 교육감이 되겠습니다. 학부모들과 시민들이 지지하고 명령하신 3무(無) 선거에 철저히 임하겠습니다. 좀 더 구체적으로 3+3 무(無) 선거를 하겠습니다. 후원금·기부금 안 받고, 선거 펀딩 하지 않고, 출판기념회 열지 않아서 누구에게도 금전적 부담을 주지 않겠습니다. 트럭과 스피커, 선거운동원을 활용하지 않아서 소음을 유발하지 않겠습니다. 정치인들과 다른, 그래서 대한민국 헌법이 명령하는 "정치적 중립"을 실천하는 교육감 선거의 새로운 표준을 인천에서 만들겠습니다. 그리하여 종국적으로 국민 세금과 교육 예산을 낭비하지 않는 선거를 하겠습니다.

사랑하고 존경하는 인천시민, 학부모, 그리고 교육 가족 여러분!
공직 사퇴시한까지 권한대행직을 잘 마무리하고 그 이후에는 현장에서 뵙겠습니다.

감사합니다.

박용수 올림

필자는 인천교육감 선거에 출마할 것을 발표한 다음 날 세종시에 있는 교육부를 방문하여 교육부장관을 면담하고 사표를 제출했다. 사표를 제출하면서 만감이 교차했다. 정든 교육부를 떠난다는 것도 그렇지만 많은 동료와 후배를 뒤로하기가 쉽지는 않았다. 각 사무실을 돌아다니며 인사하는 것도 오전과 오후, 긴 시간이 걸렸다. 선거에 나가려니 자유롭게 이야기할 수도 없고 속마음을 적나라하게 털어놓을 수도 없었다. 그러나 공통으로 한 가지 메시지는 분명했다. 출마는 교육감이 되고 싶어 하는 개인적인 결단이 아니라 상당히 공적이었다고……. 즉, 인천의 교육, 인천 아이들과 교육 가족들이 멋지게 교육하고 교육받을 수 있게 미력이나마 이바지하기 위해 공직을 사퇴하는 것이라고……. 그리고 인천에서의 교육적 성과는 교육부에도, 나아가 대한민국 전체 교육의 발전에도 이바지할 것이라고 다짐하고 위로하면서 교육부를 떠났다.

그 뒤 일주일 후 공직 사퇴시한 일에 맞춘 퇴직일이 왔다. 2018년 3월 15일이다. 아래가 인천교육청 대회의실에서 퇴임식도 없이 29년 공직을 마치며 교육 가족에게 읽어 내려간 고별사이다.

사랑하고 존경하는 교육 가족 여러분!

만나면 헤어진다 했지요? 역시나 저와 여러분도 예외는 아니군요. 필자가 2014년 12월 30일에 인천광역시교육청으로 온 후 3년 2개월 보름이 지났습니다. 저의 29년 공직 생활 중 가장 길게 근무한 직장입니다. 처음에 생경했던 느낌이 있었으나 싫었나 싶을 정도로 이제 교육청과 인천교육은 저의 삶의 중심이 되었습니다. 이 긴 시간이 무색지 않게 정리(情理)도 깊어지고 강해졌습니다. 인천 교육 가족 여러분의 관심과 사랑과 우리가 함께 교육 동지로서 매진했기 때문에 가능한 위대함입니다. 감사하고 소중합니다.
저는 취임식 때 이렇게 이야기했습니다.

교육청의 존재 이유는 학교가 제대로 잘 운영되도록 지원하기 위함입니다. 학교가 잘 운영되는 것의 실제 결실은 선생님들이 우리 아이들을 잘 지도하고 가르치는 것이며, 그 선생님들이 잘 지도하고 가르치는 것은 우리 아이들이 학교에서 모두 자기의 존재감을 확인하고,

건강한 사회적 일원으로 역할과 책무를 자연스레 체득하며, 스스로 잠재력과 능력을 계발하고 신장시키는 것일 것입니다.

인천은 대한민국에서 대표적으로 역동감이 넘치는 세계 도시입니다. 인천 교육도 대한민국과 글로벌 지구촌의 좋은 본보기가 될 수 있습니다. 바로 우리들의 노력과 실천에 달려 있습니다.

여러분들과 함께 가장 기초적이고 기본적인 일부터 하나씩 하나씩 하고자 합니다. 우리 아이들 한 사람 한 사람을 소중히 보살피며, 모든 학교를 훌륭하게 만드는 위대한 작업을 여러분과 함께하고자 합니다.

학교 일선의 애로 사항이 무엇인지를 발로 뛰며 찾고, 적극적인 행정을 펼치는 것이 우리의 자세요, 임무입니다. 그렇게 적극적으로 학교와 학생을 위한 지원 행정을 펼친다면 우리 학교가 아름답게 변모할 것이고 우리 아이들은 그 속에서 행복해 할 것입니다.

우리 모두 그 기본에 충실합시다.

취임사의 요지는 크게 세 가지로 요약될 수 있을 것입니다. ① 우리의 모든 교육 행정은 아이들과 학교를 위해 존재한다. 그리하여 ② 인천 교육을 대한민국, 나아가 세계교육의 표준으로 만들겠다. 결국 ③ 우리 인천 아이들이 교육과 학습의 주도자가 되도록 이끌고 도와 그들이 각자의 인생의 진정한 주인이 되고 건전한 사회 구성원으로 성장할 수 있도록 하겠다는 다짐이었습니다.

어떻습니까? 저와 여러분이 그 기본에 충실하게 묵묵히 실천했지요? 저는 위 세 가지 명제와 당위성을 항상 염두에 두고 그 실현을 위해 항상 여러분과 함께했습니다. "교육은 정성과 실천이다."라는 저의 약속을 지킬 수 있도록 말입니다.

이제 인천교육감권한대행 부교육감을 마치면서 저에게 8년 남은 공직도 함께 내려놓습니다. 여러분과 인천교육을 위한 저의 고뇌에 찬 결단이기도 합니다. 인천과 대한민국의 교육이라는 이보 전진을 위해 일보 후퇴라고 이해해 주시면 될 것 같습니다.

여러분과 저, 지난 3년 넘는 기간 동안 오직 우리 아이들과 시민들만 바라보며 인천 교육을 위해 신실한 노력을 다했습니다. 의미 있는 구체적 성과 또한 이뤄냈습니다. 2015년 1월 봉급을 줄 수 없어 은행에서 빚을 내야 했던 상황이었지만 빚 없이 가능한 재정을 발빠르게 확충했습니다. 3년 내내 재정 확충을 했고 안정적인 단계에까지 이르렀습니다. 원도심 지역의 학교 시설 확충, 학교 신설의 쟁취, 도립고 이전 성공, 진로진학의 다양화, 대학진학 실적의 획기적 향상 등 많습니다. 모두 여러분들의 헌신적인 노력의 결과입니다. 감사합니다.

저는 29년 교육 일을 하면서 항상 생각하고 실천해 온 바가 있습니다. 교육은 모든 아이를 위한 자랑스러운 사회적 도구입니다. 아이가 각자의 능력을 최대한 계발하게 하며, 용광로(melting pot) 학교와 교실을 통하여 서로를 이해하고 사회를 통합하고, 모두가 건강하고 능력 있게 사회의 구성원으로 성장하게끔 하는 것이 교육의 모습이며 기능입니다. 그래서 그 교육은 과거, 현재, 그리고 미래를 아우를 수 있어야 합니다. 즉, 교육은 과거에서 시작하여 현재를 이끌고 미래를 창조할 수 있는 그런 포괄적인 영역이어야 합니다. 과거부터 우리를 지지하고 지켜 온 우직스러운 가치를 미래 세대에게 자신 있게 이야기하고 자랑스럽게 지킬 수 있어야 하고, 새롭게 다가오는 미래 가치와 표준을 두려워하거나 주저하지 않고 수용하고 창조할 수 있어야 합니다. 그것이 교육의 올바른 모습과 양태입니다.

사랑하고 존경하는 인천의 교육 가족 여러분!

인천교육청에서의 생활은 여러분들의 사랑과 협조 덕분에 제 인생의 매우 소중한 기간이었습니다. 이 소중함을 영원히 간직하겠습니다. 다시 만나는 날까지 여러분들 항상 건강하시고 행복하십시오. 그리고 절대로 잊지 마십시오. 여러분들 한 분 한 분은 인천광역시교육감입니다. 교육감으로서 일하는 분들입니다. 저는 항상 그리 생각하고 여러분들을 대해 왔습니다. 교육 가족으로서의 떳떳함과 당당함을 잊지도 잃지도 마십시오. 여러분들이 자신감 있게 당당하게 일하지 않으면 우리 아이들이 위축됩니다. 여러분들은 우리 미래를 이끌고 책임질 우리 아이들을 돕고 이끄는 대한민국 인천의 교육자들입니다. 제가 항상 지켜보고 성원하겠습니다.

감사합니다.

박융수 올림

출마의 변과 퇴임 시에 필자가 정리하고 설명했던, 그리고 약속했던 하나하나를 선거 과정에서 한 치도 흔들림 없이 다 지켰다. 마지막까지 완주만 못 했다. 아쉬움과 참담함이 아직도 선연하고 무겁다. 지금에 와서 돌이켜 봐도 출마를 한 것이나 사퇴를 한 것이, 다른 변수를 더 고려했다손 치더라도, 더욱더 심사숙고했다 하더라도, 출마할 수밖에 없었고, 결국 사퇴도 했을 것 같다. 그런 의미에서 필자에게는 모두가 필연이거나 당위였다. 그래서 그때

그러지 말았어야 했는데 하는 후회는 없다. 단지 아쉬움과 먹먹함이 있을 뿐이다. 이것까지는 어쩔 수 없다. 필자도 고뇌에 찬 인간이고 한계가 있는 존재이기에 말이다. 그렇다면 왜 출마와 사퇴가 필연과 당위라고 여겨질까? 대략 정리하면 이런 것 같다.

평생을 교육에 몸담고 교육을 실천하고 연구한 사람으로서 인천에서의 기이한 인연을 인위적으로 끊을 수는 없었다. 인천에서의 교육이 전국의 교육으로 연결되기에 인천교육을 멋지게 하면 대한민국 교육이 멋져지리라는 것을 3년 넘게 느끼고 경험했다. 세상은 공짜가 없다는 믿음과 실천을 인천에서 필자가 직접 보여 주고 싶었다. 필자가 교육감 선거를 통해서 교육의 정치적 중립성 확보, 탈정치, 이념과 진영 싸움을 멋지게 극복하고 이루는 최초의 교육감이 되고 싶었다. 남의 돈 한 푼도 안 받고 아이들의 교육 예산을 절약하기 위해 후보자 개인 돈으로만 선거하는 특별한 교육 기부를 통해서 교육 예산을 낭비하지 않고 시민 혈세를 아끼는 공직 후보자가 되고 싶었다. 그래서 교육감 선거는 정치 선거가 아님을 인천에서 대내외적으로 분명히 보여 주고 승리해서 2022년 교육감 선거에서는 인천의 그것이 대한민국 교육감 선거의 새로운 표준이 되게끔 하고 싶었다.

교육감이라는 자리에 눈이 먼 개인들과 교육은 없고 편 가르기와 정치질만을 일삼는 단체나 집단들에 의해 고사 수준에 이른 교육을 더는 방치할 수 없다는 절박한 위기의식에서 출마를 결심한 것이었다. 60여 일간의 선거 장정에서 그 뜻과 실천을 많은 사람에게 알리고 설득시키는 것이 쉬운 일은 아니었다. 선거는 조직과 돈이라는 불문율이 왜 있는지 절감한 시기이기도 했다. 그렇다고 필자가 내걸었던 것을 포기하거나 현실에 타협할 수는 없었다. 그렇게 하는 순간 교육감 선거에 나온 모든 것이 무너지는 것이었기 때문이다. 그 소신과 약속을 지키는 것이 중도 하차였을 수도 있겠다. 선거는 끝났고 일반적으로 예상했던 선거 결과가 나왔다. 필자의 시도는 찻잔 속의 태풍으로 끝났다. 또다시 교육감 선거에서 교육, 정치 중립, 돈 안 주고 안 받는 깨끗한 선거, 아이들의 미래에 관한 진지한 논의 등은 없었다. 오로지 정치 선거와 똑같은 선거꾼들에 의한 선거, 진영과 조직에 의한 선거만 있었다. 교육감 선거에 교육은 없었으며 오로지 이기는 것이 모든 것의 미덕인 관행과 악습이 그대로 존속되었고, 결국 그것이 모든 것을 덮어버렸다.

그러나 이대로는 미래가 없다. 교육도 없다. 정성과 그에 기초한 실천이 없이 교육이 잘 될 수는 없다. 필자가 내걸었던 구호, 담론, 그리고 실천 모습을 조금이라도 들춰내서 논의하고 대안을 모색해 줬으면 좋겠다. 인천에서 시작한 교육중심주의, 3+3무 선거. 그 꽃은 피지도 못하고 시들고 말았지만 피우려고 했던 지난 한 몸짓을 다시금 주목하고 지금과 미래의 교육감 선거와 교육에 비추어 봤으면 좋겠다. 교육은 시간이 오래 걸리고 돈도 많이 드는 국가사업이다. 흥하는 것도 오래 걸리고, 또한 당장 죽거나 망하는 것도 아니어서 우리가 쇠락과 퇴행을 인지하거나 절감하기 쉽지 않다. 그러나 헌법 정신에 어긋나고 교육의 본연에 부합하지 않는 교육감 선거와 그에 의해서 선출된 교육감들에 의해 교육이 잘 되게 하는 게 쉽지 않은 과제임을 직시해야 한다. 그 자각의 계기로 나비효과가 생겼으면 좋겠다.

　우리는 지금 교육에 무관심하고 정성을 쏟지 않는다. 사랑스러운 관심과 혼연의 정성을 다해도 아이들 교육이 잘 되는 게 매우 어렵다는 것을 알아야 한다. 그런데도 아무런 노력도, 희생도 없이 교육이 잘 될 거라는 기대는 오히려 도둑 심보이다. 우리 교육이 어렵다. 교육감 선거가 그 대표적 단면이다. 광역자치단체 교육의 장을 뽑는 선거다. 이것을 이렇게 팽개쳐 버리면 어찌할 건가? 여러 독자들은 해당 지역의 교육감을 잘 알고 있는가? 그리고 그가 교육을 잘 실천하고 있는지 지금 주시하고 있는가? 모른다면 여러분들도 그 방기의 책임을 벗어날 수 없다. 핑계를 대서도 안 된다. 왜? 우리는 민주주의 체제에서 살고 있기에……. 국민 모두가 주인인 정치체제 말이다.

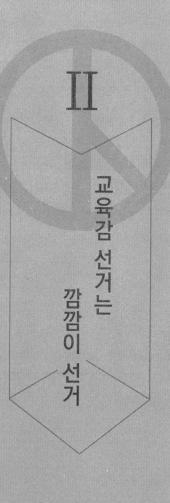

II

교육감 선거는

깜깜이 선거

2018년 6·13 교육감 선거에서도
진영 대결에 의한 승자만 있었다

2018년 6·13 지방선거가 끝났다. 엊그제 같은데 벌써 3년이 지났다. 집권 여당의 싹쓸이 압승이었고 야당의 정계 개편이 불가피한 완패였다. 교육감 선거도 그와 다르지 않았다. 선거기간 내내 깜깜이 선거였음에도 불구하고 결과는 민주당 승리에 부합하는 전교조를 중심으로 한 진보 교육감 체제의 일방적 승리였다.

선거기간 내내 깜깜이 교육감 선거의 문제를 토로하고 문제시하던 모습도 이런 압승에 모든 게 묻힐 것이다. 민주진보 교육감의 예견된 승리라고 치장되면서……. 교육감 선거에서도 모 아니면 도 식의 양분법과 진영 대결이 더욱 막강하게 작용하고 그에 의해 한쪽이 압도적으로 이겼다. 인천교육감 선거에서 필자가 시작한 진영 대결 및 편 가르기 거부 노력도 그저 허망하게 아무 흔적도 없이 사라졌다.

이제 선거 결과를 확인하고 나니 이런 식의 교육감 선거는 진정 빨리 개혁되어야 한다는 생각이 더욱 강해진다. 개인 인물에 기반한 교육감 선거에서 후보자 면면은 온데간데없고 그저 진영 대결에 의한 조직 싸움만 있었다. 현실은 이러한데도 전교조 교육감들이 압승한 상황이다 보니 그들은 진보와 민주의 승리라고 주장하고 그 연대 세력들은 시민의 민의가 제대로 반영됐다고 주장한다. 그러나 교육감 선거에 유권자 시민의 역할은 매우 미미했고 조직과 진영의 주도성만 활개 쳤다.

교육감 선거야말로 민주적이거나 교육적이지 못하며 오히려 매우 정치적이다. 또한, 겉으로 드러나지 않는 지지 세력과 숨은 조직의 역할은 민주주의에 오히려 해악이 되고 있다. 위장하거나 숨기기 때문에 떳떳하거나 정의롭지도 못하다. 결국, 객관식 시험인 선거라는 게임에서 진영과 정치 구도와 남들이 얼마나 못하는가에 따라 선거 결과가 결정된다. 그저 분위기요, 진영 편 가르기에 극도로 영향을 받는 매우 허접한 사이비 정치 게임에 지나지 않는다.

2018년 17개 시·도 교육감 당선자들의 성향을 보면 진보 14, 보수 2, 중도 1이다. 정치인 선거의 판박이다. 정치 중립 선거인 교육감 선거인데 정치인 선거와 함께 치러지고 모든 형식과 내용이 동일하니 실제는 정치 선거라고 볼 수밖에 없다. 그런데도 이런 선거를 정치 중립 선거라고 법률적으로 정의하고 강제하다 보니 교육을 진보, 보수로 편 가르는 진영 대결의 선거가 정치 중립 선거로 포장되었다. 그게 십여 년을 반복하다 보니 이제 교육감 선거는 진영 대결과 정당이나 정치를 대변하는 놀이터로 변질하고 매번 악화 일로를 걷고 있다.

그렇다면 왜 이리되었을까?

먼저 깜깜이 선거이기 때문이다. 유권자가 교육감 후보의 면면을 알기가 어렵다. 정치인 선거와 함께 치러지는 교육감 선거이기 때문에 당을 보고 찍는 정치인 선거와 다른 방법의 선거 방법이 있어야 하는데 정치인 선거와 똑같은 교육감 선거에서 그 후보자들을 알 길이 없다. 그러니 당에 의제되는 진보와 보수라는 진영이라는 두 개의 답지에 대해 찍기로 답을 낼 수밖에 없다. 게다가 솔직히 시민들은 교육감 선거에 전혀 관심이 없다. 유권자들은 제 자식의 교육에는 관심이 있을지 몰라도 남의 자식 교육에 관심이 없다. 남의 자식 교육에 관한 것이라고 치부해 버리는 상황에서 교육감 선거는 관심의 대상이 아니고 다른 정치 선거와 달리 복잡하고 어렵게 여겨진다. 유권자가 스스로 알려고 해서 교육감 후보자 면면에 관한 공부를 해야 하는데 이 또한 매우 어려운 과제이고, 유권자가 그런 열정을 선거에 쏟는 게 현실적으로 거의 불가능하다. 사정이 그러하다 보니 정치인 선거에 결부시켜 투표하는 경향성이 강하게 나타날 수밖에 없다.

교육감 선거에서는 유능하고 뜻있는 자들이 출마할 상황도 못 된다. 교육감 선거비용은 시·도지사 선거비용 한도액과 같다. 정당도 없는 상황에서 이 어마어마한 돈을 개인적으로 감당하며 출마하기가 쉽지 않고 자신을 알릴 방법도 마땅치 않다. 그래서 배후 조직이나 단체가 지지하고 추대되는 사람이나 교육감을 하고 싶어 안달이 난 사람이 출마할 수밖에 없는 구조여서 후보자의 역량을 담보하기가 어렵다. 그러다 보니 출마하는 사람들의 면면은 실제 검증 대상이 되기가 어렵다. 결국, 유권자들도 교육감 후보자 개개인의 면면을 보는 것을 포기하고 어느 진영과 편인가에만 천착한다.

교육감 선거가 이전 대비 교육적 및 정치 중립적 측면에서 개선된 것이 없이 끝났다. 오히려 더 악화했다. 진영 대결은 더욱 심해졌고, 깜깜이의 정도도 더욱더 진해졌다. 이런 교육자치가 혹은 교육감 직선제가 필요한 건지 심각한 고민을 해야 할 것 같다. 근본적으로 교육감 개인을 근간으로 하는 교육감 선거가 교육감 개인의 면면이 제대로 제공되지도, 전혀 파악되지도 않는 선거 과정을 통해서 교육감이 결정되는 상황으로 계속 지속한다면 미래의 교육을 긍정적으로 전망하기는 쉽지 않을 것이다. 2018년에 있었던 교육감 선거가 이제 1년 앞으로 다시 다가왔기 때문이다. 이 시행착오를 계속 반복하는 우리는 과연 민주주의 시민인가를 되묻지 않을 수 없다. 1년 앞으로 다가온 교육감 선거도 예전과 같이 그대로 진행될 것이다. 그래서 교육감 선거의 존재 의미에 대해 근본적 질문을 던지지 않을 수 없다. 2018년에는 후보자로서 현장을 누비며 시민들에게 질문을 던졌다면, 2021년에는 연구자로서 글을 통해 독자와 함께 대안이 논의되었으면 한다.

교육감 선거는 왜
깜깜이 선거일 수밖에 없는가?

　2018년 6·13 인천 교육감 선거에 앞선 여론조사 결과 몇 개를 소개하고자 한다. 먼저 티비에스(TBS)가 6월 12일 보도[1]한 내용이다. 인천시장 후보들 가운데에서는 더불어민주당 박남춘 후보가 48.7%로 1위를 차지했고 자유한국당 유정복 후보 26.2%, 정의당 김응호 후보 4.2%, 바른미래당 문병호 후보 3.6% 순이었다. 지지하는 후보가 없다는 응답은 6.5%, 모르거나 무응답은 10.8%였다.

　반면 인천시 교육감 지지도 조사에서는 도성훈 후보가 23.6%, 최순자 후보가 20.5%, 고승의 후보가 10.7%였다. 주목할 것은 지지하는 후보가 없다는 응답은 19.9%, 모르거나 무응답은 25.3%였다. 교육감 선거가 정치인 선거와 크게 다른 점은 유권자의 후보자에 대한 지지도가 꽤 낮고, 지지 후보가 없다거나 모름/무응답

1　http://www.tbs.seoul.kr/news/bunya.do?method=daum_html2&typ_800= 9&seq_800=10284256 2018. 8. 15. 인출

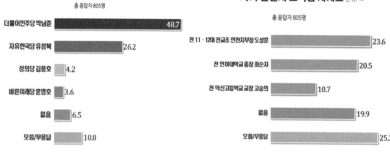

TBS 2018. 6. 12. 보도 내용 인용

의 응답 비율이 그에 반비례하여 매우 높다는 것이다.

다음은 2018년 6월 7일 경인일보가 보도[2]한 내용이다. TBS 보도와 대체로 유사하게 정치인 선거와 달리 교육감 선거는 유권자의 무관심이나 모름/무응답 비율이 매우 높다. 경인일보가 사회여론연구소(KSOI)에 의뢰해 4일 인천시민을 대상으로 한 3차 여론조사 결과, 교육감 후보자 3인의 지지율은 각각 고작 16.3%, 10.4%, 7.5%였으나, '적합한 후보가 없다'라거나 '모름/무응답'인 부동층 비율은 자그마치 65.9%였다.

2 http://www.kyeongin.com/main/view.php?key=20180606010001989 2018. 8. 15. 인출

경인일보 2018. 6. 7. 보도 내용 인용

2018년 5월 15일 인천일보가 보도[3]한 여론조사 결과이다. 인천
일보가 ㈜리얼미터에 의뢰해 5월 8~9일 이틀간 실시한 '6·13 인

---

3 http://www.incheonilbo.com/?mod=news&act=articleView&idxno=810886
#08hF 2018. 8. 15. 인출

천시교육감 선거 여론조사'에 따르면 '차기 인천시 교육감 후보 적합도'에서 1위부터 4위 후보가 각각 고작 13.6%, 10.2%, 8.7%, 7.9%에 머물렀으나, '지지후보 없음'은 15.1%, '모름·무응답'이 39.8%로 모르거나 무응답층이 역시 매우 높았다. 인천일보 역시 인천·경기 모두에서 교육감 지지 후보가 없다거나 '모름·무응답'이 50%를 넘어 교육감 선거가 '깜깜이 선거'로 전락할 우려가 크다고 분석하고 있다.

2018년 6월 6일 MBC가 보도[4]한 여론조사 결과이다. 이는 MBC, KBS, SBS 등 방송 3사가 공동으로 여론조사를 한 것이다. 전국 17개 교육감 후보 중 서울 조희연, 경기 이재정, 부산 김석준 교육감 등 현직 교육감들이 다른 후보들보다 상대적으로 앞서는 것으로 나타났으나, 지지하는 교육감 후보가 없다거나 모르겠다고 응답한, 이른바 부동층 비율이 대부분 지역에서 50% 이상인 것으로 나타나, 교육감 선거에 대해 유권자들은 선거일이 임박해서도 무관심한 것으로 나타났다. 구체적으로 인천의 경우는 1~3위 후보가 각각 15.9%, 10.0%, 9.5%에 불과했고, 지지하는 후보가 없음이 41.0%, 모르겠다는 응답이 23.5%로 '모름·무응답'의 합계가 50%를 넘어 64.5%에 달했다.[5]

---

4 http://imnews.imbc.com/news/2018/politic/article/4636685_22672.html 2018. 8. 15. 인출
5 2018년 6월 12일 자 동아일보는 이 여론조사 결과를 다시금 분석하여 깜깜이 인천교육감 선거를 다음과 같이 보도했다.
   최근 여론조사 결과에 따르면 인천교육감을 누굴 뽑을지 결정하지 못한 사람이 전국 교육감 선거 가운데 가장 높았다. KBS MBC SBS가 여론조사 전문기관 칸타퍼블릭

6·13 교육감 선거 여론조사 결과를 종합해 보면 교육감 선거는 시·도지사 선거에 비해 유권자들이 전혀 관심도 없고, 따라서 알지도 못한다. 그나마 현직 교육감이 출마한 경우 큰 문제가 없는 경우 모두 1위를 하고 있으나 그 인지도나 지지도 역시 시·도지사에 비해 매우 낮다. 2010년부터는 교육감 선거도 전국동시지방선거에 추가로 얹혀서 같이 시행되기는 했지만 교육감 선거에 대한 유권자들의 실질적 관심도는 여전히 매우 낮거나 없다. 그저 같은 날 투표를 하니까 투표용지 하나 더 든 것에 기표하는 수준이다. 교육감 선거가 주민직선제로 바뀌긴 했으나 주민들의 인지나 참여의 측면에서는 실패한 정책임이 이미 세 번의 선거에서 명백히 드러났다. 오히려 해를 거듭할수록 교육감 선거에 대한 무관심은 더욱 심해지고 나빠지고 있다.

이제 필자의 경험을 공유하고자 한다. 인천의 경우는 당시 현직 교육감이 뇌물로 권한 중지 및 그 직이 상실되어 교육감 공백 상태가 1년 넘게 지속하였다. 필자의 정서로는 교육감 부재가 교육감 선거에서 인천시 유권자들이 좀 더 경각심을 가지고 선거에 관심을 더 기울이게 할 것으로 기대했었다. 그러나 실질적으로 2017년 12월부터 시작된 지방선거 분위기에서도 교육감 선거는 시민

코리아리서치센터 한국리서치에 의뢰해 2~5일 실시한 여론조사 결과를 보면 인천교육감 선거의 부동층 비율은 전국에서 가장 높은 64.5%로 나타났다. "지지 후보가 없다"는 응답은 41.0%, "모르겠다" 23.5%였다. 후보들은 부동층의 지지를 얻기 위해 총력을 기울이고 있다.
http://news.donga.com/3/all/20180611/90533156/1 2018. 8. 15. 인출

들의 관심 밖이었다. 교육감이 없는 상태가 오히려 유권자들의 교육에 대한 무관심을 더욱 부채질했거나 아무 영향이 없었다고 볼 수밖에 없다. 이는 인천은 교육감 후보자들에 대한 유권자의 '모름·무응답'비율이 전국 최고 수준을 찍은 것이 그 근거다. 물론 교육감 선거는 대체로 전국적으로 깜깜이 선거였다. 다만, 깜깜이 중에서 칠흑에 가까운 지역이 인천이었을 뿐이다.

그렇다면 왜 교육감 선거는 깜깜이 선거가 되었을까? 가장 근본적인 문제는 제도가 잘못되었다는 것이다. 과거 주민직선제 이전의 교육감 선거는 간선제였으며 시기도 시·도지사 선거와 달랐다. 간선제가 현직 교육감에게만 편파적으로 유리하다는 실증적 누적 사례를 인정하고 시민 전체의 의견을 대의하지 못한다는 한계와 비판을 수용하여 주민직선제를 도입하게 되었다. 그리고 2010년부터 선거의 효율성과 관리의 일원화를 위해 교육감 선거를 기존의 전국동시지방선거에 얹혀서 시행하여 지금에 이르렀다. 기존 지방선거에 얹혀 같이 시행하는 교육감 선거이다 보니 그 투표율도 같을 수밖에 없어 숫자로는 관심이 있는 것 같은 착시 현상이 발생하는 것이다. 오히려 그 투표율에 가려 교육감 선거에 대한 국민의 무관심이 겉으로 드러나지 않아 더욱 심한 부작용이 있다고 봐야 한다.

교육감 직선제 도입은 어떤 문제가 있다고 해서 그와 다른 대안을 별 검토도, 준비도 없이 채택한 매우 부적절한 사례라고 평가할 수밖에 없다. 과거 간선제의 문제가 크긴 했지만, 지금의 직선제 또한 그 문제가 만만치 않기 때문이다. 간선제가 문제가 있어 직선제를 도입했는데 그 직선제는 정치 선거의 형태를 그대로 채택한 것이다. 교육의 정치 중립 의무를 준수하는 방법으로 정당 관여 금지만을 내세웠고 그 외 모든 선거 방식과 내용은 정치 선거와 똑같이 했다. 정당이나 정치인들도 표면적으로는 교육감 선거에 관여는 못 하지만 결국에는 어떤 식으로든 한다. 그리고 교육감 후보자들도 특정 정당에 대한 구애와 연대에 매우 적극적이다. 단지 법에 위반되지 않게만 할 뿐이다. 교육감 직선제가 도입되는 순간부터 정치화할(될) 것을 아무 생각 없이 예견하지 못하고 도입한 것이지, 아니면 뻔한 정치화 예견에도 불구하고 다른 숨은 정치적 의도가 있어서 그런 것인지는 추가로 연구해 볼 문제다.

교육감 직선제는 2006년 지방교육자치에관한법률의 개정(법률 제8069호, 전부개정, 시행 2006.12.20.)으로 2007년부터 도입되었다[6]. 이

---

6 개정된 지방교육자치에관한법률은 새롭게 도입된 주민직선제로 전환되는 교육감 선거를 2010년 실시되는 전국동시지방선거와 통합하여 실시할 수 있도록 하기 위하여 교육감의 임기에 관한 경과조치 및 임기 및 선출에 관한 특례를 마련하는 한편, 이 법 시행 후 6개월 이내에 실시되는 교육감 선거를 「공직선거법」의 규정에 불구하고 별도의 일정에 따라 실시할 수 있도록 「공직선거법」의 적용에 관한 특례를 규정하도록 하고 있고, 아래는 그 해당 부칙 제5조.
제5조 (교육감 임기 및 선출에 관한 특례) ①이 법 시행당시의 교육감 임기가 2010년 6월 30일 이전에 만료되며 해당교육감 임기만료일(재선거 또는 보궐선거가 필요한 사유의 발생일을 포함한다) 다음 날부터 2010년 6월 30일까지의 기간이 1년 이상인 경우 차기 교육감의 임기는 제21조의 규정에 불구하고 전임 교육감의 임기만료일 다음날부터 개시하여 2010년 6월 30일까지로 한다. 다만, 임기만료일 다음날부터 2010년 6월 30일까지의 기간이 1년 미만인 경우에는 교육감의 임기만료일 다음 날부터 2010년 6월 30일까지 제31조의 규정에 따른 권한대행자가 교육감의 권한을 대행하고, 차기 교육감은 2010년 지방선거와 동시선거로 선출한다. ②이 법 시행당시의 교육감 임기가 2010년 6월 30일 이후에 만료되는 경우 차기 교육감의 임기는 전임 교육

후 부분적인 교육감 선거가 이루어지고 2010년부터 전국동시지방 선거에 합해서 교육감 주민직선제가 시작된 이래 2018년이 동시 선거 세 번째가 됐다. 교육감은 주민의 보통, 평등, 직접, 비밀 선거에 따라 선출되는데 정당만 교육감 선거에 후보자를 추천하거나 관여할 수만 없지 나머지는 공직선거법의 시·도지사 선거에 관한 규정을 준용하도록 하고 있다. 이는 교육의 정치적 중립을 지켜야 하는 교육감 주민직선제를 도입하면서 관계 당국이나 국회가 그에 상응하는 제도나 대책을 고민하지 않았음을 보여주는 반증이기도 하다. 정당 관여 금지가 교육의 정치적 중립을 지켜주는 유일한 장치이다.

물론 교육감 주민직선제의 도입은 과거 학교운영위원회 위원들에 의한 간접 선거의 폐해를 극복하고 주민 자치의 명분을 찾으려한 것이다. 그러나 시·도지사 선거 등과 함께 시행함으로써 선거 관리의 편리성과 효율성을 과도하게 고려했다. 주객이 전도된 것이다. 선거 관리의 효율성이나 대의명분에는 일면 기여한 부분이 있겠으나, 교육의 본질—아이들과 그들의 미래—과 주민직선제의 실효성—유권자가 후보자를 잘 파악하여 투표한다—모두에서 다 실패했다. 즉, 교육감 직선제는 그 시작부터 관심과 참여가 역대 선거 중 가장 저조[7]했으며 다른 선거와 함께 치르게 된 경우

감의 임기만료일 다음 날부터 개시하여 2014년 6월 30일까지로 한다. 이 경우 차기교육감은 2010년 지방선거와 동시선거로 선출한다. ③제1항의 규정에 따라 2010년 지방선거에서 선출되는 교육감의 임기는 2010년 7월 1일부터 개시한다.

7 2007년 2월 부산 교육감 직선 선거에서의 투표율이 15.3%에 불과하는 등 대부분

에도 투표율은 다른 선거 영향으로 높아졌으나 정작 교육감 선거에 대한 관심도나 인지도는 시종일관 매우 낮았다. 그리하여 2018년 6·13 제7회 전국동시지방선거에서는 교육감 선거 = 깜깜이 선거의 관계가 그 선거운동 기간 내내 일관되게 유지되었으며 이제는 깜깜이 교육감 선거는 일반화되었다고 단정해도 과하지 않다. 그리고 아무런 변화 없이 1년 후 깜깜이 교육감 선거는 또다시 시행될 예정이다.

그렇다면 왜 교육감 선거는 깜깜이 선거일 수밖에 없을까? 먼저 정당에 기반한 정치 선거인 전국동시지방선거에 교육감 선거가 끼어든 모양새가 첫 단추부터 잘못 끼운 것이다. 시·도지사 선거에서도 주민들이 그 개인을 보고 투표하는 정도는 매우 미약하고 주로는 정당에 근거한 투표를 한다. 후보자 개인의 영향력은 매우 제한적이고 오히려 그가 속한 정당과 대통령의 인기 및 지지도가 후보자 선택에 절대적으로 영향을 미친다. 기초자치단체나 의원 선거에서도 마찬가지다. 그러한 환경에서 정당과 정치가 배제된 교육감 선거가 오로지 개인 후보자의 인지도와 인기도로 선거에서 흥행이 될 수 있을 거란 생각으로 직선제를 도입했다면 그 정책입안자는 순진하였거나 바보였을 것이다.

교육감 직선제에서 개인 후보자가 유권자에게 자신을 알릴 유

이 20% 안팎의 투표율을 기록했으며 2007년 12월 대통령 선거와 함께 치른 교육감 선거와 2010년부터 함께 시작된 전국동시지방선거에서는 다른 선거에 함께 묶어가는 형태로 투표율은 높아졌으나 교육감을 알고 투표하는 정도는 개선되지 않았다.

효한 방법은 거의 없고 유권자들도 전혀 관심이 없다. 교육감 선거는 일단 주제가 교육이다. 교육은 일단 공부를 해야 하는 분야다. 그래서도 유권자들에게는 교육이란 단어가 주는 부담감이나 피로감이 있는 것 같다. 일반 정치 선거는 정당이 있기에 그 정당 이름과 몇 개 안 되는 정치 이슈를 결부시켜서 의사를 결정하고 투표를 하는 게 일반적이다. 그러나 교육감 선거에서는 이름 석 자만 있고 그 이름 석 자가 어떤 교육을 이야기하는지 수능 공부 하듯이 준비하지 않으면 후보자들 면면을 알기는 매우 어렵다. 또한, 일반 정치 선거는 싫든 좋든 언론에서 다양한 형태와 주제로 반복적으로 다뤄 줘서 유권자들은 부지불식중에 후보자 혹은 정당별로 인지하게 되는 데 반해 교육감은 언론도 관심이 없어 다루질 않는다. 그러니 자연스럽게 인지하거나 학습할 기회나 자료도 없다.

전국동시지방선거에 얹힌 교육감 선거는 시·도지사 선거와 그 방식과 내용이 같다. 오로지 공식적으로 정당 추천만 없고 정당 관여만 금지될 뿐이다. 시·도지사 선거와 똑같은 규모의 선거비용을 쓰고, 선거운동도 같은 방식이다. 정당이 없는 상태에서도 개인의 능력과 책임으로 엄청난 선거비용을 마련하고 지출해야 한다. 오로지 이름 석 자를 알리기 위해 수십억 원을 쓰는 상황이다. 비전이나 정책 제시도 없고 오로지 당선을 위한 후보자 이름만 알리는 데 이 엄청난 돈을 쓴다. 그런데 효과도 없다. 결국은 국민 모두의 세금으로 마련된 교육 예산을 돌려서 쓰는 것인데 말이다. 시·도지사와 달리 교육감 선거에서는 선거 승리에 따른 전리품도

거의 없다. 말로 때우거나 부정한 방법으로 거래를 하거나 뒷돈을 주고받거나 할 수밖에 없다. 그런 상황이 안타까워 교육감 선거를 앞두고 필자는 다음과 같은 호소를 신문 칼럼을 통해서 한 적도 있다.[8] 먼저 그 기고문을 보도록 하자.

"시·도지사선거의 경우 인구수가 가장 많은 경기도지사 선거가 41억 7,000만 원으로 가장 많고, 서울시장선거는 37억 3,000만 원으로 그 다음을 차지하였다… 시·도지사선거에서 후보자 1인당 쓸 수 있는 평균 선거비용은 14억 6,000만 원… 교육감 선거는 선거비용 제한액 산정기준이 시·도지사선거와 동일하므로 그 금액도 같다."

중앙선거관리위원회의 2014년 1월 24일자 보도 자료다. 아마도 내년 비슷한 시기에도 유사한 내용의 보도 자료가 발표될 것이다. 지금의 상황에서는 내년 지방선거에서도 2014년과 거의 같은 형태로 치러질 것으로 예상된다.

교육감 선거는 정치인이 입후보할 수 있는 선거는 아니지만, 선거경비나 선거과정은 정치인들과 다를 게 없다. 단지 정당인이 입후보할 수 없다는 것과 따라서 그 공천을 받을 수 없다는 것만 다를 뿐이다. '눈 가리고 아웅' 식이다. 정당의 지원도 받지 못하고 정치인도 아닌

8 한국일보 기고문, 내년 교육감 선거 후보자들에게 고함.
  http://www.hankookilbo.com/v/5689ac5aa650478088bcdd550e1dd093   2018.
  6. 25. 인출

교육감 후보자가 이 어마어마한 선거비용을 감내하면서까지 선거에 나온다는 것 자체가 상식적이지도 합리적이지도 않다. 개인 자격으로만 입후보하는 교육감 선거에서 많게는 42억 원, 전국 평균 15억 원을 쓴다는 것이 제정신인가. 여러 시행착오 끝에 탄생한 직선제 교육감 선거는 정치인 선거와는 다르게 완벽한 선거공영제를 운영해야 함이 타당할 터인데 아직도 개선의 움직임은 없다. 제도를 만든 정부나 국회에 1차적 책임이 있지만, 이런 제도에도 불구하고 그 많은 돈과 비정상적인 선거 과정에 심각한 고민 없이 매몰되었던 교육감 후보자들도 비난의 대상에서 자유롭지 않다.

이 과다한 선거비용 혹은 관련된 이유 때문에 올해만도 인천과 울산 교육감이 법원의 판결로 구속됐다. 이들은 당선자들이어서 선거비용도 다 보전받았음에도 부정과 일탈이 있었던 것으로 1차적 심판을 받았다. 하물며 당선되지도 못하고 10% 미만의 득표율을 얻은 후보자들은 지금 어디서 무엇을 하고 있는지 궁금하다. 정치인이 아니기 때문에 근본적으로 정치자금을 조달할 수가 없다. 그런데 정치인들과 똑같이 선거운동하고 똑같은 규모의 선거비용을 조달해야 한다. 잘못된 제도와 관행이다.

그렇다면 내년 교육감 선거에서도 이 확연하고 분명히 잘못된 제도를 그대로 둘 것인가. 1년 남은 시점에서 법을 바꾸기는 어려울 것 같다. 그래서 내년에 교육감 후보로 나설 분들께 간곡히 고(告)한다. 법령과 제도가 불합리하면 교육자임을 자처하는 이들은 개척자적 뜻과 실천으로 그 불합리함을 극복해야 할 교육애적인 소명이 있을 것이다. 그래서 다음과 같이 호소한다. 이로 인하여 고민과 토론, 그리고 후보자들의 과감한 결단을 기대한다.

교육감 선거 – 교육이 망가지는 이유

먼저, 법정 경비의 반 정도만 쓰자. 선거공보 인쇄비나 최소한의 사무실 운영비 정도만 세금으로 쓰겠다는 심정으로 선거에 임하자. 선거에서 돈을 적게 쓰는 것만으로도 정치인이 아닌 교육감의 차별성을 교육적으로 드러낼 수 있다.

둘째, 선관위의 선거 방송과 토론회, 그리고 지역 언론이 주최하는 방송과 토론회를 주로 선거 유세의 과정으로 활용하자. 유권자들에게는 소상하게 많은 것을 알릴 수 있다.

셋째, 교육감 후보자는 정치인이 아니다. 정치인들과 똑같이 선거운동을 하면서 교육지도자라고 스스로를 명명한다면 부끄러운 일이다. 선거 유세 과정에서 넌덜머리 나는 소음의 대명사인 스피커 실은 트럭과 선거운동원, '이름만이라도 알리려는 유혹'을 과감히 그리고 스스로 거부하자.

마지막으로 선거 과정에서 신세지는 일이 없게 하자. 선거에서의 빚은 나중에 부당한 압력과 뒤틀림으로 대갚음 당하게 돼 있다. 교육은 큰돈이 생기는 것도 아니고 특권이 생길 수 있는 분야도 아니다. 그저 아이들의 미래를 부모의 맘으로 보살피고 도와주는 일이다. 부모가 아이들을 담보로 이득을 챙길 수는 없지 않은가. 그 빌미와 여지를 주지 말자.

이 기고문이 주장하고 있는 핵심은 교육감 직선제가 꼭 필요하다면 지금과 같은 정치 선거와 똑같은 형태의 선거를 배격하고 교육감 후보자들 스스로가 솔선수범하여 새로운 교육감 선거의 표준을 만들자고 호소하는 것이다. 진정한 정치 중립 선거, 예산을 적어도 50%는 절약하여 교육 예산을 아이들에게 돌려주는 선거, 진영이 아닌 교육을 이야기하고 토론하는 선거 등이 핵심 내용이다. 10여 년 넘게 방치되고 있는 교육감 선거의 깜깜이, 정치화, 고비용 구조를 교육자인 교육감 후보자들이 새롭게 만들어 볼 것을 호소하는 것이었다.

엄청난 돈과 조직이 필요한 선거이기에 교육감 후보자는 어떤 조직과 단체가 뒤를 봐주고 있는 사람이거나 세상 물정 모르는(무시하는) 정신 나간 사람일 가능성이 크다. 상식적으로 교육감 하겠다고 순수 개인 돈 수억 원을 쓰면서 출마하겠다고 하는 사람이라면 크게 둘 중의 하나라고 지역의 기자들은 전한다. 당연히 전자인 경우가 대부분이고 그 반증이 교육감으로 나왔던 사람들이 선거 후에는 반복적으로 유죄판결을 받고 교도소에 가고 있다는 현실이다.

교육감 직선제 = 깜깜이. 이 공식은 현행 제도상으로는 필연적이다. 그 제도를 도입 후 10년 이상이 지났다. 교육감 선거판에서는 교육이라는 본질은 온데간데없고, 유권자들은 더욱 무관심해지고, 정치 선거보다 치졸하면서 더 정치적으로 변하고, 비리와 유착이 난무하며, 오로지 이념과 정치 성향에 따라 편 가르기가 일상이 되어 정작 신경 써야 할 아이들은 관심의 대상이 아니다. 진영과 특정 조직, 그리고 개인적 사리사욕이 주도하는 교육감 선거에서 이러한 위기는 전혀 대수롭지 않게 여겨지며, 따라서 개혁을 실천하는 분위기가 없고, 결과적으로 하려는 자도 없다. 이미 실패한 것이 자명한 교육감 주민직선제. 직선제가 꼭 필요하다면 정치 선거와는 다른 제도를 만들어 내야 한다. 먼저 지방선거에 얹혀가는 교육감 선거를 분리해야 한다. 그래야 교육감 선거의 실체를 국민이 직시할 수 있다. 정당 관여만 금지하면 정치 중립적인 교육감 직선제가 가능하다고 믿고 있는 법과 제도, 그리고 그것을 10년 넘게 운영해 오고 있는 정부와 국회, 그리고 교육관계자들……. 대통령 탄핵을 가능케 했던 국민의 촛불 정신도 여기에는 없다. 오히려 그 촛불을 도용하고 활용하는 후보자들만 있고, 거기에 현혹되어 촛불 후보자로 여기는 유권자들만 있을 뿐이다.

　지금의 교육감 직선제에 국민은 전혀 관심이 없다. 교육감 선거에 직접 뛰어들었던 필자가 선거 현장을 새벽부터 밤늦게까지 60여 일간 누비며 수많은 시민을 만나고 대화하며 다시금 확인한 결론이다. 정책결정자들은 교육감 선거에 교육이 중심에 있어야 한다는 절박한 필요성을 체감하지 못하고 그저 방관하거나 오히려 역으로 활용하며, 유권자들은 관심을 두기 어려운 교육감 선거이기에 흥미도 없고 후보자에 관한 공부도 하지 않는다. 선거에 나가 당선되려는 무리를 제외하고는 그 누구도 관심 없고 대안도 없는 교육감 선거는 암세포가 우리 몸에 번지듯 스스로 자각하지 못하는 새 우리 교육을 망가트리고 장래를 어둡게 만들고 있다. 저출산이 시작된 지 30년이 지났고 30년 동안 별반 한 게 없고 아직도 모호해서 저출산 정도가 더욱 심각해지는 것처럼……. 이렇게 국민이 관심 없는 교육감 선거제도와 그것이 만들어 내는 비교육적 결과물이 얼마나 큰 재앙인지 현재를 살고 있는 우리 스스로는 심각히 인지하지 못하는 것 같다.

필자는 교육감 선거의 깜깜이 문제와 아이들의 미래를 도모하지 못하는 진영 대결에 의한 편 가르기를 극복하고자 선거에 직접 출마하였다. 그러나 1인으로서의 한계는 컸다. 시민들의 무관심과 선거라는 이해관계에 따른 이합집산과 정치성 또한 예상보다 심각하고 강했다. 직접 만나 대화를 나눈 유권자들은 필자의 도전에 공감은 했지만, 그렇지 못한 이들은 알 수 없었고 따라서 공감할 수도 없었다. 그게 교육감 선거였다. 선거가 끝난 후 다시 일상으로 돌아왔다. 깜깜이 교육감 선거에 대한 걱정은 온데간데없고 당선자들만 남고 그들은 새로운 교육감으로 업무를 개시했다. 그 뒤로 아무렇지도 않게 다시 3년이 흘렀다. 내년 2022년이면 이전과 똑같은, 아니 더욱 심화한 깜깜이 교육감 선거, 정치인 선거보다 더 정치적이고 편 가르는 교육감 선거가 반복될 것이다. 필자에게 교육감 선거판은 공포 그 자체다. 그리고 아이들 볼 낯이 없다. 이러고도 교육을 외치고 교육자연하는 것 자체가 부끄럽고 참담하다. 그 공포를 알리고 대비를 하게끔 알리는 것이 부끄러움과 참담함에 속죄하는 최소한의 양심이다.

진보, 보수 편 가르기가
교육을 망친다

　　현대적 의미의 교육, 특히나 공교육의 철학적 배경은 능력주의 (meritocracy)와 평등주의(egalitarianism)라는 쌍두마차에서 시작한 다[9]. 이는 대한민국 헌법에도 고스란히 담겨 있다. 헌법 제11조 ①항―모든 국민은 법 앞에 평등하다. 누구든지 성별·종교 또 는 사회적 신분에 의하여 정치적·경제적·사회적·문화적 생활 의 모든 영역에 있어서 차별을 받지 아니한다―과 제31조 ①항 ―모든 국민은 능력에 따라 균등하게 교육을 받을 권리를 가진 다―가 그것이다. 천부인권적인 평등권을 국민 개개인에게 원칙 적이며 총괄적으로 보장하며, 그들의 교육권 및 학습권을 그 능 력에 따라 차별 없이 보장함을 헌법은 명문화하고 있다. 능력주

9　필자(Park, YoongSoo)의 박사 학위 논문인 *The Development and Field Testing of an Instrument for Measuring Citizens' Attitudes toward Public School Funding in Terms of Equity, Adequacy, and Accountability*, pp. 51-54 에 잘 기술되어 있다.

의와 평등주의는 현실에서는 왠지 모순되고 갈등이 있어 보인다. 왜냐하면, 개인의 능력이란 분명 다르고 그 다름에 따라 차별과 서열화까지 가능할 수 있는데, 평등주의는 그 다름과 차별을 무시하여 똑같이 대하는 것을 의미하는 것으로 이해될 수 있기 때문이다. 그러나 이는 두 축의 톱니바퀴나 요철을 떠올리면 쉽게 이해될 수 있다. 동력을 전달하는 두 개의 톱니바퀴는 두 바퀴가 맞물려 돌아갈 때 동력전달체계의 역할을 할 수 있다. 톱니바퀴는 요철로 구성되어 있다. 한쪽 바퀴에서 올라온 톱니는 다른 바퀴의 들어간 톱니에 맞춰져 동력체계를 완성하고 각각의 요철의 모양은 합쳐져 요철 없는 평평한 모양을 완성한다.

교육도 이런 요철의 기능을 다할 때 온전한 교육의 효과를 낼 수 있다. 개개인의 평등권을 존중하고 실현하되, 각각의 능력과 의지 및 자발성 등을 최대한 존중하여 개인의 교육권을 실현하고, 민주주의 사회 공동체로서 구성원 모두가 필요한 능력과 역량을 구유할 수 있도록 일정 수준 이상으로 교육받을 수 있는 것을 의미한다. 이것이 교육의 제대로 된 모양이고 실제 목적하여 이뤄낼 기대 결과물이다.

평등권 및 교육받을 권리는 얼핏 기회균등에 집중되어야 한다고 생각하는 경향성도 있다. 그러나 현실적으로나 당위적으로도 그렇지 않다. 자본주의 및 민주주의 체제에서 매우 중요한 가치와 기준은 개인의 능력이다. 대한민국 헌법 제11조[10]는 어떠한 차별

10 대한민국헌법 제11조 ① 모든 국민은 법 앞에 평등하다. 누구든지 성별·종교 또는

을 받지 않고 어떠한 형태로든 특권도 인정하지 않고 있음을 명백히 밝히고 있다. 이는 다른 말로 해석하면 개인의 지식과 능력, 그리고 실제 행하는 것에서만 그 다름과 차별을 인정함을 의미한다. 즉 개인 전속적인 무형의 가치와 땀과 노력을 그 사람을 평가하고 대우하는 기준으로 인정하겠다는 것이다.

그렇게 하는 데 필요한 것이 교육이고 그 교육에 접근하고 실현하는 방식이 누구에게나 공정하고 평등하게 교육하겠다는 것이며 이 공평한 교육 기회는 개인의 능력을 최대한 키우게 하겠다는 것을 의미한다. 이렇게 평등주의와 능력주의는 동전의 앞뒷면과 같은 관계, 요철과 같은 기능을 발휘하는 것이다. Spring[11]은 능력주의는 사회의 모든 이에게 본인들의 능력을 최대한 계발할 수 있게 하고 그를 바탕으로 사회 계층 상승도 가능하게 하는 우리 사회를 구성하는 가치 체계라고 설명하고 있다. 그의 견해에 의하면 이런 의미에서 학교는 교육을 받을 평등한 기회를 제공하는 곳이 되는 것이고, 따라서 이런 학교를 대변하는 공교육은 평등한 교육기회 제공의 토대가 되는 것이라고 설명하고 있다.

역사적으로 기회균등은 교육을 통해서 이뤄진다고 여겨진다. 그러한 믿음은 아직도 유효하다. 전 세계적으로 교육이 확대되고

사회적 신분에 의하여 정치적 · 경제적 · 사회적 · 문화적 생활의 모든 영역에 있어서 차별을 받지 아니한다. ② 사회적 특수계급의 제도는 인정되지 아니하며, 어떠한 형태로도 이를 창설할 수 없다. ③ 훈장등의 영전은 이를 받은 자에게만 효력이 있고, 어떠한 특권도 이에 따르지 아니한다.

11 Spring, J. (2002). *American Education.* New York, NY: McGraw-Hill.

그 중요성이 계속 강조되고 있는 것도 이 믿음을 잘 설명하는 것이다. 따라서 개인이 타고날 때부터 다르고 분명히 차이가 나는 능력과 배경이 있지만, 그 차이를 극복하고 매우 공정한 게임으로 이끌 수 있는 것이 능력주의에 입각한 평등한 교육 기회의 제공이다. 이에 따라 공교육은 꼭 필요한 것이라고 여겨지고 제도화되었으며 지금도 전 세계적으로 실천되고 있다. 물론 여기에 대한 반론도 있긴 하다. 교육을 제아무리 잘 활용해도 사람들이 처음 날 때부터의 차이를 극복할 수 없다고 주장하는 것인데, 이들의 주장은 다른 대안을 제시하는 데 한계가 있어 유효한 이론으로도 인정받지 못하고 있다.

진보와 보수의 이념 논쟁은 상당히 고루하고 오래된 이야기인데 유독 교육에서만 아직도 활화산과 같은 형상이다. 정치에서도 요즘은 별 이슈가 안 되는 진보, 보수 구분이 교육에서는 아직도 논란이다. 그 대표가 교육감 선거다. 교육감 선거는 "교육"을 잘하고 이끌 수 있는 광역자치단체의 장을 뽑는 장인데 후보자 개인의 철학이나 비전, 그리고 역량 검증은 온데간데없고 그가 진보냐 보수냐만 관심사다. 진보나 보수의 실체가 무엇이냐는 질문도 없지만, 개인의 능력과 살아온 혹은 쌓아 온 인생과 경험에 대한 검증도 없다.

기본적으로 교육은 진보나 보수의 한쪽으로만 할 수 있는 영역도 아니다. 굳이 쉽게 도식화를 해 본다면, 진보의 가치는 평등주의에, 보수의 그것은 능력주의에 가깝다고 볼 수 있다. 앞서 설명했듯이 평등주의나 능력주의 모두 교육으로 구현될 수 있는 가치이며, 양자는 현실에서 함께 추구되어야 하고 서로 기능적으로 작동해야만 교육이 제대로 될 수 있음을 이해했다. 그런 뻔한 설명과 이해가 유독 대한민국의 교육감 선거판에서는 먹히질 않는다.

필자가 교육감 후보자로서 60여 일, 그리고 그 이전 인천교육감 권한대행 및 부교육감으로서 3년 3개월을 근무하는 동안 참으로 돼먹지 못한 편 가르기와 이념 대결로 교육을 이간질하고 황폐화하는 무리와 세력이 있으며 시민들도 거기에 휩쓸리고 있음을 확인할 수 있었다. 그런 이유로 투사의 자세와 전투력으로 비교육적인 세력과 여론몰이로부터 교육을 보호하려고 무던 애를 썼다. 재직 중에는 만족할만한 성과를 거두었으나, 선거에서는 실패했다. 인천을 포함한 전국 교육감 선거는 진보, 보수라는 진영 대결로 치장되고, 그 치장과 위장 프레임의 부끄러운 승리로 끝났다.

선거 과정에서도 필자는 위장된 갑옷을 입은 진보, 보수의 장수들을 상대로 진검승부를 겨룰 수 없었다. 그들은 실체가 없는 후보들이었다. 주변 세력들이 만들어 놓은 이념만 외치고 진영의 싸움을 유도했으며 후보자가 나서서 교육에 관한 논의와 토론에 참여하지 않았다. 오히려 정치 선거보다 더 추악한 이면에서의 정치놀음에 '이게 과연 교육자들인가?' 하는 긴 한숨이 터져 나왔다. 진보 교육감이나 보수 교육감이나 자기네들의 진영 대결로 그들만의 사람들과 세력으로 교육을 잘할 수 있다고 주장한다. 결론적으로 혹세무민하는 것이다. 교육이란 것이 다양한 의견과 실천 방법으로 아이들을 위한 가장 최선의 지혜와 실천을 제공하여야 하는데, 그들의 주장대로라면 우리 아이들은 균형 잡히고 제대로 된 교육을 받을 수 없게 된다.

교육감 후보자로서 시민들을 만나서 탈정치를 주장하며 진보·보수 색깔론과 진영 편 가르기가 왜 교육에 치명적인가를 설명하고 설득했다. 진영 대결을 배격하며 오로지 "교육중심주의입니다"라고 외쳐도 돌아오는 시민들의 질문은 "그러니까 보수냐고요, 진보냐고요?"였다. 보수가 무얼 가지고 교육을 잘할 건지를 묻거나 진보는 어떤 방법으로 현재의 교육 문제를 풀 것인지를 물어야 할 터인데 그저 어느 쪽인지만 확인하고 투표하겠다는 것이다. 참으로 기막힐 노릇이었다. 진보와 보수를 아우르는 혹은 뛰어넘는 교육이 되지 않으면 교육은 절름발이 신세를 면치 못한다. 교육감 선거에서 이러한 진영 대결에 의한 깜깜이 선거가 계속되면 대한민국에서 교육의 미래는 없다. 각종 좋은 제도와 방법으로 교육에 정성을 다해 묵묵히 실천해도 소기의 성과를 내기가 쉽지 않은 게 냉정한 현실이다. 교육의 내용과 핵심은 없고 그저 오엑스(OX)문제 풀 듯 진보이거나 보수냐의 선택만을 강요하고 좇는 선거가 계속된다면 우리 대한민국엔 찢기고 왜곡된 교육만 남고 결과적으로 희망을 품는 미래는 없다.

교육감 선거하는 데
교육 예산 2,000억 원을 쓰는 걸 아시나요?

전국동시지방선거에 예산이 얼마나 들까? 상상 이상으로 많은 금액이 소요된다. 정부 예산은 모두 국민의 세금으로 충당된다. 선거비용은 그 수익자 부담원칙이 적용된다. 즉, 교육감 선거는 교육청이, 시장 선거는 시청이, 구청장 선거는 구청이 부담하는 식이다. 해당 기관은 할당된 예산을 편성해서 선거관리위원회에 전출해야 한다. 사실 인천교육청에 근무하기 전에도 교육부에 근무하며 오랫동안 교육 행정 일을 해 온 필자였지만, 이러한 사실을 알고 있지 못했다. 2018년에 지방선거가 있다 보니, 2017년에 2018년 인천교육청 예산을 편성하는데 교육감 선거를 위한 선거 부담금을 편성해야 해서 알게 되었다. 그 편성 내역을 정리한 표를 보자.

[교육감 선거 경비 관련 연도별 현황]

(단위: 천 원)

구분		2014	2015	2016	2017	2018
선거경비 교부액	전국	166,275,425	0	-32,190,306	30,397,745	193,814,481
	인천	10,207,088	0	-1,840,549	1,388,338	11,735,800

인천교육청의 경우 2018년 인천교육감 선거를 위해 교육청 예산으로 자그마치 117억 원을 편성하여 선관위에 전출시켰다. 전국 17개 모든 교육청이 해당 지역 교육감 선거를 위해 편성해야 하는 금액의 총액은 1,938억 원이다. 거의 2,000억 원이다. 이 말이 무엇이냐 하면 2018년에는 아이들을 위해서 써야 할 돈 2천억 원을 쓰지 못하고 대신 그 돈을 교육감 선거 관리 비용으로 쓴다는 것을 의미한다. 선거를 안 한다면 2천억 원을 아이들 교육을 위해서 쓸 수 있는 것을 의미하고, 선거를 치르되 대신 1천억 원을 절약한다면 절약한 1천억 원을 아이들을 위해서 쓸 수 있다는 것을 의미한다. 필자가 후보자로서 3무 선거운동을 선언했던 이유가 그 선거비용이라도 50%를 절약하기 위함이었다. 그렇게 선거비용을 절약하면 그 줄인 만큼은 다시 아이들 교육 예산으로 쓸 수 있었기 때문이다.

이제 교육감 선거를 포함한 2018년 6·13 전국동시지방선거의 총경비를 살펴보자. 자그마치 1조 700억 원이 소요된다. 투표함 만들고 투표용지 찍어 내고 투표소나 개표장에서 일하는 인력의 인건비 등 선거관리위원회가 직접 관리하고 지출하는 예산이 절반

6·13 지방선거비용 및 그 세부 내역

출처: SBS 뉴스, [김범주의 친절한 경제] '2천900만 원짜리' 투표권,
버리지 말고 꼭 투표하세요! [12]

정도인 5천100억 원이 들어가고, 나머지 5천600억 원은 후보자들
이 자신의 선거운동을 위해 쓰는 비용이다. 이 선거비용은 선거가
끝난 후에 선관위에 청구하면 그 득표율에 따라 개별 후보자에게
보전된다. 그리고 기타 비용이 500억 원 정도다.

실제 선거가 끝나고 선관위가 공표한 자료를 보면, 지방선거 후
보자들이 선거비용으로 사용하고 신고한 총비용은 4,559억 원이
었다. 교육감 후보자들의 총선거비용은 677억 원이었고, 시·도지
사 후보자들은 541억 원이었다. 후보자 1인 평균은 교육감의 경우

---

12 http://news.sbs.co.kr/news/endPage.do?news_id=N1004793376&plink=ORI
&cooper=NAVER 2018. 6. 10. 인출

는 11.1억 원, 시도지사는 7.6억 원이었다. 2014년 데이터(시·도지사 선거 469억 원, 교육감 선거 729억 원) 대비 2018년 선거비용 지출총액이 시·도지사 선거는 증가하였고 교육감 선거는 감소하였지만, 이는 출마자 수에 따른 변화에 따른 것이고 후보자가 쓰는 비용은 큰 변화가 없었다. 그러나 교육감 선거의 후보자 1인당 평균 선거비용 지출액은 2014년과 2018년 모두 시·도지사의 그것보다 훨씬 많았다.

[6 · 13 전국동시지방선거 선거별 선거비용 지출액 현황]

(단위: 수, 백만 원)

선거명	후보자수 (사퇴 등 포함)		선거비용지출액			
	제6회	제7회	총액		후보자 1인당 평균	
			제6회	제7회	제6회	제7회
시·도지사	61	71	46,956	54,112	769	762
교육감	72	61	72,964	67,761	1,013	1,110
구·시·군장	727	757	84,141	90,200	115	119
시·도의원	1,736	1,889	67,813	75,609	39	40
구·시·군의원	5,414	5,336	164,043	168,233	30	31
계	8,010	8,114	435,917	455,915	1,966	2,062

출처 : 중앙선관위 보도 자료(2018. 7. 20.), 6.13 지방선거 및 국회의원 재·보궐선거 정당 후보자 선거비용 4,610억 원 내역 공개

전체 선거비용의 부담 정도를 분석해 보면 교육청이 그 교육 예산으로 지방선거에서 부담하는 비용은 전체 금액의 19%에 해당

한다. 후보자 수로는 0.75%에 불과한데 이렇게 많은 예산이 17명의 교육감을 뽑는 데 사용된다. 이렇게 많은 교육 예산을 투여하지만, 교육감 선거는 아무도 관심도 없고 알지도 못하는 "깜깜이" 선거다. 인천만 봐도 교육청 예산 117억 원이 들어간다. 인천의 아이들을 위해 117억 원은 정말 많은 일을 할 수 있는 금액이다. 인천에서는 몇 년 동안 못했던 숙원 사업들이 있었다. 그중 두 가지만 예로 들겠다. 유아교육진흥원이 2018년 개원했는데 그 공사 비용이 88억 원이었으며, 인천예술고등학교 본관을 대체할 예술관의 교육부 특별교부금을 매칭 하는 교육청 예산이 100억 원이었다. 즉 과거 5~10년 동안 예산이 없다고 계속 지연하며 못했던 학교 시설을 완성할 수 있는 교육 예산 규모다. 이는 또한 중급 규모의 학교를 신설할 수 있는 예산 규모이기도 하다.

2010년부터 2018년까지 전국동시지방선거로 교육감 직선제를 3회나 반복해 오고 있는 상황에서 필자[13] 이외에는 누구도 이 선거비용을 줄이거나 아껴야 한다고 주장하는 교육감 후보자나 교육 전문가가 한 사람도 없었다는 사실에 실망하지 않을 수 없다. 후보자들이 이렇게 고비용, 저효율의 교육감 선거의 실상을 진정 모르는 것인지, 아니면 모르는 척하는 것인지 의구심이 든다. 어느

---

13 박용수는 출마하면서 "누구에게도 금전적 부담을 주지 않는 선거를 하겠다"며 "전국 교육감 선거에 들어가는 세금 2,000억 원도 학생들에게 돌아가도록 하겠다"라고 선언했으며, "약속한 그대로 그 누구에게도 금전적 부담을 주지 않기 위해 남의 돈은 10원 한 푼도 받지 않았다."
http://news1.kr/articles/?3253086 2018. 7. 8. 인출

쪽이든 광역자치단체의 교육을 책임지는 자로서 그 시작부터 결격 사유가 아닐 수 없다. 그래서 다시금 2022년에 출마할 전국 교육감 후보자들과 교육관계자들에게 요구하고 공개 질의한다. 아이들 교육을 위해 아끼고 효율적으로 써야 할 교육 예산을 교육감 선거에 이렇게 아무 생각 없이 계속 쏟아부어야 하는지 각자의 의견을 피력해 주기를 요구한다. 이제는 심각하게 고민할 때가 됐다. 시민들이 교육감 선거에서 관심을 두고 후보자 면면을 잘 살피고 제대로 된 교육감을 선택한다면 많은 돈이 들어도 의미를 부여할 수도 있겠다. 그러나 현재의 교육감 선거는 아무도 관심 없고 거의 알지 못하며 그저 진보냐 보수냐 하는 진영 대결에 매몰된 비교육적인 정치 놀음과 편 가르기로 교육 현장을 이간질하고 파탄을 내고 있을 뿐이다. 어른들이 대립과 분열로 우리 아이들의 미래를 망치고 있는데 정작 교육감을 비롯한 전국의 교육전문가나 국가의 주인인 국민은 아무런 문제의식도, 질문도 없다. 이러고도 우리 어른들이 아이들에게 "너희들의 교육과 미래를 위해 정성과 실천을 다하고 있다"라고 자신이 있게 말할 수 있겠는가?

교육감 후보자 단일화 작업은
일종의 사전 선거운동일 수 있다

2013년 12월 경인일보 기사다.[14]

내년에 치러질 인천시교육감 선거를 앞두고 진보성향의 교육감 후보를 만들기 위한 단일화 움직임이 시작됐다. 인천지역 노동·시민·사회단체가 연대한 '교육자치시민모임'은 18일 오후 7시 부평1동 성당에서 출범식을 개최하고 이른바 '진보교육감' 후보를 세우기 위한 공식 활동에 돌입한다.

교육자치시민모임에는 민주노총 인천본부를 비롯해 인천시민사회단체연대·인천지역연대·평화와참여로가는인천연대·학부모단체 등이 참여한다. 시민모임의 최우선 과제이자 목표는 일찌감치 진보 교육감 후보를 결정짓고, 남은 기간 지역 범진보 진영의 역량을

---

14 http://www.kyeongin.com/main/view.php?key=792782 2018. 7. 10. 인출

집중해 내년 지방선거에서 승리하는 것. 시민모임측은 2010년 교육감 선거에서 진보 진영의 단일화 시기가 너무 늦었고 단일화 과정에서 흥행에도 실패하며 단일화의 파급력이 약했다고 판단했다.

당시 선거에선 지역 47개 시민·교육·노동·단체 등으로 구성된 '교육희망 일파만파 연석회의'를 통해 투표를 한 달여 앞두고 단일후보를 내세우는 데 성공했다. 하지만 3천551표 차이로 탈락하며 시민모임측은 아쉬움을 달래야 했다. 교육자치시민모임은 교육감 예비후보 등록 시작일인 내년 2월4일 이전까지 단일화 작업을 매듭지을 계획이다. 내년 1월 중순께 단일화에 참여할 후보를 모집하고 늦어도 1월말께는 경선을 치를 방침이다.

시민모임은 현재 진보진영의 후보로 거론되고 있는 도성훈·임병구·이청연 전 전교조 인천지부장 출신 후보와 김민배 인천발전연구원장, 김철홍 인천대교수, 노현경 시의원 등이 단일화를 위한 경선에 참여할 것으로 기대하고 있다. 시민모임에 참여하는 민주노총 인천지역본부의 전재환 본부장은 "미리 후보를 정해 준비해 교육자치에 대한 시민들의 지지와 공감대를 확대해 간다면 진보진영이 교육감 선거에서 충분히 이길 가능성이 있다"며 "단일화 과정이 축제가 될 수 있도록 시민모임이 최선을 다할 것이다"고 말했다.

다음 해인 2014년 1월 서울신문은 기사의 제목을 "인천교육감 선거 벌써 뜨겁다"로 뽑고 다음과 같이 보도했다.[15]

---

15 http://go.seoul.co.kr/news/newsView.php?id=20140121014013 2018. 7. 10. 인출

교육감 선거 – 교육이 망가지는 이유

진보 성향 인사로는 지난 선거에서 근소한 차이(0.3% 포인트)로 낙선한 이청연 인천자원봉사센터장과 전교조 인천지부장 출신인 도성훈, 임병구씨 등이 거론된다. 이들은 최근 노현경 의원과 단일화 대원칙에 합의했다. 다음 달 3~6일 단일 후보 경선 등록을 한 뒤 15일까지 시민선거인단 3만 명을 모집해 경선을 통해 24일까지 단일 후보를 선출한다는 일정까지 마련했다. 이 같은 움직임에 자극받은 보수 진영 후보들도 단일화 논의를 가시화시키고 있다. 유력 후보지만 진보와 보수 진영에 가담하지 않은 김민배 교수는 독자 세력화를 모색하고 있다.

그 후 2014년 인천교육감 후보 확정을 위해 진보 진영은 경선할 후보를 다음과 같이 확정했다는 보도가 있었다.[16]

2014 교육자치 인천시민모임이 인천시교육감 선거와 관련해 진보 진영 교육감 단일후보 선정을 위한 세부계획을 세웠다. 21일 인천시민모임에 따르면 다음 달 3일부터 단일후보 경선에 참여할 후보자 등록을 시작한 뒤 같은 달 21~22일 이틀에 걸쳐 시민참여단 투표를 진행하기로 했다. 이 같은 내용은 지난 20일 김철홍 인천대 교수,

---

16 http://www.kyeonggi.com/news/articleView.html?idxno=734869 2018. 7. 10. 인출

노현경 인천시의원, 도성훈 전 전교조 지부장, 이청연 인천시자원봉
사센터 회장, 임병구 전 전교조 지부장 등 경선 후보자들이 참석한
2차 간담회 자리에서 결정됐다.

......중략......

이와 관련, 이진숙 인천시민모임 대변인은 "최대한 공정한 경선이
될 수 있도록 많은 애를 쓰고 있다"며 "시민의 자발적이고 창의적인
참여로 단일후보를 선출하고자 한다"고 말했다.

이들 중에 결국 4인이 최종 후보자로 확정됐다.[17]

인천지역 '진보 교육감' 후보 단일화 기구인 '2014 교육자치 인천시
민모임'은 28일 인천시교육청 브리핑실에서 기자회견을 열고 후보
4명이 단일화 경선 방식과 일정에 최종 합의했다고 밝혔다. 단일화
경선에 참여키로 한 김철홍 인천대 교수, 도성훈 동인천고 교사, 이
청연 인천시자원봉사센터 회장, 임병구 인천해양과학고 교사 등 4명
은 '깨끗하고 아름다운 경선'을 만들 것을 약속하는 '후보자 서약'에
도 서명했다.
진보진영 교육감 후보로 거론된 김민배 전 인천발전연구원장의 단
일화 참여 여부는 아직 정해지지 않았다. '정당 당원이 아니어야 한

---

17 http://www.kyeongin.com/main/view.php?key=805213 2018. 7. 10. 인출

다'는 교육감 후보자 정당 경력 조항 삭제 여부가 불투명한 노현경 인천시의원은 국회 정치개혁특별위원회 결과를 보고 향후 거취를 결정하기로 함에 따라 참여하지 않기로 했다.

진보 진영 후보의 단일화 과정에 대한 언론의 보도 경쟁은 이후에도 계속됐고 관련 후보자들에게는 고맙고 선거에 매우 유리한 사전 홍보 과정이다. 타 후보들 처지에선 불공정하다고 느끼기에 충분하다. 진보 진영의 선거운동 전략이 잘 맞아떨어진 것이다. 한겨레신문이 보도한 기사이다.[18]

오는 6월 지방선거의 인천 교육감 후보에 대한 지역 시민사회단체의 관심이 뜨겁다. '2014 교육자치 인천시민모임'(시민모임)은 지난 18일까지 인천 진보진영 교육감 단일후보 선출에 참여할 시민참여단에 3만4913명의 시민이 가입했다고 20일 밝혔다. 이는 애초 목표한 3만 명을 넘어선 것이다. 인터넷으로 가입한 참여단도 1만 명에 가까운 9,800명에 이르렀다.

앞서 2012년 대통령 후보 경선에서 민주당도 시민참여단을 모집했으나 인천에서 3만 명을 넘지 못한 것에 비추어 교육감 단일후보 선출을 위한 시민참여단에 3만 명이 넘은 것은 이례적으로 받아들여

---

18 http://www.hani.co.kr/arti/society/area/625217.html 2018. 7. 10. 인출

진다. 인천 지역 시민사회단체들은 4년 전인 2010년 교육감 선거에서 단일후보를 냈으나 현 교육감인 나근형 교육감에게 0.3% 차이인 3500표 차이로 패배했다.

시민모임 이진숙 대변인은 "뇌물수수로 재판 중인 현 교육감에게 패배한 것에 대한 아쉬움이 큰 데다 혁신학교 등 진보교육감들이 추진 중인 진보교육정책에 대한 대중적 지지도가 높은 상태에서 세력 교체의 갈망이 큰 것 같다"고 말했다. 인천시민모임은 이달 초 후보 단일화 경선에 참여한 김철홍 인천대 교수, 전교조 인천지부장 출신인 도성훈·이청연·임병구 교사 등 4명과 교육 정책 협약식을 맺은 데 이어 지난 14일 토크콘서트를 열어 후보자들의 소견을 들었다. 인천 민주·진보 진영의 교육감 단일후보는 21일과 22일 시민참여단 투표(55%)와 시민여론조사(35%·전화면접조사 1천명), 시민모임 가입단체 투표(10%)로 선출된다.

결국, 2014년 2월 23일 민주·진보 인천교육감 후보로 이청연 인천시자원봉사센터 회장이 선출됐다.[19] 이 기사의 사진을 보면 다른 세 후보자가 일종의 찬조 출연을 한 것처럼도 보인다. 왜 그런 추측을 하게 되냐면 2018년 교육감 선거에서 이 자리에 섰던 도성훈과 임병구가 이청연 전 교육감이 없는 상황에서 다시 후보로 나와 도성훈이 최종 단일 후보가 되어 결국 교육감으로 당선됐

---

19 http://www.newsis.com/pict_detail/view.html/?pict_id=NISI20140223_0009396464 2018. 7. 10. 인출

기 때문에 그렇다. 이런 관행과 추세라면 2022년에도 도성훈과 임병구가 다시 교육감 후보로 나올 것이고 그중 하나가 단일 후보로 될 것이기 때문이다. 보수 진영이 역시나 2022년에도 단일 후보를 내지 못한다면 진보 진영의 최종 후보자가 2018년에 이어 2022년에도 교육감으로 당선될 가능성이 높아 보인다. 교육감 선거에서는 단일화가 당선의 필수 요건이기 때문에 말이다. 그렇게 된다면 전교조를 중심으로 한 진보 진영에서 10여 년 넘게 같이 활동해 온 사람들로 구성된 선거 참모들에 의해서 3번 연속 교육감이 배출될 것으로 예상된다. 법과 제도, 그리고 중앙선거관리위원회가 이것을 공정한 선거 과정이라고 보는 게 이상할 따름이다.

이제 2018년 교육감 선거는 어땠는지 살펴보자. 2018년 6·13 제7회 전국동시지방선거 딱 1년 전인 2017년 6월 13일에 연합뉴스가 내보낸 기사다.[20]

인천은 이 교육감의 전임자인 보수 성향의 나근형 전 교육감도 뇌물수수죄로 1년 6개월을 복역한 터여서 교육감 선거가 주민직선제로 바뀐 2010년부터 뽑힌 초대·2대 교육감이 모두 뇌물에 발목 잡혀 구속되는 불명예를 안고 있다. 2014년 인천시교육감 선거의 경우 31%를 득표한 이 교육감이 60%의 표를 나눠 가진 보수 후보 3명을 누르는 결과가 나왔다.

20 http://www.yonhapnews.co.kr/bulletin/2017/06/12/0200000000AKR2017061 2149500061.HTML?input=1195m 2018. 7. 10. 인출

현재 본인 의사와 상관없이 내년 지방선거 후보로 거론되는 인사는 10여 명에 달한다.

2014년 선거에서 고배를 마신 이본수 인하대 전 총장, 안경수 인천대 전 총장, 김영태 인천시의회 전 교육위원장의 이름이 오르내린다. 권진수 인천시교육감 전 권한대행과 고승의 인천시교육청 전 행정국장도 하마평이 무성하다.

진보 진영에서는 현직 이청연 교육감의 항소심이 진행 중인 상황을 의식해 아직 후보로 거명되는 것 자체를 부담스러워하는 분위기다. 2014년 진보교육감 후보 단일화 경선에 참여했던 도성훈, 임병구 전교조 전 인천지부장을 비롯해 하인호 전 지부장과 신현수 전 평화와참여로가는인천연대 상임대표도 거론된다.

일찌감치 진보 진영은 후보자를 내고 만들어 가는 데 준비가 다 된 듯한 모양새다. 2018년 지방선거가 끝난 후에 보니 진보 세력이 계획하여 기획하고 추진한 대로 이루어졌다. 결과적으로는 실패했지만, 보수 성향 진영도 그 시작 즈음에는 진보 쪽의 단일화에 대응하여 보수 세력의 후보자 단일화를 위해 소위 사전 작업을 시작했다고 보도했다.[21]

---

21 http://www.ohmynews.com/NWS_Web/View/at_pg.aspx?CNTN_CD=A0002375449&CMPT_CD=P0010&utm_source=naver&utm_medium=newsearch&utm_campaign=naver_news 2018. 7. 10. 인출

내년 6월 13일 치러질 인천시교육감 선거에서 보수 성향 후보 단일화를 추진하는 기구가 공식 출범할 예정이다. 나근형 전 인천시교육감이 참여해 눈길을 끈다.

주태종 전 인천여자고등학교 교장은 오는 17일 오후 2시 한국소기업소상공인연합회 인천남구지회 사무실에서 인천시교육감 보수 성향 후보 단일화를 위한 가칭 '바른 교육감 후보 단일화 추진단(이하 추진단)'을 공식 출범한다고 지난 8일 밝혔다. 주 전 교장은 추진단에 인천지역 교육계 원로와 보수 성향 시민단체·종교계 관계자 등 70여 명이 참여할 것이며, 나근형 전 교육감도 관련 논의를 함께 진행하고 있다고 전했다. 또한, 현재 보수 성향으로 거론되는 후보군과 접촉은 공식 출범을 마친 후 진행할 예정이라고 했다. 주 전 교장은 8일 〈시사인천〉과 한 전화통화에서 "인천 교육을 올바르게 이끌 교육감을 모시고 싶은 마음에 힘을 모았으며, 단일화 기준과 방식은 후보들의 논의로 결정할 것이다"라고 말했다. 현재 거론되는 보수 성향 출마 예상자는 안경수 전 인천대 총장, 이재희 전 경인교대 총장, 권진수 신명여고 교장, 고승의 전 인천시교육청 기획관리국장, 윤석진 (사)인천시자원봉사센터 이사장 등 5명이다.

진보성향 출마 예상자로는 이갑영 인천대 교무처장, 도성훈 동암중 교장, 임병구 인천시교육청 정책기획조정관, 고보선 석남중 교장, 김종욱 명신여고 교사가 거론되고 있다. 도성훈 교장과 고보선 교장, 김종욱 교사는 출마를 위해 최근 명예퇴직을 신청한 것으로 알려졌다.

2017년 11월 19일 이후부터는 보수나 진보 모든 진영에서 본격적으로 교육감 후보가 등장한다. 여러 기사 중 같은 날짜 경인일보 기사를 인용한다.[22]

시교육감 선거 전초전 '뭉치는 진보·보수'

내년 6월 인천시교육감 선거에서 보수 진영이 단일 후보를 내기 위한 추진단을 구성했다. 진보 교육감 후보들은 민주노총 인천본부장 선거가 끝난 이후인 다음 달 중순쯤 단일화 절차가 구체화될 것으로 보고 분주하게 움직이고 있다. 교육감 선거를 7개월가량 앞둔 상황에서 전초전이 본격화됐다.

'인천 바른 교육감 후보 단일화 추진단'은 17일 오후 인천 남구에서 발대식을 열었다. 추진단 구성 작업을 주도한 주태종 전 인천여고 교장은 이날 대회사에서 "(교육이) 진영 논리에 갇혀 올바른 국가관이나 가치관의 정립이 혼돈 속에 있고 포퓰리즘 남발로 교권은 추락하고 교육은 존재하지 않고 인기만 난무한다"고 주장하며 "민주주의의 가치를 실현하고 교원 전문성을 존중하고 학생들의 건강한 생각을 지원하는 그런 교육의 장을 만들 수 있는 교육감이 선출되기를 바라는 마음"에서 추진단을 구성했다고 말했다. 추진단은 '공정하고 투명한 단일화'와 '후보 간 합의 정신 존중'이라는 두 가지

---

22 http://www.kyeongin.com/main/view.php?key=20171119010006192   2018.
7. 17. 인출

원칙을 세웠고, 곧 보수 진영 교육감 후보들과 접촉해 '후보 간 단일화 합의'를 지원할 예정이다. 보수 진영 후보(가나다순)로 고승의 덕신장학회 이사장, 안경수 전 인천대 총장, 윤석진 전 인천교총 회장, 이재희 전 경인교대 총장 등이 활동 중이다.

진보 진영 후보들의 발걸음도 빨라졌다. 출마 여부를 저울질하던 임병구 인천시교육청 장학관이 최근 출마 의사를 확정지었다. 도성훈 동암중 교장은 명예퇴직을 신청하는 등 배수진을 쳤다. 도 교장과 임 장학관은 전교조 인천지부장 출신의 중앙대 국문과 선후배 사이로 지난 2014년 진보 교육감 단일 후보 경선 때에도 경쟁했다. 이갑영 인천대 교수는 교육계 인사들을 만나 자신의 교육감 출마 계획을 밝히면서 현장 감각을 익히는 등 활동 반경을 넓히고 있다. 김종욱 명신여고 교사는 진보 진영의 시민사회단체와 접촉면이 넓지 않지만, 진보 교육감의 가치를 공유·계승한다는 뜻을 적극적으로 외부에 알리고 있다. 진보 교육감 후보 단일화 작업은 민주노총 인천지역본부장 선거가 끝난 이후인 12월 중순쯤 시작될 전망이고 내년 2월 중하순께 후보 선출을 목표로 삼고 있다.

세 번째로 전국 동시 선거를 치르는 2018년 선거도 인천뿐 아니라 전국적으로 교육감 당선의 바로미터가 단일화 여부였다. 그 외 변수가 현 교육감이 다시 출마하는 경우의 인지도 정도였다. 인천의 경우는 교육감이 이미 구속되어 실형을 살고 있었고 교육감직도 상실했기 때문에 단일화 여부가 거의 99% 이상의 영향력

을 가진 지역이었다고 봐야 한다. 대표적으로 기호일보가 보도한
기사를 인용한다.[23]

인천교육감 선거 앞둔 진보·보수···
단일화 성사 여부가 승리의 관건

내년 인천시교육감 선거를 6개월여 앞두고 진보·보수 진영의 단일
화 움직임이 속도를 내고 있다. 좀 더 속도를 내는 쪽은 보수 진영이
다. 2014년 선거에서 단일화 실패로 진보 측에 교육감 자리를 내
준 전철을 밟지 않겠다는 각오가 깔려 있다.

현재 보수 진영은 김영태 전 시의회 교육위원장과 안경수 전 인천대
총장, 권진수 전 시교육청 부교육감, 고승의 전 시교육청 행정국장,
윤석진 전 인천교총 회장, 이재희 전 경인교대 총장 등에 추가로
1~2명이 더 거론되고 있다. 보수 진영은 지난달부터 이들 후보들을
상대로 '바른 교육감 후보 단일화 추진단'이 중심이 돼 단일화 작업
을 진행해 왔다. 이 과정에서 김영태 전 시의회 교육위원장과 안경수
전 인천대 총장, 권진수 전 시교육청 부교육감, 이재희 전 경인교대
총장 등이 다양한 이유로 단일화에서 배제된 것으로 알려지고 있다.
이에 따라 고승의 전 시교육청 행정국장과 윤석진 전 인천교총 회장
등 2명으로 단일화 후보가 압축되는 모양새다.

문제가 없는 것은 아니다. 현재 보수 단일화를 이끄는 추진단에 대한

---

23 http://www.kihoilbo.co.kr/?mod=news&act=articleView&idxno=730112
    2018. 7. 17. 인출

정통성에 대한 문제 제기와 함께 단일화에서 배제된 인사들이 추후 선거에 나온다고 하더라도 이를 제재할 방법이 없다는 것이다. 여기에 또 다른 세력이 보수후보 단일화를 추진한다는 계획이어서 보수 진영이 단일화를 결정하더라도 끝까지 담보하기는 쉽지 않다는 지적이 나온다.

이와 함께 진보 진영은 2014년 선거 때처럼 가칭'교육자치시민모임'을 주축으로 내년 2월께 경선을 치러 단일 후보를 선출할 예정이다. 진보 진영은 도성훈 동암중 교장과 임병구 인천예고 교사, 이갑영 인천대 교수 등 3명이 진보 단일화에 동참할 뜻을 밝히고 있다. 진보 측 복병은 전교조를 기반으로 교육감에 당선됐으나 비위로 대법원에서 중형이 확정된 이청연 전 교육감의 영향이 클 것으로 보인다.

인천교육계 한 인사는 "내년 시교육감 선거는 예년과 같이 단일화 여부에 따라 승패가 갈릴 것"이라며 "지금 단일화가 확실한 진보 측이 이청연 전 교육감의 사태로 조금 위축돼 있고, 이를 보수 측이 확실히 단일화를 이룬다면 교육정권이 바뀔 가능성이 크다"고 전망했다.

그러나 이 기사의 전망과는 달리 진보 진영만 단일화에 성공한다. 도성훈이 임병구와의 단일화 경쟁에서 단일 후보로 선출된 것이다. 한국일보 기사를 보자.[24]

---

24 http://www.hankookilbo.com/v/e1bd653e6f704c35b81041258a557935 2018. 7. 17. 인출

6·13 지방선거를 석 달 앞두고 인천시교육감 진보 진영 단일 후보로 전교조 인천지부장 출신 도성훈 전 동암중학교 교장이 결정됐다. 진보 교육감 후보 단일화를 위해 발족한 '2018인천촛불교육감추진위원회'는 12일 오후 인천시교육청 앞에서 기자회견을 열어 단일 후보로 도 전 교장이 선출됐다고 발표했다.

도 전 교장은 지난 9~11일 치러진 경선에서 51.23%를 득표해 48.76%를 기록한 임병구 전 인천예술고 교사를 제치고 단일 후보로 뽑혔다. 경선은 시민참여단 투표 60%, 여론조사 30%, 정책배심원단 투표 10%를 합산하는 방식으로 이뤄졌다. 만 16세 이상 청소년이 포함된 시민참여단은 선거인 수 4만6,697명 가운데 1만7,615명 (37.72%)이 전화·현장 투표에 참여했다. 정책배심원단은 전체 786명 중 667명이 참여해 투표율 84.86%를 기록했다. 도 전 교장은 기자회견에 앞서 한국일보와의 전화통화에서 "경선 과정에 참여해 주신 시민 여러분께 감사드린다"라며 "꿈이 있는 교실, 소통하는 학교, 공정한 인천 교육이라는 3가지 목표를 통해 인천 교육을 정의롭게 만들겠다"고 말했다.

그는 앞서 공식 출마를 선언한 박융수 교육감권한대행(부교육감)과 단일화 추진 여부에 대해선 "(박 권한대행은) 중도를 표방한 것으로 알고 있는데, (단일화) 가능성은 없다고 본다"고 말했다. 박 권한대행은 15일 교육감 출마를 위해 부교육감직에서 물러날 예정이다.

보수 후보 단일화를 위해 발족한 '인천교육감후보단일화추진통합위원회'는 26~28일 경선 참가 접수를 받은 뒤 다음달 2~6일 경선을 치를 예정이다. 경선 방식은 여론조사 50%, 선거인단 투표 50%를 합산하는 방식이 유력하다. 통합위는 지난달 27일 고승의 덕신장학

교육감 선거 – 교육이 망가지는 이유

재단 이사장을 단일 후보로 발표했다가 번복한 뒤 경선 방침을 밝혔다. 현재 고 이사장을 비롯해 최순자 전 인하대 총장, 이기우 인천재능대 총장 등이 경선 참가를 저울질하고 있는 것으로 알려졌다.

보수 진영은 결국 단일화에 실패했다.[25] 보수 진영을 구성하는 단체들도 2개 이상으로 분열되어 2명의 서로 다른 후보를 밀고 각각의 단체가 일방적으로 단일화를 선언하는 추태까지 보였다. 보수라는 이름에도 먹칠하는 꼴불견이었다. 이 단일화 세력들은 필자에게도 접촉하여 끌어들이려는 시도가 있었지만, 필자는 단칼에 잘라 버렸다. 결국, 그들은 끝까지 단일화를 이루어 내지 못하고 서로 싸우는 데만 골몰했다. 보수라고 자처하던 두 사람은 나중에 고소·고발까지 낸 관계로 같은 진영이라는 게 우스울 정도로 볼썽사나운 모습이었다.[26] 이들의 모습을 보면 절대 진보 진영을 이길 수 없는 구조와 행태였다. 그런데도 필자의 중도 사퇴 후 확실히 자기네들이 이길 거라고 득의양양하면서 후보자 간에 계속 서로 싸우는 모습은 일종의 씁쓸한 코미디였다.

앞에서도 언급했듯이 처음 선거 시작부터 단일화가 된 이후에도 인천교육감 후보자들에 대한 여론조사는 교육감 선거의 대표적 슬픈 자화상을 가감 없이 그려냈다. 시종일관 모든 후보자의 지지

---

25 http://www.hani.co.kr/arti/society/area/844520.html 2018. 7. 17. 인출
26 http://news1.kr/articles/?3321005 2018. 7. 17. 인출

도는 한 자릿수나 기껏해야 10%대였다. 지지 후보가 없다거나 모르겠다는 비율이 40~60% 이상에 달했다. 다른 시·도도 대개 비슷한 상황이었으나 다른 시·도는 현직 교육감이 다시 출마했다는 사실이, 즉 그 인지도 때문에 조금 높은 정도가 고작이었다. 결론적으로 단일화 과정을 거쳐도 교육감 선거에 시민들은 아무 관심이 없다는 방증이었다. 이런 상황에서 결국 투표소에 간 유권자가 7~8장의 투표용지를 받아들고 그중 한 장의 교육감 투표용지에 투표도장을 누구에게 찍는지의 관건은 이름을 알거나 그에 조금이라도 익숙한 정도가 전부일 것이다.

근본적으로 정치인 선거와는 전혀 다른 선거 프레임인데 교육감 선거에 똑같이 적용되고 있는 것이 문제의 핵심이다. 인천교육감 후보자들에 관한 선거공보와 벽보 혹은 선거 방송 토론회를 주의 깊게 보고 투표소에 온 유권자가 과연 몇이나 될까? 필자가 후보자로서 경험한 바에 따르면 매우 낮을 거라 단언한다. 시민들은 교육감 선거에 근본적으로 관심이 없고, 관련 지식이나 흥미도 없다. 그리고 정치인 선거와 뭐가 다른지도 잘 알지 못한다. 정당에 기초한 여야의 구도를 진보와 보수라는 대립 구도와 연결 지어 이해하려는 게 그나마 유권자들이 하는 유일한 현실적 대안 탐색 정도이다. 이런 상황에서 선거 시작 몇 달 전부터 예비후보자 기간의 단일화 과정과 그에 관한 언론의 보도는 교육감 선거에서 기울어져도 너무나 기울어진 운동장의 단면이 아닐 수 없다. 선거관리위원회나 언론도 이러한 아무 생각 없는 관행과 보도가 교육감 후보자들에게 얼마나 불공정한 선거판을 제공하는지 인지하지 못하고 있다.

선거가 민주주의의 꽃이라면 그 꽃이 아름다워야 하고 그 개화를 위해 지난 겨울의 풍설(風雪)을 이겨 내는 과정의 소중함도 있어야 한다. 그러나 교육감 선거에선 민주주의 아름다움과 인내 과정이 없다. 그저 정치 선거에 무임승차해서 묻어가는 얄팍함과 무지함만 있을 뿐이고, 교육은 실종되고 오로지 당선이라는 현실적 이해타산 계산만 있다. 선거에 참여하는 사람이나 그것을 관리하는 사람이나 기관에서 문제의식이나 책임감도 찾기 힘들다. 정해진 제도에 의해 선거를 해야 하니까 하는 것뿐이고, 그 게임에서 수단 방법 안 가리고 오로지 이기고자 하는 비교육적인 선거만 있을 뿐이다.

선거에 참여했던 경험에 의하면 소위 진영 내에서 단일화라는 이름으로 후보자의 이름을 알리는 일련의 과정은 사전 선거운동에 해당한다. 적어도 정치적 중립을 표방하고 실천해야 하는 교육감 선거에서는 그렇다. 공정한 게임의 룰이 아니다. 정당이 그 선거나 후보자를 추천하는 등의 관여를 할 수 없다. 그런 연장선상이라면 그 어느 이해관계 있는 사람들이나 집단 혹은 조직도 선거에 개입해서는 안 된다. 그러나 현실은 이를 전적으로 허용하고 있다. 진보나 보수 진영의 단일화 과정은 그 관련자들이 선거에 공공연하게 개입하고 그 단일화 대상 후보자를 공개적으로 지지하고 유권자들에게 자연스레 알리는 전략적 방법이다. 그 일련의 과정은 정당이 그 소속 후보자의 선거운동을 해 주듯 교육감 선거에서도 그 단일화된 후보자 당선의 일등공신이다.

우리가 여기서 꼭 주목해야 할 것이 있다. 승리 결과에 따라 교육감 선거에서도 전리품을 공유하고 그에 따른 대가가 자연스럽게 동반된다. 다른 영역보다 순수하고 정의로워야 할 교육 영역에서 공공연한 뒷거래가 오간다. 그러고는 교육적인 측면에서 이루어진 것이라 애써 포장한다. 구체적으로 인천의 경우를 보자. 2018년 도성훈 당선자가 임명한 당시 인수위원장이 대표적 사례다. 그는 공무원 신분을 유지한 채 2014년과 2018년에 출마 선언했다가 단일화에서 떨어졌던 전교조 지부장 출신 교육공무원인 교사였다. 2014년 이청연 교육감이 취임하자마자 평교사에서 인천시교육청 5급 상당 장학관으로 특채되더니 연이어 3급 상당 장학관으로 초고속 승진했다. 그 직위에 있으면서 2017년 11월에 2018년 교육감 후보자로 출마를 선언하고 단일화 과정에 참여하였다. 이후 단일화 과정에서 도성훈에게 지기는 하였으나 도성훈 당선자에 의해 다시금 인수위원장에 올랐다. 현재 그는 중학교 교장직을 수행하고 있는데 내년에도 출마할 것이라고 보도되고 있다.[27] 나머지 인수위원들도 2010년부터 교육감을 만드는 진보라는 진영에서 계속 인천교육감 만들기에 협력했던 사람들이다.[28] 교육감 선거에서 같

27 http://www.kyeongin.com/main/view.php?key=20210530010005822 2021.
   7. 12. 인출
28 http://www.incheonnews.com/news/articleView.html?idxno=105368 2021.
   5. 31. 인출
   ◇ 도성훈 인천시교육감 당선인 인수위원 명단
   ▲ 임병구 위원장, 전 인천시교육청 정책기획조정관
   ▲ 박영대 부위원장, 현 올마이키즈 국제기구 상임이사

은 사람들이 이렇게 오랜 시간 동안 교육감 선거에 직·간접적으로 기여하고 이후에는 특별 채용이나 교장 공모제로 고위직 자리를 꿰차고 고속 승진으로까지 이어지는 모습이 아름다운 선거의 결과물[29]일까? 사정이 이러한데 교육감 선거는 민주주의의 꽃일까?

▲ 강현선 위원, 전 인천시교육청 학교설립기획과장
▲ 이진숙 위원, 현 민주노총 인천본부 정책교육국장
▲ 이은주 위원, 현 평등교육실현을위한인천학부모회 상임대표
▲ 이민재 위원, 전 시민공동회 사무국장
▲ 최길재 위원, 현 인천교육희망네트워크 상임대표
▲ 이동렬 위원, 현 인천바로알기종주단장
▲ 김태정 위원, 현 마을교육공동체 (사)함께 배움 정책위원장
▲ 조우성 위원, 전 전교조 인천지부 정책실장
▲ 구원모 위원, 전 인천시교육청 정책보좌관
▲ 정철모 위원, 현 신흥중학교 교장

29 그들의 핵심 인물들 몇 인은 교장공모제 시험 문제 유출 혐의로 현재 기소되었고, 1인은 구속되었다. 아래 기사 참조.
http://www.incheontoday.com/news/articleView.html?idxno=208744 2021. 5. 31. 인출

교육의 정치적 중립은 그저
거짓과 위선의 포장에 불과하다

교육과 정치는 어떤 관계일까?

조선 시대나 그 이전부터도 교육은 백년대계(百年大計)라는 전통에 근거하여 계급 사회라는 근본적 한계에도 불구하고 교육의 가치를 매우 중요시해 왔다. 왕권이 있었을 시절에도 교육이라는 수단과 가치를 통해서 백성을 사랑하고 위민 정치를 펼치는 왕을 칭송하는 전통도 교육을 정치로부터 일정한 거리를 두려고 하는 노력 때문에 가능한 것이었다고 볼 수 있다.

조선이 망하고 일제 강점기 동안 교육은 애증의 대상이었다. 조선왕조의 말기인 고종이 발표한 교육입국조서[30]를 보면 교육은 이

---

30 1895년 고종은 교육으로 위기의 나라를 다시 세운다는 생각으로 교육입국조서
를 발표한다. 그러나 결국 15년 후 그 나라는 망한다. 교육입국조서의 핵심 내용
은 다음과 같다.
   1. 부강한 나라는 모두 백성의 지식수준이 발달하였으니, 교육은 실로 국가를
      보존하는 근본이다.
   2. 교육은 그 길이 있는 것이니 헛이름과 실용을 분별해서 실용에 힘쓰고, 독서

미 국가 과제로 여겨졌으며 그 교육은 누구에게나 가능하고 열린 교육일 정도로 다른 사회·국가적 과제와 다르게 보편적 가치 대상이 된 것으로 보인다. 조선 말기이기는 하지만, 조선이 왕조체제와 신분제였던 사회였음을 상기한다면, 교육에 대한 시각은 대전환의 것이었다. 그러나 교육을 보편적 가치로 국가 과제로 삼았음에도 불구하고 이는 이념과 이상이었을 뿐 현실에서는 실현되지 못하고 일본의 식민지가 되어 버렸다.

해방 후 제정 헌법에서도 교육은 국민의 기본 권리로 선언하고 있을 정도로 그 시작부터 교육은 국가적 과제로 출발했다.[31] 몇 차례 개정을 거치며 수정된 헌법은 1961년 5·16 군사정변 후에 이루어진 제5차 개정에서 교육의 자주성과 정치적 중립성을 등장시켰다. 당시는 군사정변에 의해서 민주이념을 포함한 많은 사회적 가치가 이미 훼손되었다고 볼 수 있는 시기였다. 그런데 헌법 개정을 통해서 교육의 자주성과 정치적 중립성을 선언하고 나온 것을 어떻게 이해해야 할지는 좀 더 고민을 해 봐야 할 것이다. 그러나 상식적으로 추리해 보면, 군사정변으로 인해 이미 교육의 자주성과 정치적 중립성이 상처를 입은 상태였기에 군사정부 스스로가 명문화된 법률 규정을 통하여 상징적 혹은 정치적으로 그 한

나 습자로 옛사람의 찌꺼기나 줍고 시세에 어두워서는 안 된다.

3. ① 오륜의 행실을 닦는 덕양(德養), ② 체력을 기르는 체양(體養), ③ 격물치지(格物致知)의 지양(智養)을 교육의 3대 강령으로 삼는다.

4. 널리 학교를 세우고 인재를 기르겠다.

31 제정 대한민국헌법(1948. 7. 17. 제정) 제16조는 모든 국민은 균등하게 교육을 받을 권리가 있다고 선언하고 있다.

계를 극복하려는 노력으로도 볼 수 있겠다. 하여튼 역사의 아이러니에 의해 등장했을 수도 있을 교육의 정치적 중립성은 적어도 이론적으로는 교육이 정치로부터 상당한 중립을 확보할 수 있는 근거를 마련한 것임을 인정할 수밖에 없다.

교육은 역사적으로나 이론적으로 모두 양면적일 수밖에 없다. 한국의 현대 민주주의가 시민들의 희생과 피에 의해 쟁취되고 발전·성숙했듯이 교육 또한 쉼 없는 상호 견제와 최우선의 투자 대상으로 발전하고 성숙했다. OECD나 UNESCO의 각종 한국 교육에 관한 지표를 보면 세계가 부러워할 정도의 성과와 실적임은 분명하다. 이는 교육이 정치화할 수밖에 없는 내재적 한계성이 있음에도 불구하고 시대적 요구와 역사적, 사회적 전통으로 애써 편향되거나 정치화되지 않도록 법적, 제도적 장치와 함께 노력을 기울인 결과일 것이다.

교육의 정치적 중립은 헌법을 포함한 법률에서 명령하고 있으나, 현실에서는 교육이 정치의 시녀가 되고 있다거나 집권 세력을 대변하고 있다는 비난이 끊임없이 제기되고 있다. 그럼 왜 교육과 정치성은 이렇게 서로 쫓고 쫓기는 숨바꼭질을 계속할까? '불가근불가원(不可近不可遠)의 견원지간(犬猿之間)의 딜레마(dilemma)'라고 하면 좀 심한 비약일까? 이론과 현실의 괴리 혹은 부조리는 피할 수 없어 보인다. 교육의 비정치성을 선언하는 법조문은 많다. 대한민국 헌법 제31조는 교육의 자주성, 전문성, 정치적 중립성을 표방한다. 교육기본법 제5조와 제6조는 교육의 자주성 및 교육의 중립성을 좀 더 구체적으로 설명하고 있으며, 1991년 제정된 지방교육자치에관한법률 또한 교육의 자주성 및 전문성과 지방교육의 특수성 존중을 그 목적으로 설명하고 있다.

이렇듯 정점의 헌법에서 관계 법률까지 교육과 그 정치적 중립성을 매우 중요한 비중으로 선언하고 명령하고 있다. 이러한 법률의 선언과 명문화는 교육이 그 중요성과 내재적 가치 혹은 성격 때문에 정치로부터 일정 부분 떨어져 있어야 교육의 목적이 제대로 실현될 수 있을 거라고 본 결과물이다. 이렇게 법률에서라도 '교육의 비정치성'을 선언하고 그런 정치 외풍에서 교육을 보호해야만 정치권—사실 이제는 공식적인 정치권보다 뒤에 숨은 정치세력이 오히려 교육을 위협하고 있다—에서의 교육에의 탐욕을 나름 억제할 수 있다는 고육지책으로 나왔을 것으로 보인다.

이러한 이상적 선언과 실천에도 불구하고 교육의 정치성은 현실에서 쉽게 볼 수 있다. 대통령 선거, 국회의원 선거, 지방선거, 그리고 2011. 8. 24. 무상급식과 관련한 서울시 주민투표 등에서 확인할 수 있듯이 이미 교육은 엄청난 위력을 가진 정치 이슈이고, 거기에 따라 이해집단과 국민은 줄서기와 편 가르기를 하고 정치적 지향성에 따라 교육적 가치에 대해 재단을 한다. 교육의 정치적 중립성 논의의 핵심인 교원들도 이미 정치의 한복판에 공공연하게 등장하고 자기들의 주장을 가감 없이 펼친다. 1999년 1월 교원의노동조합설립및운영등에관한법률이 제정되면서 전국교직원노동조합은 합법적인 노동조합이 되었다. 이에 교원들은 전문가 집단으로서뿐만 아니라 물리적으로도 거대 정치 세력으로 막강해졌다. 이들은 모든 선거와 정치 이슈에 그 정치적 입김을 유감없이 발휘해 왔다. 특히나 대통령 선거와 직선제가 도입된 교육감 선거에서는 다른 어떤 노조나 단체보다도 전교조의 위력은 대단하다. 급기야 2020년 9월 대법원 전원합의체는 그간 1, 2심의 결과를 뒤집으며 법외노조였던 전교조를 합법 노조로 판결했다. 사법부에 대한 영향력도 예외가 아니게 됐다.

헌법을 포함한 각종 관련 법령에도 교육의 중치적 중립은 성문화되어 있고 그 덕분에 지방교육자치제도를 도입하여 교육감 직선제를 하면서도 그 중립성을 지킨다는 이유에서 정당 관여를 명시적으로 금지하고 있다. 그러한 명문화된 법률에도 불구하고 지금의 교육감 직선제는 오히려 교육의 정치적 중립성을 크게 해하고 있다. 국민과 아이들을 위한 교육을 담당하는 정부 부처로서의 교육부가 그 정치적 중립성을 제대로 지키지 못하고 권력의 눈치를 볼 때 그 반대편의 민선 교육감의 역할은 그래도 필요하다는 의견도 있었다. 그러나 이제는 그 사정이 또한 달라졌다. 교육감 선거도, 선출된 교육감도 진영 논리에 의한 진영 대결의 소산물 그 이상 이하도 아니었고 교육의 정치적 중립성도 지켜지지 못할 것임이 2018년 교육감 선거로 여실히 드러났다.

이제 우리 교육의 정치적 중립이 실제 선거에서 지켜지는지를 다시금 조망해 보자. 헌법과 법률의 명시적 조항에도 불구하고, 교육의 정치적 중립성의 실체가 명확하거나 뚜렷하지는 못하다. 실정법에서의 교육의 정치적 중립은 선거에서의 정당의 선거 관여 금지가 그 대표적이고 유일한 실체다. 그래서 그 외에는 각론이 없거나 불분명하여 현실에서 체감하는 교육의 정치화는 일상이 되어 버렸다. 교육의 정치적 중립성은 교육에 대한 정치적으로 부당하고 편파적인 압력 혹은 이용에 대한 거부라 하겠으나 이를 비웃는 사례는 많다. 그중에서 그 대표적 위반 사례가 선거다. 선거에는 정치적 중립을 강제하는 명문 규정이 존재하는데, 오히려 이것이 위협 요소가 되는 모양새다. 즉, 교육의 정치적 중립을 확보하기 위해 설정한 '정당의 교육감 선거에의 관여 금지' 이외에 다른 정치적 관여 행위가 거의 무제한 적으로 허용되고 있는 상황이 연출되고 있다. 일반 정치판과 다를 게 없고, 오히려 더 기형적이고 정치스럽다. 오직 법률에만 기초한 교육의 정치적 중립성은 이제 그 상징성이나 효과성이 상실되었다. 따라서 현실에서의 교육감 선거는 편을 가르는 이념적 정치 이슈의 장으로 전락하였고 정당이 관여하는 정치 선거보다 못되게 삐뚤어졌다.

필자는 교육감이 정치인으로 거듭나는 것에 부정적이지는 않다. 또한, 정치인이 교육에 관한 수장으로 오는 것도 반대할 일이 아니다. 교육부 장관이 다시 정치를 시작하는 것에 대해서도 토를 달 일이 아니다. 다만, 교육에 몸담을 때는 정파적 이익에 매몰되거나 진영의 논리에 편승해서는 안 된다는 것을 주장하는 것이다. 교육의 정치적 중립성은 단지 선거 때 정당의 관여만 금지하는 것만으로 절대 확보될 수가 없다. 오히려 정당 관여를 허용하더라고 그 직을 수행할 때 특정 정당이나 이해집단에만 이끌리거나 매몰되어서는 아니 된다는 말이다.

교육은 개인과 국가 모두에게 각자를 유지하고 발전시키는 요소이다. 개인적으로는 존엄, 인격의 완성, 그리고 개인적 능력 계발을 위해 긴요하고, 국가적으로도 국민을 건전한 구성원으로 사회화하고 사회의 유지 발전을 위한 자산으로 만드는 데 교육은 매우 중요한 요소가 아닐 수 없다. 그런 중요성 때문인지 전 세계 모든 선진국의 경우 그들의 헌법과 법률에 교육을 언급하지 않은 예는 없고 실제로 국가·사회적 투자도 다른 어느 분야보다 많이 이루어지고 있다. 그게 국제표준의 교육이다.

아이들의 성장과 미래를 논하고 담당하는 자들이 편 가르기와 왜곡에 의한 편식 교육을 아이들에게 제공하게 해서는 안 된다. 나를 지지하고 뽑아 준 자들만을 위해 교육과 행정을 편다는 것은 교육의 정치적 중립을 내건 헌법을 가진 국가에서는 부끄러운 일이다. 최근 인천교육청에서의 교장공모제 면접 시험지 유출[32]이나 서울시교육청에서의 불법 행위 교사에 대한 불법 채용 건[33] 등은 교육 수장으로서는 즉시 사퇴해도 용서가 어려울 사안이다. 그러

---

32 인천교육청 압수수색 기사 :
   인천 남동경찰서는 지난 12일 인천교육청과 면접문제 유출 의혹을 받고 있는 인천교육청 전 정책보좌관 A씨와 장학관 B씨 사무실 등 14곳에 대해 압수수색했다고 15일 밝혔다...... A씨는 도성훈 인천교육감의 측근으로, 도교육감 비서실에서 정책보좌관으로 근무하다 지난달 학생교육문화회관 연구사로 자리를 옮겼다.
   http://news.khan.co.kr/kh_news/khan_art_view.html?art_id=2021031516520 01 2021. 4. 27. 인출.
33 조희연교육감 수사 의뢰 기사 :
   조 교육감이 콕 집어 특별채용한 5명 중 전교조 출신 교사 4명은 2008년 서울시교육감 선거에서 자신들이 추대한 후보를 당선시킬 목적으로 불법 선거운동하고 선거자금을 모금해 대법원에서 유죄 판결을 받았고, 다른 1명은 2018년 교육감 선거에서 조희연을 도운 교사로 2002년 대선에서 특정 후보에게 부정적인 인터넷 댓글을 달아 선거법을 위반한 사람
   https://www.news1.kr/articles/?4286789 2021. 4. 27. 인출.

나 당사자들은 발뺌을 하고, 그들의 내로남불의 정도가 정치인이 부끄러울 정도다. 이것이 교육감 선거에 의해 선출된 교육감이 펼치는 교육 현장의 적나라한 모습이다.

교육에서의 정직함을 실천하는
교육감 후보자는 과연 몇이나 될까?

신분제나 계급제가 없는 지금과 같이 만인이 평등한 자유민주주의 체제 아래에서는 주변이 아닌 개인이 가진 능력이 차이를 인정하는 우선적 기준이다. 문명사적 진화와 발전에 따라 신분 계급이나 인간 본연과 관련이 없는 주변에 의해 영향을 받는 것보다는 개인이 가진 능력과 개인이 쌓아 온 노력의 결실로 평가받는 것이 더욱더 공정하고 인류애적인 것으로 여겨져 능력주의나 업적주의가 사회에서 사람에 대한 평가 원리의 주요 기준이 되어 지금에 이르렀다. 물론 그렇다 하더라도 그 개인적 능력도 제한 없이 허용되는 것은 아니고, 법에 의해서 제한될 수 있고, 뭣보다도 인권이나 인격을 무시하는 식의 행위까지도 허용되는 것을 의미하지는 않는다.

그렇다면 선거는 민주주의 꽃이라고 선거관리위원회가 자랑스럽게 광고하는 이 명제는 참인가? 그리고 그 선거는 꽃으로 평가받을 정도로 그렇게 아름답고 향기로울 정도로 그 수식어가 함의

하는 역할을 제대로 실현하고 있는가? 의심의 여지 없이 선거는 민주주의를 실현하는 구체적 방법의 하나다. 국민 개개인은 모두 평등하고 각인은 존중받아야 한다. 이제는 천부인권으로 여겨지며 실정법으로도 성문 헌법의 핵심적 가치이기도 하다. 모든 국민이 모두 정치에 참여하고 의사결정도 함께하면 진정한 민주주의에 부합하련만 꼭 그렇게는 불가능하니, 그 각인이 보통, 평등, 직접, 비밀 선거를 하고 그 결과물로 선출된 자가 각인들의 의사를 대변하는 것으로 현실에선 민주주의가 실효적으로 실천된다. 민주주의 사회에서는 역사적 유산과 법령에 근거한 제도로 형성되고 실천되었다. 선거를 통해서 과반수 혹은 최고 득표자가 그 선거의 당선자로 선출되고 그 당선자는 투표한 사람 전체를 대변하는 자로 간주되므로 공익을 대변하는 역할을 해야 한다. 선거는 선출제가 임명제나 채용제보다 민주적이라고 여겨지는 영역에서 주로 활용된다. 우리나라의 경우는 입법부인 국회의원, 행정부 수반인 대통령, 지방자치단체의 장과 의회의 의원, 그리고 교육감을 선거로 선출한다.

보통, 평등, 직접, 비밀 선거를 하는 영역에서 대부분은 정당에 기초한다. 전체 선거로 뽑는 인원은 4,016명이다.[34] 2018년 중앙선거관리위원회의 자료[35]에 따르면 전국적으로 유권자 수가 42,907,715

---

34 http://www.news-plus.co.kr/news/articleView.html?idxno=39148 2018. 8.
    20. 인출
35 중앙선관위 보도자료(2018.6.2.), 제7회 지방선거 선거인명부 확정, 부록 5 참조

명이다. 소위 이 인구수가 직접 민주주의에 참여를 못 하니 그들을 대신해서 일할 사람을 뽑아야 하는데 그 숫자도 4천 명이 넘는다. 그렇다면 그 많은 유권자는 또한 만만치 않게 많은 숫자인 4천명을 각 지역 선거구에서 제대로 알고 선택하는 투표를 할까? 그렇지는 않다. 유권자로서 필자의 경험으로 봐도 국회의원 선거나 지방선거에서 해당 후보자들의 면면을 보고 투표하는 경우는 흔치 않다. 대통령 선거의 경우에는 그 후보자의 당 이외에도 후보자 개인을 검증할 관심과 다양한 기회가 있어 다른 선거와는 다를 수 있지만, 대부분의 선거에서는 후보자 개인을 검증하고 뽑는 경우가 대체로 없다고 봐도 틀리지는 않는다.

그렇다면 무엇으로 그들을 뽑을까? 답은 분명하다. 바로 정당이다. 정당을 보고 그에 소속한 후보자를 선택하는 게 일반적이다. 정당이 좋아서 혹은 싫어서 소속 후보를 선택하거나 피하고, 전략적으로 어느 정당을 지지하고 싶어서 그 소속의 후보자를 찍기도 한다. 그래서 국회의원 선거나 지방선거에서 해당 지역의 후보자는 지역마다 다르지만, 지역에 따른 경향성은 정당에 따라 매우 선명히 드러난다. 그래서 정치(정당) 선거에서 유권자는 후보자를 선택할 때 큰 어려움을 느끼지 않는다.

물론 정당이 그 나물에 그 밥인 경우가 많아 유권자들을 고민하게 하지만, 정작 투표소에 가서 투표하는 유권자들은―전체 유권자의 50~80%에 해당하는 수인데 이게 투표율이다―그 정도의 수고는 감내하는 시민들이기에 고민 끝에 대체로 정당과 그 당에 근거한 후보자를 선택하여 투표한다. 그래서 민주주의는 실제 정당제에 근거하여 실질적으로 운영된다고 하는 사회 교과서의 기술이 이론적인 것이 아닌 현실적인 이야기다. 우리는 대한민국 정부 수립 70여 년 동안 그러한 정당제에 따라 민주주의를 실천하고 선거를 치러 왔다.

2018년 지방선거는 촛불혁명 및 탄핵 심판 후 2017년 대통령 선거의 연장선상의 선거로 유권자들은 앞선 선거와는 달리 정당에 따른 고민도 필요치 않은 선거가 되어 버렸다.[36] 즉 대안이 안 되는 야당에 대한 큰 고민 없이 지금의 여당에 몰표의 투표를 했다. 여당이 훌륭해서가 아니라 다른 정당이 대안이 될 수 없기에 여당을 찍을 수밖에 없는 여론과 환경이었다. 집권당 여당인 더불어민주당 후보가 전국 광역자치단체 17곳 중 14곳에서 당선되었으며, 기초단체장 선거에서도 226명 중 151곳에서 당선인을 배출했다. 특히 서울시 25개 구청장의 경우 서초구(자유한국당)를 제외하고는 24개 구에서 민주당의 후보가 당선됐다. 반면 야당인 자유한국당은 광역자치단체 중에서는 대구광역시장 선거와 경상북도지사 선거 2곳에서만 승리하는 데 그쳤고, 기초단체장에서는 53곳에 불과했다. 또한, 민주당은 국회의원 재·보궐선거에서도 12석 중 11석을 차지하여 겨우 1석을 얻은 제1야당 한국당을 매우 초라하게 만들었다.[37]

---

36 http://www.kookje.co.kr/news2011/asp/newsbody.asp?code=0100&key=20
     180614.99099006537 2018. 8. 20. 인출
37 그래서 6·13 국회의원 재보궐 선거 결과에 따라 국회 의석수는 민주당 130석, 자유한국당 113석, 바른미래당 30석, 민주평화당 14석, 정의당 6석, 무소속 6석

한편 총 824명(비례대표 포함)을 선출하는 광역의원 선거에서도 민주당이 647명을 당선시켜 단체장에 이은 싹쓸이를 하였고, 자유한국당은 116명, 바른미래당은 5명, 민주평화당은 3명, 정의당은 11명, 무소속은 16명의 광역의원을 배출했다. 2,927명에 달하는 기초의원 선거에서도 민주당이 지역구 기초의원 총 2,541명 중 1,386명을 당선시켰다. 집권 여당인 더불어민주당이 기초의원만 전체의 55%를 차지하고, 광역의원은 전체의 79%, 광역자치단체장은 82%를 석권했다.

여기서 언급하고 싶은 핵심은 교육감 선거 결과다. 이는 매우 흥미롭기도 하지만 한편으로는 쉽게 예측 가능했던 것이기도 하다. 정당이 배제되어 여야가 없는 교육감 선거에서도 일반 광역자치단체장의 선거 결과와 같게 나온 것이다. 정당이 배제되고 그래서 정치 중립으로 여기는 교육감 선거에서도 정치 선거판과 똑같이 여당으로 여겨진 소위 진보 성향의 후보들이 전국 14곳에서 당선된 것이다. 이는 민주당의 14곳 석권과 같다.[38] 현행법상 정치 중립 의무가 있는 교육감 선거에서도 그 제도의 불비[39]와 관행의

이 됐다.

38 전국 17개 시·도교육감 선거에서는 서울(조희연), 경기(이재정), 인천(도성훈), 부산(김석준), 울산(노옥희), 세종(최교진), 충남(김지철), 충북(김병우), 전남(장석웅), 광주(장휘국), 전북(김승환), 경남(박종훈), 강원(민병희), 제주(이석문) 등 진보 성향 후보들이 14곳에서 당선됐다. 반면 보수 후보는 2곳(대구·경북)에서, 중도 후보는 1곳(대전)에서만 각각 당선됐다.

39 현행법이 정치 중립을 담보하는 장치로 달랑 하나, 정당 관여 금지만을 내세우는 것.

허용[40]으로 결국 진보·보수의 프레임이 여당과 야당이라는 대결, 대립 정치 프레임으로 그대로 적용되어 이러한 결과가 도출되었다고 보는 게 합리적일 것이다. 6·13 지방선거 결과를 정리한 그림을 보면 대한민국 지도에서 교육감 투표 결과나 시·도지사 투표 결과가 거의 유사하다. 결국, 교육감 선거도 정치 선거요 정당을 대변하는 선거였음을 보여주는 방증이다. 명분과 실제가 너무나도 다른 교육감 선거의 시작과 끝, 그리고 그 결과물 또한 교육적이지 못하다.

전국 광역자치단체별 교육감 당선자 및 시·도지사 당선자 현황

출처: news1[41] & 연합뉴스[42] 2018. 6. 14.

---

40 그래서 정당 관여만 빼고 거의 모든 것을 허용하는 것. 진보, 보수라는 용어도 자유롭게 쓰고 그런 진영의 단일 혹은 추대 후보라고 내세우는 것도 자유롭다.
41 https://m.news1.kr/articles/?3345294#_enliple 2021. 7. 14. 인출
42 https://www.yna.co.kr/view/AKR20180614018700001 2021. 7. 14. 인출

그렇다면 실제 교육감 후보자들이 어떻게 정치적 행보를 했으며 그것이 왜 비교육적이었는지를 인천에서 1, 2위를 했던 교육감 후보자들의 구체적 사례를 통해 제시하고자 한다. 다음의 그림 2장은 그 두 후보자의 선거공보 일부이다. 두 사람이 각각 진보, 보수를 내세우며 그 진영에서 추대된 단일 후보임을 훈장처럼 내세우고 있다. 교육감 후보자로서 60여 일 동안 이들과 함께 선의의 경쟁을 하며 선거운동을 했던 필자는 이들의 정치적 그리고 진영 대결의 선거운동 행태에 분노했던 기억이 선명하다. 진보건 보수건 모두 진영에 의한 단일 후보가 되려는 정치 작업이 선거 시작부터 난무했고, 결국, 1위 당선자는 단일화에 성공했었고 2위 낙선자는 단일화에 실패했었다. 후보자 간 단일화가 교육감 당선의 선결 과제가 되었고, 이를 위해서 진영 대결과 막후 협상을 당연시하는 풍조가 만연하다. 승리를 위해서는 교육도 고려 대상이 아니고 개인 자격으로 출마하는 교육감 선거의 법 정신과 취지도 그저 사치에 불과하다. 법을 지키고 그 취지를 실천하려는 자는 불리하고 패배할 수밖에 없는 게 교육감 선거가 되어 버렸다.

교육감은 직접 아이들을 가르치는 지역 일선 현장에서의 최고 수장이다. 정직을 가르치고 솔선수범해야 하는 교육자들의 최고 리더들이다. 불행히도 이들의 선거 행태는 일반 정치인들보다 더 정치적이고 편파적이다. 오로지 당선이 지상과제이며 이를 위해 교육을 이용하고, 결과적으로 아이들을 위한 교육이 최우선 과제가 될 수가 없다. 선거가 끝나니 모든 부조리와 깜깜이 교육감 선거가 일순간 잊히고 면죄부 또한 주어진다. 앞뒤가 안 맞는 모순

민주진보 단일후보
촛불교육감
8개 시민사회단체가 선출한

도성훈

공정한
함께 만드는 ✓ 인천교육

문재인정부와 더불어
교육을 교육답게 만들어갈
도성훈

촛불
교육
혁신

도성훈 인천교육감 후보 선거공보 일부

인천광역시 교육감 선거

즐거운 학교,
희망교육 1번지,
실력있는 인천교육!

맑고 바른
청렴인천교육

40년 경력/ 교육현장·교육행정전문가 / 인천교육감 후보

보수추대후보 **보수추대후보**

즐거운 학교,
희망교육 1번지,
실력있는 인천교육!

맑고 바른
청렴인천교육

40년 경력/ 육현장·교육행정전문가 / 인천교육감 후보

보수추대후보 고승의

고승의 인천교육감 후보 선거공보 일부

이 교육의 장에서 반복적으로 벌어지고 있다. 반성이 없고 부끄러움도 있을 리 없다. 문제라고 여기지 않으니 어느 사람도 책임질리 없다. 당선만 되면 그만이고 교육적인 배려나 책무가 없다. 법과 제도가 그리 만들어졌고 선거 관행이란 것도 또한 그러하니 후보자들만 비난하거나 욕할 수도 없다.

그러나 이런 제도와 현실을 한탄하거나 과감히 개혁의 목소리를 내는 사람을 적어도 교육계에서 보고 싶었다. 잘못과 부정의를알고 외치는 사람을 보고 싶었다. 그러나 역부족이었고 현실은 냉혹했다. 시작부터 교육적이지 못하고 치졸할 정도로 정치적인 교

육감 선거와 그 후보자들……. 그걸 활용할 줄 아는 선거꾼들과 함께하고 진영 내 단일화에 성공한 후보자가 결국 1등 득표를 했고 교육감이 되었다. 그들은 선거에 이긴 것에 쾌재를 부르고 정작 자기네들이 교육과 관련해서는 무슨 일을 했는지 알고 싶어 하거나 되돌아보려 하지 않는다. 진지하고 교육적인 고찰과 무실역행의 신실한 과정이 없다. 오로지 그네들의 진영과 함께하는 이들과 이룬 교육감 당선이라는 교육이 없는 빈껍데기의 선거 결과만 존재하는 그들만의 리그만 있을 뿐이다. 교실과 학교에서 "결과"보다 중요한 것은 정성을 다하고 의미 있게 하는 "과정과 절차"라며 강조하는 선생님의 가르침이 이 교육감 선거판에서는 없다. 학생에 대한 부끄러움을 느끼지 못하는 교육감 선거, 도대체 언제까지 계속 존치해야 하나?

교육감 선거에서 명함 배부는
과연 의미 있는 선거운동 방법인가?

교육감 선거는 광역자치단체 선거다. 필자가 출마한 인천은 인구만 300만이 넘고 유권자 수가 240만 명, 실제 투표하는 시민들이 약 130만 명 정도이다. 그렇다면 교육감 선거 후보자가 직접 시민들에게 나눠 줘야 하는 명함을 240만 명에게 모두에게 다 나눠 줄 수 있는 현실적 방법은 없다. 필자의 경험에 의하면 기껏 많이 나눠 줘야 선거 기간 동안 10~20만 장의 명함을 시민들 손에 억지로 쥐여 주는 정도다. 물론 받은 명함은 길바닥이나 쓰레기통에 버려지는 게 대다수다. 사실 예비후보 기간에 선거관리위원회가 허용하는 선거운동 방법[43]이 몇 가지가 있으나 실효성은 없다. 그나마 그중에서 명함을 배부하면서 지지를 호소하는 방법이 가장 전형적이고 실용적인 방법이라고 여겨진다. 선거라는 것

---

43 문자 메시지 전송, 전자우편 전송 등, 명함 배부 및 지지호소, 예비후보자홍보물 작성발송, 어깨띠 또는 표지물의 착용(주로는 후보자 이름이 인쇄된 잠바 착용), 전화이용 지지호소, 예비후보자공약집 발간판매 등이 있다.

이 후보자 중에서 그나마 덜 나쁜(?) 사람을 뽑아야 하는 게 현실이듯이 선거 방법에도 비슷한 잣대를 댈 수 있다. 그래서 묻는다. 과연 명함 배부가 21세기 지금의 환경에서 후보자가 본인을 알릴 수 있는 좋은 방법일까?

법이 허용하는 선거운동 방법이란 것이 객관식이어서 7가지의 허용된 방법 중에서는 명함 배부가 가장 많이 선택될 수밖에 없는 방법임에는 분명하다. 일단 돈이 가장 적게 들고 후보자 본인과 후보자 직계 존비속 가족, 그리고 후보자와 동반하는 선거사무원이 명함을 나눠 줄 수 있다는 점에서 자유로워서 유권자들에게 직접 지지를 호소하고 본인을 알릴 수 있는 현실적으로 유효한 방법임은 분명하다. 그러나 후보자로서 직접 명함을 나눠 주고 지지를 호소하는 행보를 60여 일 동안 해 본 사람으로서 명함 배부의 실제 효과성에는 의구심이 많이 든다.

일단, 인구 300만 명이 넘는 인천을 포함한 광역자치단체에서 유권자들에게 개별적으로 명함을 돌린다는 게 참으로 원시적이고 답답한 노릇이다. 유권자들에게 배부할 수 있는 명함의 장수를 따져 볼 때 석 달을 돌려도 기껏해야 전체 유권자 수의 10%에 해당하는 정도이다. 그리고 명함을 받은 유권자 중에 그것을 제대로 읽거나 보관하는 사람들은 기껏해야 10% 내외에 불과하다. 여타 후보자도 같이 나눠 주는 명함이기에 나만을 특별히 알리는 효과도 거의 없다. 하물며 교육감 후보자는 정당도 없다. 후보자 수가 많으면 실제 읽고 후보자 개개인을 기억하는 유권자 수도 그만큼 적어진다. 참 답답한 노릇이다. 그래서 원시적이라고 평가한 것이다. 그래서 명함 배부가 광역자치단체와 같은 넓고 큰 지역에서 유권자에게 후보자를 차별적으로 알릴 수 있는 적절하고 효과적인 선거운동 방법이라고 평가하기엔 매우 부족하다.

둘째, 선거운동 방법으로서, 주는 자와 받는 자, 쌍방이 유쾌하지 못한 방법이다. 명함은 일종의 홍보물이다. 길가에서 전단을 나눠 주는 것과 같다. 단지 선거라는 이름의 수식어만 붙었을 뿐이다. 일단 바쁘게 가는 행인을 가로막고 명함을 주는 교육감 후보자를 달갑게 여기는 시민들은 거의 없다. 그것도 한 사람만 나눠 주는 게 아니고 교육감의 경우는 지방선거이니까 다른 정치 선거에 입후보한 사람까지 하면 어떨 때는 특정 거리 및 장소에서 수십 명의 후보자가 명함을 나눠 준다. 수십 명이 한 사람의 시민에게 조그마한 종이쪽지 쓰레기(?)를 떠안기는 것과 같다. 필자는 후보자 초기에 길거리에서 바쁘게 걸어가는 시민을 멈추게 하고 명함을 몇 차례 나눠 주다가 그다음부터는 않기로 했었다. 너무나 큰 민폐인 것을 인정하지 않을 수 없었기 때문이다. 시민들이 일단 가기에 바쁘고 명함 쓰레기를 받아서 처치하기도 곤란하고, 뭣보다도 받기 싫어하는 것을 너무나도 잘 알 수 있었기 때문이다. 명함을 주는 사람도 쉽지 않고 받는 사람에게는 고역이었다. 이역시 허용되어 있고 다른 경쟁 후보자들도 하니까 어쩔 수 없이 하는 꼴이었다. 명함을 주고 "○○○후보입니다"라고 외치는 게 효과가 있는지는 잘 모르겠지만 남들이 하니 안 할 수가 없어 하는 꼴이었다.

셋째, 정당 관여가 배제된 교육감 선거에서는 명함 배부가 거의 유일하게 유효한 선거운동 방법일 수밖에 없긴 하지만, 역으로 유권자에게는 정당이 없는 교육감 후보자를 명함으로 인지하기엔 치명적 한계가 있고 그래서 귀찮고 짜증 나는 선거 장면일 수 있다. 일단 교육감 후보자를 제외하고는 모든 후보자가 당이 있다. 물론 정당 공천 없이 개인 자격으로 출마한 사람도 있긴 하다. 그러나 무소속의 후보자 수는 매우 적다. 그러나 교육감 후보는 근본적으로 정당 관여가 금지되어 당이 없다. 정치 선거에서의 무소속도 아니다. 그러나 선관위의 각종 서식, 안내 책자, 혹은 지침들은 교육감 후보자들을 무소속으로 분류한다. 정당이 있는 정치인 지방선거에 얹혀서 하다 보니 아무 생각 없이 그런 형식을 채택하는 꼴이다. 시민들도 그래서 당연히 오해하고 착각한다. 교육감 후보자들을 정치인과 같은 무소속 후보자들로⋯⋯. 6·13 제7회 지방선거와 국회의원 재·보궐선거에서 출마한 사람이 총 8,160명이고, 그중 교육감 후보자는 61명에 불과하다. 8,099명이 정당을 앞세우고 기호 번호를 외치며 당 색깔을 대변하는 옷을 입고 활개 치지만, 그런 정치 쓰나미에 묻히고 얹혀 무슨 무슨 ○○○ 교육감을 외치며 명함을 나눠준다. 명함을 나눠 줘도 유권자는 개인 교육감은 기억하지 못하고 그저 "지방선거에 나왔구나" 하는 정도다. 그나마 "저 교육감 후보자는 어느 당이지?"라고 속으로라도 물어 주면 다행이고 훌륭한 유권자다. 정당이 없는 교육감 선거인데도 말이다.

　요즘엔 길거리에서 쓰레기통 찾기도 쉽지 않다. 받고 바로 버릴 수도 없어서 받는 유권자도 명함 받는 게 정말 내키지 않는다. 그래서 유권자는 명함을 가능한 한 안 받으려 하고 후보자와 선거사무원은 주려고 한다. 일종의 밀고 당기기와 실랑이가 벌어진다. 심하면 욕설이 유권자의 입에서 터져 나올 수 있고 후보자는 후보자이기 때문에 대꾸나 성질을 못 내고 꾹 참아야 한다. 필자도 처음 명함 나눠 줄 때 심각한 충격을 견뎌 내야만 했다. 청탁이란 것에 익숙지 않은 과거 공직 경험이 선거운동에 큰 부담이었다. 적응하는 데도 1주일 이상이 걸렸으며, 다양한 유권자를 만나 받고 싶지 않은 명함을 받으라고 유권자에게 강요하기가 쉽지 않다. 명함 나눠 주기가 적응되었을 때도 "이걸 꼭 해야 하나? 이게 교육감 선거운동 방식으로 유용한 걸까?"라는 질문이 항상 뇌리를 떠나지 않았다. 필자의 아내와 아들·딸도 많은 속앓이를 했다. 그들은 명함을 건넬 때 시민들로부터 욕설과 비아냥거림을 받아야 하는 경우도 많았다고 털어놨다.[44]

세상은 이미 많이 변하고 모든 것이 연결된 4차 산업혁명 시기인데 면대면으로 이렇게 서로를 불편하게 하며 명함을 나눠 주고 받아야 하는 선거. 특히나 시간과 돈, 그리고 큰 노력을 쏟아부으며 명함을 나눠 줘도 유권자는 후보자를 전혀 모르고 기억하려는 노력도 없는 깜깜이 교육감 선거. 교육감 선거는 전혀 다른 방식

---

[44] 필자가 인천교육감 후보자를 사퇴하던 5월 14일 새벽, 가족회의를 통해서 최종 사퇴를 결정한 후 침대에 누운 딸아이를 위로하기 위해 그녀에게 다가가서 "이제 모든 게 끝났으니 오늘부터는 편히 잠자~" 하니, 딸 아이가 북받치듯 소리 내 울면서 이렇게 이야기했다. "명함 돌리는 게 정말 힘들었지만, 아빠가 사퇴하는 아픔보다 명함 나눠 주는 게 더 나을 것 같은데……." 어찌 보면 명함 나눠 주는 것이 만만치 않음을 역으로 짐작할 수 있는 대목일 수도 있겠다.

교육감 선거 – 교육이 망가지는 이유

으로 선거운동을 해야 한다. 코로나 팬데믹 상황이 오히려 이런 후진적 선거운동 방식에 제동을 걸었다. 이제 바이러스가 아닌 인간이 제발 고민 좀 했으면 좋겠다. 그래 백번 양보하여 필자는 성질이 더럽고 참을성이 약해 사퇴했다고 치자. 그런 것을 모두 감내하고 수긍하며 최종 교육감이 된 자가 과연 좋은 교육적 가치를 우직하게 지키고 무섭게 다가오는 미래의 도전을 과감히 응전하며 미래를 개척해 나갈 수 있는 적임자라고 합리화할 수 있을지 의문이다. 진정한 교육지도자가 되고 싶으면 현재의 부조리에 항거하고 새로운 대안을 마련하고 스스로 솔선수범하는 모습을 보였으면 싶다. 교육감이라는 자리에 안주하여 자위하지 말고 제발 교육감 선거의 문제를 고발하고 거부했으면 싶다.

선거비용 구조와 실상을 알면
교육감 선거가 얼마나 위선인지 알 수 있다

   정치자금과 선거비용에 관한 글을 쓰려고 작정한 날 매우 안타까운 일이 발생했다. 2018년 7월 23일 노회찬 정의당 원내대표가 불법 정치자금의 문제로 자살했다는 뉴스가 떴다.[45] 필자는 노 대표를 개인적으로는 알지 못한다. 그러나 그의 그간의 정치적 행보나 살아온 궤적을 보면 진보적 가치와 사회 정의를 위해 굴하지 않는 자세와 실천을 보여 왔다고 평가한다. 정치자금이나 과거의 관행에서도 개혁적이고 깨끗하며 정의로운 모습을 보여 줬다. 현실에서 다른 정치인과 비교해도 양심적이며 강직하고 정의감이 강한 실천가였고 존경할 만한 정치인이었다. 그런 의미에서 그의 죽음은 우리 사회가 또 하나의 훌륭한 자산을 잃었음을 의미한다. 정치라는 게, 돈이 필요하고 그것을 위해 정직과 양심

---

45 http://www.yonhapnews.co.kr/bulletin/2018/07/23/0200000000AKR2018072
    3129100001.HTML?from=search 2018. 7. 23. 인출

을 팔고 위법을 할 수밖에 없는 현실 정치라는 게 또다시 우리 사회의 소중한 사람을 죽음으로 몰아갔다. 이 정도는 괜찮겠지 하는 스스로 용납할 수 있는 범위 내라고 여겼겠지만, 사실이 일반에게 드러난 이후에는 거울에 반사된 본인의 모습이 이전과 달리 보였을 것이고 그는 양심에 따라 용서를 구할 범위를 넘어섰다고 판단한 것으로 보인다. 필자는 그의 잘못은 분명 있었겠지만, 그의 일탈의 정도는 현실 정치에 비하면 조족지혈에 지나지 않는다고 생각한다. 그러나 그가 쌓아왔던 명성과 명예, 그리고 그가 스스로 지키고 싶었던 기준과 금도를 넘고 훼손하는 일이 벌어졌다고 판단하여 차라리 죽음을 선택했을 것으로 생각하지 않을 수 없다. 그의 정의감과 자존심이 컸던 만큼 그의 수치심 또한 매우 컸을 것으로 생각한다.

필자는 정치는 아니었지만, 60여 일 동안 정치 놀음인 교육감 선거에 참여해 본 사람으로서 노회찬 대표의 고민과 한계, 그리고 최종적인 죽음의 선택을 접하며 먹먹한 심정으로 동병상련하지 않을 수 없었다. 그런 의미에서 2018년 7월 23일은 매우 고통스러운 날이었다. 깨끗하고 강직하였지만, 때론 해학과 여유까지 보여주던 그가 17층에서 스스로 몸을 내던질 것을 결행하였으니 이번 일이 얼마나 그를 힘들게 하였는지 가늠할 수 있다. 정치 현실의 벽을 끝내 극복하지 못한 자괴감이나 자존감의 상실 끝자락에서 그나마 그가 끝으로 부여잡은 마지막 양심적 선택이었을 것이라 믿는다. 그와 같이 강하고 청렴한 사람도 왜 결국 정치판과 돈판의 수렁으로 빠졌을까? 결국, 그와 같이 강직한 사람도 이 수렁에 빠질 정도라면, 모든 정치인과 선거에 참여한 사람들이 이 위험에 노출되어 있다고 봐도 무리가 아니다.

노 대표가 양심적이며 마지막까지 최후의 속죄로서 그간의 용기와 실천을 지키려는 충정에서 해서는 안 될 것을 선택했지만, 필자는 그의 죽음의 선택을 양심의 몸부림이라 여기고 싶다. 역시 사람들이 견딜 수 있는 수치심의 크기는 달랐다. 실제 같은 것이라도 사람에 따라 받아들이는 정도가 다른 것이다. 수치심이 클수록 양심적이며 소박한 사람일 개연성이 높다. 수오지심(羞惡之心)의 발로이다. 역시 의(義)로움에 해당한다. 그의 양심과 의로움은 선연하고 살아 있었다. 필자는 그래서 그의 죽음을 이렇게 정의하겠다. 현실을 왜곡하고 정의로움을 부정하는 선거제도와 정치판이 우리 사회의 매우 소중한 한 사람을 죽였다고……

필자의 교육감 선거에서의 경험도 다르지 않다. 오히려 더 충격적이었다. 교육감 선거에서는 정당에 소속된 정치인도 아닌 일반 사람들이 출마하여 정치인들과 같은 선거 과정을 거친다. 교육감 선거는 광역자치단체장 선거와 똑같아서 선거비용 제한액도 같다. 2018년 인천의 경우는 그 한도액이 1,344,000,000원이었다. 다음의 그림들은 인천시를 포함한 수도권과 부산의 교육감 후보자들과 시·도지사 후보자들이 선거관리위원회에 신고하고 청구한 선거비용의 총액을 보여주고 있다. 다른 16개 시·도의 경우도 대개 비슷한 경향성을 보이는데 그것의 핵심을 간략하게 요약하면 다음과 같다.

먼저, 교육감 후보자들은 대부분이 선거비용 제한액까지의 많은 돈을 쓰는 반면, 시·도지사 후보자들은 여야의 주요 정당 출신의 유력한 후보자가 아닌 이상 교육감 후보자들보다는 적게 쓴다. 정당이 있는 정치인 선거에서는 오히려 돈 지출의 성향이 현실성과 합리성을 갖고 있다고 평가할 수 있다. 득표율이 높지 않은 후보자의 경우, 선거비용을 보전받을 수 없으므로 후보자나 당의 홍보나 명분을 유지할 최소한도로만, 그리고 감당할 수 있는 한도 내의 선거비용을 지출한다. 반면 교육감 후보자들은 유력 후보자 이외의 상당수도 많은 돈을 써 가며 뒷감당을 하기 어려운 선거비용을 지출하는 경향이 뚜렷하다.

둘째, 개인 돈을 전적으로 써야 하는 교육감 후보자인데도 정당이 있는 시·도지사 선거 후보자들보다 오히려 선거비용을 더 쓰는 경향이 있다. 인천에서는 14억 원 가까이가 드는데 선거 펀딩을 했다손 치더라도 후보자들의 돈 씀씀이가 너무 커서 교육감 선거가 오히려 돈 선거라고 지탄받을 정도다. 당선되더라도 교육감의 연봉이 뻔한데 정치인들보다 돈을 많이 쓰는 교육감들은 기본적으로 부자여야만 할 것 같다는 우스운 생각이 든다.

셋째, 돈을 쓰는 양이나 선거 과정의 홍보 효율성을 따져 보면 시·도지사 선거와 비교해 교육감 선거는 돈은 더 많이 쓰나 홍보 효과는 낮다. 그렇게 돈을 쏟아부어도 교육감 선거는 깜깜이 선거라는 오명과 정도가 악화하고 심화하니 답답한 상황이 아닐 수 없다.

선거에 출마하는 후보자의 측면에서 보면 그가 쓰는 비용 대부분은 선거비용이지만 선거비용 외 비용도 있다. 즉, 정치자금은 선

거비용과 선거비용 외 자금을 합한 것이다.[46] 그림에 나와 있는
비용은 선거비용만을 의미하므로 그 외의 정치자금이 추가로 지출
되었음을 알아야 한다. 또한, 후보자들이 선관위에 신고하고 청구
한 선거비용만 썼을까? 그간 정치판의 파다한 소문과 필자가 교육
감 후보자로서 직접 선거에 참여한 경험에 의하면 선거비용 이외
에도 꽤 큰 돈이 들어간다. 선거비용으로 계상되지 못하거나 의도
적으로 안 하는 비용도 다양하고 크거니와 선거비용으로 계상하고
청구했으나 나중에 보전받지 못하는 돈도 무시 못 할 정도로 크다.

　　인천교육감 선거의 경우 선거비용 이외에 개인적으로 지출하는
금액과 선거비용으로 청구했으나 보전받지 못하는 금액의 합계가
최소 3억 원에서 7억 원 정도가 된다고 하는 주장이 일반적이다.
이청연 전 교육감의 불행한 사례를 봐도 잘 알 수 있다.[47] 법원에

46　중앙선거관리위원회가 2018년 발간한 정치자금회계실무 책자(pp. 4-5)에서는
　　다음과 같이 기술하고 있다.
　　"정치자금"이란 당비, 후원금, 기탁금, 보조금과 정당의 당헌당규 등에서 정한
　　부대수입 그 밖에 정치활동을 위하여 정당(중앙창당준비위원회 포함), 공직선거
　　의 후보자가 되려는 사람, 후보자 또는 당선된 사람, 후원회·정당의 간부 또는
　　유급사무직원 그 밖에 정치활동을 하는 사람에게 제공되는 금전이나 유가증권
　　또는 그 밖의 물건과 상기 열거된 사람(정당 및 중앙당창당준비위원회 포함)의
　　정치활동에 소요되는 비용을 말함.
　　"선거비용"이란 해당 선거에서 선거운동을 위하여 소요되는 금전·물품 및 채무
　　그 밖에 모든 재산상의 가치가 있는 것으로서 해당 후보자(후보자가 되려는 사
　　람 및 비례대표지방의회의원선거의 경우 그 추천정당 포함)가 부담하는 비용이
　　다. 선거비용은 정치자금에 포함되며, 후보자는 관할 선거관리위원회가 공고한
　　선거비용제한액의 범위 안에서 선거비용을 사용하여야 함.
47　고등법원은 이청연 전 인천교육감은 선거 빚 4억 원을 해결해야 하는 뇌물수수
　　의 동기가 있다고 봤으며 구체적으로 ① 2015년 6월 26일부터 7월 3일까지 선거

의해 최종 유죄판결 받은 내용을 종합하면, 그는 4억 이상의 돈을 선거비용 외로 더 써서 빚으로 남아 있었던 것으로 드러났다. 당선자가 이렇다면 낙선한 후보자도 크게 다르지 않을 것이다. 낙선하여 문제가 안 생겼다면 오히려 전화위복이 된 것일 수도 있다.

　이렇게 큰 규모의 선거비용에 순수하게 개인 돈을 쓰는 사람은 거의 없을 것이다. 부정한 돈으로 다시 돌려막기를 하든지 그것을 못 하면 그냥 개인 돈을 날리는 수밖에……. 그래서 패가망신할 수밖에 없다. 개인 돈이 많은 사람도 아무 대가 없이 3~7억 원의 돈을 쓰기란 매우 어렵다. 하물며 낙선한 사람은? 모든 것이 상식적으로 이해하기 어렵고 용납하기도 어려운데 이런 대책 없는 교육감 선거는 계속되고 있다. 3년 전 교육감 선거가 끝난 지 엊그제 같은데 이제 다시 내년이면 교육감 선거를 또 한다. 필자는 무거운 마음으로 교육감 선거의 후유증을 다음과 같이 예언할 수밖에 없다. 매번 그랬듯이 이번 교육감 선거에서도 선거비용과 그 자금

빚 청산을 위해 인천의 한 학교법인 소속 고등학교 2곳의 신축 이전공사 시공권을 넘기는 대가로 건설업체 이사 등으로부터 3억 원을 받고, ② 2014년 2~3월 교육감 선거를 치르는 과정에서 계약 대가로 선거홍보물 제작 업자와 유세차량 업자로부터 각각 4천만 원과 8천만 원 등 총 1억2천만 원의 불법 정치자금을 수수한 것으로 판단하여 징역 6년에 벌금 3억 원, 추징금 4억2000만 원을 선고하였고, 이후 대법원도 이를 확정했다.
http://www.yonhapnews.co.kr/bulletin/2017/08/08/0200000000AKR20170808113500004.HTML?input=1195m
http://www.kyeongin.com/main/view.php?key=20171207010002233
http://www.hani.co.kr/arti/society/society_general/822452.html 2018. 7. 25. 인출

조달 문제로 감옥 갈 사람이 또 나올 수밖에 없을 것이다.

이런 교육감 선거판에서 이렇게 돈 쓰고 선거에 나온(올) 사람들은 제정신이 아니다. 필자도 제정신이 아니었다고 토로하지 않을 수 없다. 다만, 필자는 교육 사업을 위한 목적 기부로 여기고 제 돈을 쓰고자 했고 그 희생으로 교육감 선거 개혁을 하고 인천 교육을 반듯하게 하려는 분명한 의도가 있었다. 그러나 이 또한 오만하고 무지했으며 허망한 것이었다. 60여 일 동안 개인의 모든 것을 다 바쳐 전력을 다했으나 그게 부질없는 것이었음을 확인하고 모든 걸 다시 포기했다. 개인이 아닌 뒤에서 밀어주는 조직과 단체가 있는 후보자이거나 열광하는 대중적 인기가 있어 당연히 당선될 것 같은 후보자가 아니면 필자가 선언하고 실천한 방식대로 선거에 임하면 안 된다.

교육감 선거는 돈은 돈대로 다 쓰면서도 정작 교육 정책이나 후보자의 역량은 알리거나 알 수 없는 밑 빠진 독에 물 붓기식의 수렁이다. 이 제도를 그냥 두고서 계속 무관심한 유권자를 탓하는 것도 문제다. 불나방은 죽을 거라는 것을 모르면서 밤새 불빛만 쫓아 달려들다 아침이 되면 새까맣게 타서 죽는다. 그러나 우리는 불나방이 그렇게 죽을지를 잘 알고 있다. 관찰과 누적된 경험으로 알 수 있는 것이다. 불행히도 아직도 교육감 후보자로 출마하는 사람은 자신의 미래 결말을 모르지만, 필자는 불나방과 같은 결말을 예견한다. 그러나 현실은 변화가 없다. 교육감 선거의 누적적 경험으로 이제는 이 잔혹한 현실을 직시할 때도 되었건만, 교육감 선거제도에는 변화와 개혁이 없다. 교육감 선거도 그 시작은 교육을 잘하려고 하는 민주적 노력이었을 것이다. 그러나 기대와 전혀 다른 현실의 연속이다. 개인이 망가지고 패가망신하는 것이야 개인의 선택이니 그러려니 할 수도 있지만, 이 제도 때문에 교육이 망가지고 무너지는 것은 어찌할까?

인천광역시교육감 후보자 선거비용 공개 내용

[교육감선거] [인천광역시]

선거구명	성명 (한자)	선기비용 제한액	선거비용 지출액	선거비용 공개
인천광역시	도성훈 (都成勳)	1,334,000,000	1,082,284,761	확인
인천광역시	고승의 (高承儀)	1,334,000,000	1,242,493,737	확인
인천광역시	최순자 (崔順子)	1,334,000,000	1,092,373,505	확인

인천광역시장 후보자 선거비용 공개 내용

[시·도지사선거] [인천광역시]

선거구명	기호	정당명	성명 (한자)	선기비용 제한액	선거비용 지출액	선거비용 공개
인천 광역시	1	더불어 민주당	박남춘 (朴南春)	1,334,000,000	1,172,320,718	확인
인천 광역시	2	자유 한국당	유정복 (劉正福)	1,334,000,000	1,154,056,066	확인
인천 광역시	3	바른 미래당	문병호 (文炳浩)	1,334,000,000	376,009,512	확인
인천 광역시	5	정의당	김응호 (金應鎬)	1,334,000,000	96,348,234	확인

서울시 교육감 후보자 선거비용 공개 내용

선거구명	성명 (한자)	선기비용 제한액	선거비용 지출액	선거비용 공개
서울특별시	조희연 (曺喜昖)	3,494,000,000	2,882,492,879	확인
서울특별시	조영달 (曺永達)	3,494,000,000	1,830,404,503	확인
서울특별시	박선영 (朴宣映)	3,494,000,000	2,692,917,573	확인

서울시장 후보자 선거비용 공개 내용

[시·도지사선거] [서울특별시]

선거구명	기호	정당명	성명 (한자)	선기비용 제한액	선거비용 지출액	선거비용 공개
서울 특별시	1	더불어 민주당	박원순 (朴元淳)	3,494,000,000	3,221,041,990	확인
서울 특별시	2	자유 한국당	김문수 (金文洙)	3,494,000,000	3,381,210,281	확인
서울 특별시	3	바른 미래당	안철수 (安哲秀)	3,494,000,000	3,212,323,392	확인
서울 특별시	5	정의당	김종민 (金鍾珉)	3,494,000,000	150,798,386	확인
서울 특별시	6	민중당	김진숙 (金眞淑)	3,494,000,000	185,973,941	확인

부산시 교육감 후보자 선거비용 공개 내용

선거구명	성명 (한자)	선기비용 제한액	선거비용 지출액	선거비용 공개
부산광역시	함진홍 (咸進鉷)	1,496,000,000	901,682,677	확인
부산광역시	박효석 (朴孝錫)	1,496,000,000	440,843,613	확인
부산광역시	김성진 (金聲振)	1,496,000,000	1,213,318,346	확인
부산광역시	김석준 (金錫俊)	1,496,000,000	1,303,577,214	확인

부산시장 후보자 선거비용 공개 내용

선거구명	기호	정당명	성명 (한자)	선기비용 제한액	선거비용 지출액	선거비용 공개
부산 광역시	1	더불어 민주당	오거돈 (吳巨敦)	1,496,000,000	1,296,949,388	확인
부산 광역시	2	자유 한국당	서병수 (徐秉洙)	1,496,000,000	1,430,378,451	확인
부산 광역시	3	바른 미래당	이성권 (李成權)	1,496,000,000	319,276,680	확인
부산 광역시	5	정의당	박주미 (朴珠美)	1,496,000,000	105,603,245	확인
부산 광역시	6	무소속	이종혁 (李鍾赫)	1,496,000,000	207,931,097	확인

경기도교육감 후보자 선거비용 공개 내용

선거구명	성명 (한자)	선기비용 제한액	선거비용 지출액	선거비용 공개
경기도	배종수 (裵鍾洙)	4,177,000,000	2,167,816,380	확인
경기도	송주명 (宋柱明)	4,177,000,000	3,879,490,489	확인
경기도	임해규 (林亥圭)	4,177,000,000	3,927,565,748	확인
경기도	김현복 (金鉉馥)	4,177,000,000	100,286,000	확인
경기도	이재정 (金錫俊)	4,177,000,000	3,920,033,033	확인

경기도지사 후보자 선거비용 공개 내용

선거구명	기호	정당명	성명 (한자)	선기비용 제한액	선거비용 지출액	선거비용 공개
경기도	1	더불어 민주당	이재명 (李在明)	4,177,000,000	3,883,449,967	확인
경기도	2	자유 한국당	남경필 (南景弼)	4,177,000,000	3,568,922,029	확인
경기도	3	바른 미래당	김영환 (金榮煥)	4,177,000,000	938,999,302	확인
경기도	5	정의당	이홍우 (李弘祐)	4,177,000,000	205,767,114	확인
경기도	6	민중당	홍성규 (洪性奎)	4,177,000,000	138,005,120	확인

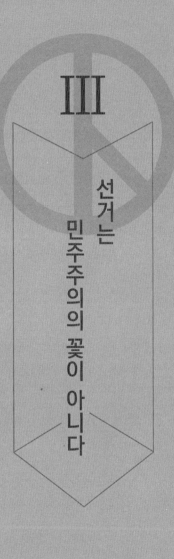

III

선거는
민주주의의 꽃이
아니다

출판기념회는
구걸인가 돈 뜯기인가?

현재 지방자치단체장후보자후원회는 선거비용제한액의 100분의 50에 해당하는 금액을 후원받을 수 있다. 따라서 인천교육감 후보자는 7억에 가까운 돈을 후원받을 수 있다. 하지만, 출판기념회를 통한 모금액은 후원금에서 제외된다. 따라서 출판기념회를 금지하는 기간만 피한다면, 거의 아무 제약 없이, 교육감 하려는 자는 출판기념회를 열 수 있다. 거의 제약이 없으므로 교육감 선거에서는 선거 자금을 조성할 수 있는 매우 유용한 방법으로 출판기념회를 활용하고 실제로도 2018년 교육감 선거에 앞서서 현직 교육감이나 교육감 후보자의 상당수가 출판기념회를 열었다.

필자는 정치인을 포함해서 공직에 입후보하려는 사람들에게 출판기념회를 왜 허용하고 있는지를 이해할 수가 없다. 물론 관련법을 만드는 당사자가 정치인인 국회의원들이기 때문에 스스로 불리한 규제를 만들 수 없을 거라는 추측은 하지만, 국민까지도 거기에 큰 반감 없이 지금까지 출판기념회가 생존해 오고 있는 것을 보면 신기하기까지 하다—사실 일반 국민은 출판기념회를 잘 알지 못하거나 경험하지 못했을 가능성이 크긴 할 거다.

책은 서점에서 사거나 온라인을 통해서 주문하는 게 원칙이고 일반적이며, 책 표지에 쓰여 있는 정가를 주고 사는 게 또한 정상적인 모습이다. 그러나 출판기념회는 책의 저자가 특정 장소에 사려는 사람들을 불러 모으고 그 사람들에게 책을 판매하는 형태다. 책을 쓴 사람이 정말 좋은 책을 쓴 자라면 그곳에 와서 일일이 책을 판매할 시간이 있을지가 더욱 궁금하다. 또한, 정가대로 판매하지 않고 대략은 3~10배의 가격을 더 내고 쌓여 있는 책을 들고 가는 게 일반적인 모습이다. 그러나 진짜 정확히 얼마를 냈는지는 구매자와 판매자인 후보자 이외에는 아무도 모른다. 출판기념회가 다 끝난 후 흰 돈 봉투에 든 책값을 개봉했을 때 후보자만 책 구매자가 얼마의 웃돈을 더 주고 샀는지 알 수 있다. 실제의 모습은 책 판매와 구매가 아니라 책이라는 매개체를 활용하여 위장된 선거 자금 기부 혹은 뇌물 공여라고 볼 수밖에 없다. 물론 법이 허용하는 것이니 법률상 뇌물은 아니다.

필자도 과거 정치인들이나 선거 후보자의 집요한 초대장이나 문자 메시지 발송에 이를 거부하지 못하고 어쩔 수 없이 출판기념회에 가서 하얀 봉투에 5만 원이나 10만 원 현금을 넣어 책값을 냈던 씁쓸한 기억이 선명하다. 계속 볼 사람이고 동료 대부분도 책값 봉투를 내는 통에 나만 안 하면 왠지 찍힐 것 같아 달갑지는 않지만, 돈을 내곤 했다. 출판기념회에 가서 돈 봉투를 내는 대부분 사람은 자발적이지 않고 어쩔 수 없어 하는 행위이다. 이렇다고 보면 출판기념회는 일종의 협박에 의한 강매이다. 속으로는 강매라고 생각하지만, "어쩔 수 없지 않은가?" 식의 온정주의가 있음도 사실이다. "정치하는 데, 선거하려면 돈이 많이 드니 그렇게라도 도와야 하지 않을까?"라고 애써 이해하기도 한다.

그러나 이제 냉정히 따져 보자. 불법 정치자금을 수수하면 그 죄에 따른 벌이 엄한데 유독 출판기념회만 관대하다. 그러니 너도 나도 출판기념회는 꼭 해야 하는 것으로 여겨지고 안 하는 후보자는 바보로 여겨지거나 '돈이 되게 많은가 보다' 식으로 오해를 받는다. 필자는 교육감 선거에 출마해도 출판기념회를 하지 않겠다고 선언했었고 실제로도 하지 않았다. 그러나 출판기념회 안 한다고 참 깨끗하고 멋진 후보자라고 평가받은 기억은 없다.[1] 그냥 특이한 혹은 또라이 후보자 정도였지 싶다. 당시 다른 후보자는 요란한 출판기념회를 했다. 그들이 얼마나 수금을 했는지 궁금하긴 하지만, 알 수는 없다.

필자가 출판기념회를 하지 않은 이유는 대략 이랬다. 먼저, 교육감 되려는 자는, 그것이 설사 합법적이더라도, 교육 가족과 시민들에게 돈을 받아서는 안 된다. 장차 교육감이 될 사람이 누군가에게 책값 이상의 돈을 받고 그 금액 내용을 다 아는 이상, 돈을 낸 자에게 금전적 신세를 졌다는 부담이나 고마움에서 벗어나기가 쉽지 않다. 교육감이 될 거라는 기대 때문에 두둑한 책값 봉투가

---

1 인천교육감 후보 사퇴 후 전화로 해당 기자와 인터뷰한 내용이다.
http://omn.kr/r9co 2018. 6. 30. 인출

건네진 것이고, 향후 교육감 될 자도 교육감으로서 그에 대한 빚을 갚을 것이 기대될 수밖에 없다. 그게 오는 정이 있으면 가는 정이 있는 소위 사회생활 원리다.

둘째, 인천교육감은 3만 명이 넘는 인천 교직원들의 수장이고 인사권자이다. 그들 누구로부터 선거를 매개로 한 금품을 받고 또한 금액 내용을 알고 있는 인사권자가 향후 그들의 인사를 공명정대하게 하기란 매우 어려운 과제다. 그런 인간적 한계를 스스로 만들지 않기 위해서도 책의 웃돈을 강요하며 강매해서는 안 된다고 믿고 있다.

셋째, 책은 교육에서 매우 유용하고 중요한 교육 매체다. 그 소중한 도구를 교육자인 교육감이 왜곡시키고 나쁘게 활용해서는 안 된다. 교육은 솔선수범해야 하기 때문이다.

마지막으로 교육감이 책으로 구걸을 하거나 돈 뜯기를 해서는 안 된다. 특히나 인성과 정직을 가르치고 실천해야 하는 교육감이 그리 처신해서는 안 된다.

2018년 교육감 선거를 앞두고 2017년 말부터 상당수의 현직 교육감과 출마할 예비후보자들이 출판기념회를 열었다. 이들에게는 출판기념회는 황금알을 낳는 거위일 수도 있겠다. 후보자들이야 어차피 선거비용이 드니 그 돈으로 충당하기도 했겠지만, 실제 선거도 안 나간 사람들은 출판기념회를 통해 목돈을 챙겼을 수도 있다.

현직 교육감의 경우는 대체로 출판기념회를 통해서 1만 권 이상을 판매한다고 한다. 이는 출판기념회 유경험자에게서 직접 들은 이야기다. 1만 명이 평균 5만 원씩 냈다고 계산하면 5억 원이다. 금액상으로도 포기할 수 없는 출판기념회다. 이렇게 돈을 쉽게 벌기도 흔치 않다. 그러니 선거하면 떠오르는 게 출판기념회일 수 있겠다. 선거에서 보전받지 못하는 개인 비용을 충분히 벌충하고도 남을 만하다. 잘만 하면 '남는 장사'도 될 수 있다는 증언도 들었다. 어떤 이유로도 지방 교육을 책임질 교육감으로서는 바람직스럽지 못하다.

교육청은 보통 시청, 도청 대비 그 예산 규모는 1/3~1/2 수준이지만, 직원 규모는 오히려 2~3배에 이른다. 교육청 세출 예산의 인건비 비중이 50~70%에 이르는 것을 상기한다면 교직원 수는 교육청이 훨씬 많음을 쉽게 짐작할 수 있다. 그러므로 현직 교육감이나 당선 가능성이 큰 교육감 후보자가 출판기념회를 하면 교직원들은 울며 겨자 먹기 식으로 책값을 돈 봉투에 넣어 상납하지 않을 수 없다. 읽을 만한 책도 아닌데 정가의 몇 배를 더 주고서 말이다. 매우 비교육적이다. 그러나 현재 교육을 담당하는 교육청에서 벌어지는 일이다.

교직원들 처지에서는 나중에 당선될 교육감 후보자의 눈치를 안 볼 수가 없다. 특히나 간부급 공무원들은 눈도장과 함께 상당한 금액을 책값의 명목으로 모금함에 넣지 않을 수 없는 것이다. 출판기념회를 연 교육감 후보자는 흰 봉투에 넣은 금액을 후일을 위해 기록해 놓을 것이다. 사정이 이러하니 앞으로 교육감이 될 가능성이 큰 교육감 후보자에게는 적어도 보험이나 약소한 뇌물의 성격으로 책값을 내지 않을 수 없다. 이것이 공정하고 정직한 선거 과정일까?

시민들이나 교직원들도 진정한 교육자를 원한다면 출판기념회의 유혹을 과감히 거부하는 후보자를 선택해야 한다. 출판기념회를 통하여 이득을 챙기는 후보자를 철저히 배격할 수 있어야 한다. 그러나 현실은 전혀 그렇지 못하다. 대부분 후보자가 출판기념회를 하고, 출마하지도 않는 사람들도 출마하는 척하면서 출판기념회를 연다. 선거라는 기회를 활용하는 사람들이 분명 있다. 교육의 장에서 이런 일이 일상으로 벌어지고 있다. 교육감 선거는 이런 식으로 교육 현장을 부패의 수렁으로 몰고 있다.

선거 과정 내내 많은 사람이 필자에게 다음과 같은 식의 질문을 던졌다. "왜 당신은 법적으로 가능한 것도 하지 않나? 그건 바보짓이야. 출판기념회를 통해서 돈을 좀 당겼어야지? 현직에도 있었고 인기도 그만하면 괜찮고. 특히나 당선 가능성도 크고. 그러면 자기 돈 한 푼 안 들이고 선거를 치를 수 있는데 말이야. 당신을 누가 청렴하다고 하지도 않아. 그냥 멍청이라고 할 뿐이지. 아무도 당신의 선의를 알아주지 않아. 당신 돈만 축내는 거지……."

내가 직접 나가 보니
선거는 이런 사람이 나가야 하더라

필자는 2018년 3월 15일을 마지막으로 그간의 공직을 마무리하고 6·13 제7회 전국동시지방선거에 인천광역시교육감 후보자로서 출마했다. 3월 19일 인천교육감 예비후보 등록을 인천선거관리위원회에 마쳤으며, 같은 날 오후 3시에 인천교육청 브리핑실에서 공식적으로 출마를 공표했다. 다음 날인 3월 20일 서울남부교도소에서 복역 중인 이청연 전 교육감을 면회하며 위로하고 출마에 임하는 각오와 생각을 공유했다. 그리고 그가 선거에 출마하면서 선거 과정과 자금(돈)을 구체적으로 알고 있었는지도 물었다. 그런 것을 전혀 몰랐기 때문에 여기에 있는 것 같다고 그는 부연 설명했다. 인천에서 세 번째로 다시금 인천교육감과 같은 불명예 사례가 발생하지 않도록 필자가 모든 것을 다 희생하면서 새롭고도 깨끗한 교육감 선거의 표준을 인천에서 만들겠다고 그에게 약속했다. 그리고 그 모범을 제도화하여 2022년 교육감 선거에서 적용할 것임을 설명했다. 그리고 당선되면 다시 면회를 오겠다는 인사를 하며 나왔다.

　면회를 마치고 곧바로 고향에 있는 어머니 선산을 찾고 이후에 바로 아버지가 계신 대전현충원에 갔다. 돌아가신 부모님께 아들이 왜 인천교육감 선거에 출마했는지를 설명해 드리고 선거 과정에서 지금 생각하고 마음먹었던 바를 흔들림 없이 실천할 것임을 다짐했다. 막상 선거에 나가면 지금은 예상하지 못한 많은 어려움과 흔들림이 있을 것이기 때문에 아들이 용기를 잃지 않도록, 거짓이나 단지 승리라는 유혹에 빠지지 않도록 부탁도 드렸다. 중도에 사퇴하더라도 혹은 선거에 지더라도 교육만을 생각하는, 정치적 중립을 지키는, 아이들과 미래를 위한 교육 예산을 확보하는, 아이들과 시민들만을 생각하는 교육감 후보자의 자세와 실천을 끝까지 지킬 수 있도록 묘소와 묘비를 보면서 다짐했다.

　그렇게 새벽부터 저녁 늦게까지 홀로 운전하며 전국을 돌았다. 다음 날 이른 아침부터 있었던 경인방송 생방송 인터뷰를 시작으로 공식적인 후보자로서의 일정이 시작됐다. 그날부터 필자의 아들도 그 아버지와 함께 모든 선거운동 일정을 함께했다. 출마할 때는 90일의 후보자 기간을 염두에 두었으나 중도 사퇴로 60여 일을 달렸다. 완주를 못 하고 중도에 사퇴한 것은 필자가 부족한 탓이었다. 선거에 나가 모든 것을 다 극복할 수 있다고 자신했지만, 결론은 아니었다. 선거가 이럴 것이라고 하는 예상도 빗나갔고, 그런 선거판에서도 좌절하지 않을 거라는 것도 헛짚은 셈이 됐다.

　필자는 사람 한 사람 한 사람을 귀하게 여긴다. 아니 그러려고 노력한다. 내가 귀하게 여겨지고 싶다면 남도 귀하게 여겨야 한다고 생각하고 그렇게 살려고 노력해 왔다. 그래서 필자가 직접 가르칠 때나 그 교육을 지원할 때나 교육 현장에서만큼은 그런 덕목이 가르쳐지고 자연스레 체득되기를 희망하며 세심한 교육적 배려도 해 왔다. 이 원칙은 선거 중에도 그대로 적용하여 실천하였으나 의미 있는 과정은 아니었다.

그러나 선거라는 것이 그리 만만한 것은 아니었다. 인천의 경우는 240만 명 정도의 유권자가 있다. 정당도 없는 교육감 선거에서 개인이 240만 명의 유권자에게 개별적으로 다가갈 수가 없다. 그럴 방법이 없어 원천적으로 불가능한 이야기다. 그러나 선거는 어쨌든 그리되어 있고 결국은 다른 정치 선거와 함께 치러지므로 아무 일 없는 듯 치러진다. 다른 정치 선거와 같이 비슷한 형태로 선거운동을 하나 교육감 선거는 알려지지 않고 그래서 메아리 울림이 없다. 전국동시지방선거에 포함되는 교육감 선거이므로 투표율도 같아 유권자의 관심을 똑같이 받은 것으로 착각하지만, 투표한 유권자도 교육감 선거에는 실제로 관심도 없고, 알지도 못하고 투표용지에 도장만 찍는 꼴이다.

240만 명 중에서 130만 명 정도가 투표소에 간다. 그래도 많은 숫자이다. 선거에 참여하는 그 숫자인 130만 명을 만나는 것도 근본적으로 불가능하다. 그러나 현실은 100만 명이 넘는 시민들에게 수단·방법 가리지 말고 자기를 알리는 게 가장 중요하다. 특히나 교육감 선거는 누가 좋으냐 그렇지 않으냐가 아니라 후보자를 아느냐 모르느냐의 문제이다. 사정이 이렇다 보니 교육감 선거는 더

더욱 앞뒤 안 가리고 알리기가 최우선이다. 인물 대결 선거? 정책 선거? 정치 중립 선거? 참으로 소가 웃을 일이었다. 인물도, 정책도, 정작 교육 문제도 이슈화되지 못하고 네거티브 공방과 진영 대결만이 선거판을 압도한다.

사정이 이러하다 보니 교육감 선거에서 후보자는 그 이름을 어떤 식으로든 유권자에게 알려야 한다. 그렇게 알려서 당선되는 게 최선이다. 여기에는 법도 없고, 교육도 없고, 수단과 방법도 가리지 않는다. 이런 상황에서 교육감 후보자의 생존을 위한 행동율(行動律)이란 게 있는 것 같다. 필자가 인천교육감에 출마한 후부터 중도 사퇴할 때까지 반복적으로 그런 유의 충고와 조언을 들었는데, 지금까지도 기억하고 있다. 요약하여 정리하면 다음과 같다.

① 시민들에게 이름을 무조건 알려야 한다. 좋은 것으로만 알리려고 하지 말고 나쁜 거라도 잘 포장해서 알려라! 거짓말을 해서라도 무조건 알려라!
② 선거에 나왔으면 무슨 일이 있더라도 이겨야 한다.
③ 당선을 위해서는 수단과 방법을 가리지 말아야 한다. 불법이라도 해야 한다. 단, 걸리지는 말고…….
④ 경쟁 후보를 죽여야 내가 산다. 상대방이 살면 내가 죽는다. 그게 선거다.

선거가 이런 거라고 하면서 어설프디어설프게 보였을 필자에게 던져 준 조언들……. 역시나 어설픈 필자는 그런 조언을 결행할 수는 없었다. 뭣보다도 선거에 나온 명분과 목표라는 게 있는데 그것들을 훼손시키면서까지 선거에 참여할 수도, 그렇게 하면서 교육감이 되고 싶은 생각도 없었다. 그래서 시종일관 내 방식으로 선거에 임했다. 남들의 조언과 비판을 감내하며 교육감 선거에 나온 이유를 잊지 않으려고 노력했다.

그러나 결과는 실패였다. 100만 명 이상의 유권자에게 필자를 알리기가 불가능했고, 따라서 명분도 실리도 지킬 수가 없었다. 그래서 결국 사퇴를 했다. 선거경험자들의 충고와 조언을 필자는 받아들일 수 없었으며 그것들을 행할 수는 더더욱 없었다. 그런데도 선거를 완주했다면 유권자들이 필자를 교육감으로 만들었을 수도 있겠다. 그러나 교육감 선거 과정의 비교육적 상황과 관행을 접하고 경험한 필자가 교육감이 된다 하더라도 출마 때 생각하고 목적했던 대로 수행할 자신과 의지가 미약해졌다. 즉 "시민들의 관심과 지지가 없는 교육감이 진정 무엇을 할 수 있는가?"라는 근본적인 질문에 필자가 자신에게 답을 할 수 없는 상황에 이른 것이었다.

측은지심(惻隱之心)이라는 인(仁)의 마음으로 출마했고, 사람, 특히 아이들과 그들의 미래를 위해 위험을 감수하였으며, 교육감이 되고 싶어서가 아니라 그런 값진 교육 일을 하려니 교육감을 해야겠다 싶어 출마한 것이었다. 그러나 결국 사람과 사람 사이의 관계로 교육감 선거 과정이란 것이 엮어져야 하는데, 관계와 소통은 없고 깜깜이와 무관심, 이를 활용한 편 가르기와 지역 텃세로 얼룩진 선거뿐이었다. 교육감이 되고 나서도 결국 모든 것이 그러한 연속선상에 있을 거라는 현실 자각에 이르렀을 때 출마 시에 가졌던 선한 의지와 실천력이 모두 부정되고 소멸하였다.

우리 아이들의 교육을 함께 만들겠다는 따뜻한 마음으로 그리고 그렇게 함께 하는 사람들이 좋아서 교육감 선거에 뛰어들었으나 정작 그곳은 좋은 사람 냄새가 나는 곳이 아니었다. 인간의 향기가 없었고 교육의 마음이 없었다. 오직 교육감 자리라는 욕망과 그를 위한 편 가르기와 추악한 욕망, 그리고 아귀다툼 이외에는 아무것도 없었다. 아이들을 위하는 사람도, 민주주의의 꽃인 선거도 없었다. 게다가 유권자들의 철저한 무관심이라는 암흑 때문에 아무것도 보이지 않았다.

이렇게 어둡고 의미 없는 과정에서 후보자로서 살아남는 방법은 의외로 단순했다. 선거에 나갈 사람은 적어도 아주 모질고 강한 몇 가지 필수적인 특성이 긴요했다. 필자는 그런 점에서 오만하고 오판했다. 스스로를 잘 안다고 생각하고 자신만만해 했지만, 불행히도 선거라는 전쟁터를 이해하지 못했고 그 전장에서 승장(勝將)이 될 수 있는 자질과 성향이 없음을 늦게서야 깨달았다. 지피지기(知彼知己)하지 못한 것이다. 그래서 선거에 나오려는 사람은 다음의 특성과 강점을 갖춰야 한다.

먼저, 얼굴이 두꺼워야 하고 흑심을 품어야 한다. 후흑학(厚黑學)이 주장하는 면후심흑(面厚心黑)으로 요약할 수도 있겠다. 적어도 선거판에서는 부끄러워하지도, 화내지도, 흥분하지도 않아야 한다. 자기의 속마음과 감정의 부침도 완벽하게 숨기거나 절제할 수 있어야 한다. 좀 더 적나라하게 표현하면 속마음을 드러내서도 안 되고, 표정과 행동이 필요와 상황에 따라 제각각 작동될 수 있을 능력자여야 한다.

둘째, 나를 둘러싼 모든 사람을 수단시(手段視)할 수 있는 통제자이어야 한다. 철저히 남을 이용할 수 있어야 하고 그런 점에서 인간적이거나 인격적으로 남을 대우하는 우를 범하지 않을 정도로 치밀하고 냉혹해야 한다. 그래서 모든 것을 나의 자산(asset)과 지렛대(leverage)로 활용할 수 있는 역량이 있어야 한다. 혹시 그런 과정에서 '남을 이용하나?' 하는 양심의 가책 같은 것이 있어서는 안 된다.

마지막으로, 멘탈(정신력)이 강해서 남에게 상처를 받지 말아야 한다. 교육감 선거 과정은 매우 비인간적이다. 인간을 가장 중심으로 삼는 교육의 영역임에도, 교육감 선거는 아이러니하게도 인간을 가장 수단시하는 행사이기도 하다. 그런 이유로 선거 과정의 후보자에게는 상실감이나 패배감이 클 수 있다. 따라서 상처받는 약한 심성의 보유자는 교육감 선거에 나가면 안 된다. 무차별적으로 쏟아내고 퍼부어지는 인격 살상의 댓글과 소문, 그리고 네거티브에 상처받으면 안 된다. 상처를 받는 순간 근본적인 회의가 들고 전선이 분열된다. 이 모든 공격과 비아냥거림에 그저 허허실실할 수 있고 '나를 키우는 자양분'이라고 여기는 강한 자기합리화와 이이제이(以夷制夷) 능력이 있어야 한다.

교육감 선거에 나가려면 적어도 위 세 가지 태도와 능력을 갖춰야 한다. 그래서 교육감 선거에 나가려고 고민하는 사람이 있다면 이 세 가지 잣대에 비추어 본인을 냉정하게 판단해 보라! 진정 심사숙고하라! 손자병법이 가르치듯 타인과 관계하는 나를 잘 파악하여 자신을 제대로 알라! 하나라도 결격이라면 선거에 나가지 말라! 의심의 여지 없이 패장이 되어 패가망신(敗家亡身)한다.

교육감이 되기 전과 후:
교육자가 그러면 안 되지요

민주진보 단일 후보.

교육감 선거에서 전국적으로 진보 세력이 그 진영의 단일 후보로 내세웠던 자들이 그 후보자를 설명하는 수식어다. 민주의 사전적 의미는 두 가지다. 먼저 주권이 국민에게 있음을 의미하고, 민주주의를 줄여서 하는 말이기도 하단다. 민주주의는 국민이 권력을 가지고 그 권력을 스스로 행사하는 제도를 의미한다. 진보[2]의 사전적 의미는 정도나 수준이 나아지거나 높아지는 것을 의미하거나 역사 발전의 합법칙성에 따라 사회의 변화나 발전을 추구하는 것을 의미한다. 민주주의는 대한민국의 헌법에도 명문화되어 있는 국가의 정치체제이므로 민주주의를 표방한다는 게 큰 의미는 없

---

2 진보에 대비되는 보수의 사전적 의미는
  1. 보전하여 지킴
  2. 새로운 것이나 변화를 적극적으로 받아들이기보다는 전통적인 것을 옹호하며 유지하려 함

다. 그러나 과거 군사 독재를 염두에 두고 그에 대항하는 의미로써 써 왔기에 이제는 특별한 의미가 없어 보이지만, 아직도 쓰는 것을 보면 적어도 선거에서는 유효기간이 남아 있는 듯하다.

어쨌든 인천에서도 전 교육감이나 2018년 당선된 현 교육감은 그들 스스로 민주진보를 대표하는 교육감이라고 명명했다. 이는 교육감이 되기 전 선거공보에 등장하는 그들의 주장이었고 선거 과정을 통해서 인천시민에게 한 공식적인 약속이기도 했다. 민주와 진보를 외치는 두 교육감의 당선 후 몇 가지 행태를 짚어 보고자 한다. 이것이 과연 주민 직선제의 교육감 선거를 통해 당선된 교육감의 민주적이고 진보적인 모습일까? 그 판단은 독자들의 몫이다.

2014년 7월에 취임한 인천 최초 전교조 출신 교육감은 취임 후 9월 교원 인사에서 핵심적인 요직에 전교조 출신 교사를 대거 본청에 발령냈다. 그들은 특채의 형식으로 혹은 파견의 형식으로 교육청에 들어와 교육감의 정식 혹은 비선 그룹이 되었다. 물론 기존의 본청 직원들도 그에 발 빠르게 대처했다. 새로운 권력 앞에서 과거 승승장구하던 사람들이 다시 등장하는 것도 오래 걸리지 않았다.

박근혜가 결국 비선 그룹에 의해 몰락하고 대통령직에서 파면되었듯이 권한과 책임이 공식적으로 드러나지 않는 비선은 결국은 썩고 망하게 되어 있다. 이는 권력자가 오랫동안 의기투합했던 배후세력의 측근만을 중용하는 데서 비롯한다. 교육청에 불러들인 핵심적 인사들은 대부분이 전교조 출신의 교사들이었다. 앞선 글에서도 언급했듯이 임병구[3]를 정점으로 다수의 전교조 출신 교사가 특채, 공채, 그리고 파견의 형식으로 교육청에서 일하고 있었다. 이후에도 그들의 상당수가 다시 도성훈 교육감의 인수위원으로 전면 등장했고 주요 요직을 차지하였으나, 결국은 비리와 범죄에 얼룩져 재판을 받을 예정이다[4].

선거직인 교육감이 이 정도의 인사도 맘대로 못하냐는 불평이 있을 수 있다. 할 수 있다. 법적으로도 문제 될 것이 없으니 불법과 위법의 문제는 아니다. 그러나 그 과정이 공정해야 하고 합리적이어야 한다. 그리고 통합과 화합을 책임지는 교육감으로서 인사에 신중하고 진중해야 한다. 민주와 진보를 외치고 공언했던 교육감 후보자가 교육감이 되고서는 특정 노조 소속의 공무원 신분의 교사를 편파적으로 대거 교육청 본부로 불러들인다는 게 문제가 없을 수는 없다. 수많은 볼멘소리와 울분이 있다. 교육감 선거에서 SNS에 '좋아요'만 눌러도 공무원의 선거 중립 의무 위반이라고 난리인데, 한때 교육감이 소속해서 이끌었던 그리고 그 교육감 후보자를 지지했던 노조 소속의 인사들을 그 친위 세력으로 대거 정식 발령을 내는 것이 민주적이거나 진보적일 수는 없다. 이것을 민주고 진보라고 하면 민주 시민을 진짜 개·돼지 취급하는 것이

---

3 임병구는 전교조 인천지부장 출신인 이청연 교육감에 의해 평교사에서 일약 인천 교육청 5급 상당 장학관에 특채되었고, 이후 1년여 만에 역시 3급 상당 국장급으로 초고속 승진하였다. 2018년 교육감 선거 후에는 도성훈인천시교육감당선인 인수위원장으로 일했다.

4 http://www.isisa.net/news/articleView.html?idxno=208961 2021. 6. 4. 인출

다. 이는 보은 인사요, 그네들끼리의 편중 및 특혜 인사에 불과하다. 결국, 그들이 외쳤던 것과 정반대로 반민주요, 퇴보이다.

2015년 9월부터 2017년 9월까지 2년간 인천 교육 현장에서 자율학교의 내부형 공모에 의한 교장 자격 미소지자 평교사가 교장으로 임용된 사례는 총 9명이다. 이 또한 현행법상 가능한 제도이기에 위법, 불법의 사항은 아니다. 이 제도의 도입 명분은 교장 자격증이 없지만, 교장으로서도 능력 있고 교육적 자질이 출중한 평교사를 교장으로 임용해서 학교 현장에 새로운 바람을 불러일으키고자 함이었다.[5] 그러나 필자가 기억하기에 인천의 경우에는 전교조 출신 혹은 전교조와 관련된 교사를 교장으로 임용했다. 도성훈 교육감 당선인 인수위원으로 활동한 정철모 위원도 필자는 전혀 모르는 사람이지만 이름을 보니 2015년에 교장 자격 미소지자 교사로서 교장으로 임용된 사람이다. 더욱더 흥미로운 것은 도성훈 현 교육감 또한 2016년에 교장 자격증이 없는 평교사에서 급거 동암중학교 교장으로 임용되었다는 사실이다. 도성훈 전 교장은 그 교장이라는 경력과 타이틀을 최대한 활용하여 마침내 이청연

---

5 이것을 반대로 해석하면 그간 교장 자격 연수받고 자격증 있는 교장들이 그리 성공적이지 못했음의 방증일 수도 있다. 자격증 교장들의 수준도 이 모양이니 전교조 출신이든 교장 자격증이 없는 교사 출신이든 이보다 낫지 않을까 하는 일반 국민이나 학부모들의 어쩔 수 없는 심정도 분명 있었을 것이다. 그러나 이는 일종의 대안이었다. 검증이 안 된 대안일 뿐이었다. 그래서 그 대안이 제대로 효과를 발휘해야 의미 있는 대안이 될 수 있다. 기존 교장들이 못하니 자격 없는 교장도 새로 임명해 활용해 보자는 것이었는데 이들이 교육적 성과는 내지 못하고 결국 그 임명권자의 편향된 인사로 전락한다면 이는 그저 또 다른 시행착오에 지나지 않는다.

후임의 교육감으로 당선되었다. 이 모든 것이 현직 공무원 신분에서 이루어졌다는 점에 주목할 필요가 있다. 29년 공직 경험을 한 필자에게는 더더욱 이해하기 힘든 대목이다.

교직에서 평교사가 갑자기 교장이 된다는 것은 정말 대단한 일이고 교사라면 모두 부러워할 만한 경사스러운 일이다. 교사에서 교육 전문직에 합격하는 것도 힘든 일이다. 수년 동안 시험 준비하고도 떨어지는 게 다반사다. 그런데 교육감 선거에서 당선된 민주·진보 교육감 체제에서는 흔한 일이 되어버렸다. 물론 전전임인 교육감은 인사를 하면서 뇌물까지 받아서 감옥에 갔다가 왔다. 부정과 불법은 진영과도 무관하다. 보수냐, 진보냐를 외치는 것 자체가 부끄러운 일이다. 선거 전과 후의 돌변한 교육감들의 모습이다.

필자는 선거관리위원회나 언론, 그리고 현 교육감을 지지했던 88개 시민단체[6]에게 이러한 보은 인사와 회전문 인사가 선거에 깊숙이 개입된 결과에 근거한 것은 아닌지 합리적 의심에 근거해서 조사해 봐야 하지 않겠는가 하고 묻고 싶다. 문제가 있다면 개

---

6 도성훈 후보를 지지했던 88개 시민단체가 무엇들이고 그 실체가 무엇인지 알고 싶다. 아무리 인터넷 조회를 해봐도 찾을 수가 없다. 인천 교육감 선거 기간 내내 이 시민단체들이 지지해 줘서 시민들 전체가 지지한 것과 같다는 분위기를 도성훈 후보는 계속 조장했었는데 언론사 기자들은 이 시민단체의 실체를 탐사 보도해 줬으면 좋겠다. 인구 300만 도시의 교육감이 되는 데 크게 이바지한 단체들인데 도대체 어떤 단체들인지, 진정 시민사회를 대표할 만한 단체들인지는 알아야 하지 않을까? 그리고 언론사도 88개 시민단체가 지지한 후보라는 것을 기사화하기 전에 그 지지하는 세력의 면면도 먼저 파악을 해야 하지 않았을까 싶다.

선을 해야 한다. 이청연, 도성훈 교육감들은 민주와 진보를 외치며 교육감이 되었다. 선거에 직접 참여해 본 필자의 경험과 판단을 종합하면 인천을 포함한 전국의 교육감들은 교육감 선거의 법적 정신인 "정당과 정치가 아닌 개인적 역량과 평판"에 근거한 판단과 선택에 의해 교육감이 된 게 아니다. 잘못된 직선제 체제와 정치 중립 선거임에도 불구하고 정치 공학적 접근에 의한 진영 대결과 숨은 조직의 조력으로 교육감이 된 것이다. 민주주의의 꽃이 아니라 쇠락하고 왜곡된 선거제도에 편승한 결과물에 지나지 않는다.

제도와 관행이 이러하니 교육감 본인의 양심과 교육적 가치 판단에 의존할 수밖에 없다. 즉, 교육감으로서 내가 했거나 하려 하는 행정적, 정무적 판단과 실천이 과연 민주적이고 진보적이냐를 자신에게 묻고 자기 진심이 함께 울리는 답을 찾기를 요청한다. 교육감으로 행하는 모든 것들이 우리 아이들의 미래를 위해 긍정적이고 자랑스러운 것인지를 스스로 냉정하게 묻고 답하는 자기 점검이 절실하다.

필자는 인천에서 소위 보수라는 이름을 달고 교육감 후보로 나왔거나 나오려 했던 사람들, 그리고 그들을 지지하거나 만들어 냈던 사람들 또한 법적, 도덕적으로 문제가 많다고 생각한다. 그래서 그들은 지난 지방선거에서도 선택받지 못했다. 이글에서 그들을 언급하지 않는 것은 그들은 이미 너무 망가져 최소한의 자격도 갖추지 못했고 이미 패배자들이기 때문에 언급할 가치조차 없기 때문이다. 그러나 현 교육감은 다르다. 현재 권한과 책임을 진 지역 교육의 수장이기에 현재를 이끌고 미래를 열어야 한다. 그러나 지금의 현실은 그러한 기대에 부응하지 못하고 있다. 선거 때 약속했던 비전과 공약과 달리 그들만의 리그로 시작된 일방통행식 독주가 이미 막바지에 이르렀다. 다시 선거가 다가온다. 다시 미사여구가 난무할 것이다. 그러나 선거가 끝나면 다시 도루묵이다. 그리고 우리의 교육은 부지불식 중에 저 두렵고 헤어 나올 수 없는 나락으로 떨어질 것이다. 그것을 피하고자 간곡히 경고하는 것이다.

교육감 선거에서 왜 지연, 학연이 필요한가?
유권자에게도 심각하게 묻는다

지연(地緣) : 출신 지역에 따라 연결된 인연.

학연(學緣) : 출신 학교에 따라 연결된 인연.

지연과 학연의 사전적 의미이다. 필자가 인천광역시 부교육감과 교육감권한대행으로 3년 3개월 동안 일했던 인천은 인구 300만 명이 넘는 거대 도시이고 인천국제공항이 있고 항만이 있으며, KTX를 포함한 철도와 고속도로까지 전국으로 연결된 그야말로 육·해·공이 모두 연결되는 전국 유일의 국제도시이다. '모든 길은 인천으로 통한다'는 인천을 상징하는 인천시청의 구호만 봐도 인천이란 도시의 개방성과 확장성이라는 특징과 지향 방향을 잘 알

---

7 시청 홈페이지에 있는 *All Ways Incheon* 홍보 동영상
http://tv.incheon.go.kr/home/video/?cate_id=50&videoIdx=19404 2018. 7. 15.
인출
http://tv.incheon.go.kr/home/video/?cate_id=50&videoIdx=19302 2018. 7. 15.
인출

수 있다. 그러나 불행히도 교육감 선거에 참여해 본 필자 경험의
결론은 그런 홍보와 달랐다. 지연과 학연에 근거하는 편 가르기와
폐쇄성이 확연한 것은 다른 지역과 다름이 없었다.

앞서도 언급했듯이 교육감 선거는 정치 선거가 아니고 실제도
아니어야 하는데 현실은 매우 정치적으로 변질한 선거다. 그래서
그런지 정치인과 정당이 참여하는 선거가 학연, 지연에 기초하여
치러지고, 그래서 출마하는 사람들은 해당 지역 출신이거나 해당
지역 학교를 졸업한 사람들인 경우가 대부분이듯이 교육감 후보자
도 그랬다. 인천교육감 후보자로 출마한 필자의 경우는 인천에의
연고가 2014년 말부터 2018년 3월 중순까지의 부교육감과 교육감
권한대행이 모두였다. 즉 지연, 학연, 혈연이 전혀 없었다.[8] 2018
년 4월 10일 아시아뉴스통신이 필자를 인터뷰한 기사를 보자.[9]

> 제가 출마회견 때도 말씀드렸듯이 저는 인천에서 학연, 혈연, 지연이
> 없는 사람입니다. 제가 인천에서 태어나거나 학교를 졸업하지 않았
> 습니다. 3년 3개월 동안 부교육감, 교육감권한대행을 한 것이 다입

---

8 필자는 "약속한 대로 후원 기부금, 선거 펀딩, 출판기념회가 없는 3무(無) 선거를
   하겠다"며 "세칭 진보와 보수의 진영 논리를 포괄할 수 있는 교육감으로서 제
   학연·지연·혈연과 관련 없는 인천에서 아이들을 위한 교육을 펼치겠다"고 했다.
   http://www.yonhapnews.co.kr/bulletin/2018/03/06/0200000000AKR20180306
   148300065.HTML?input=1195m 2018. 7. 15. 인출
9 http://www.anewsa.com/detail.php?number=1301643&thread=03r02 2018. 7.
   15. 인출

니다. 눈치를 볼 사람도 봐 줄 사람도 전혀 없습니다. 제가 3무 선거를 하는 것도 앞으로 신세 질 일이 없게끔 미리 사전에 방지하겠다는 취지에서 하는 것입니다. 제가 적은 돈이라도 합법적으로 정치자금을 받게 된다면 그분들이 준 자금을 저는 알 수 있지 않습니까? 그렇게 자금을 받게 된다면 인사를 할 때 그것으로부터 자유로울 수 없다고 생각합니다. 저는 여태까지 깨끗하고 아무런 연고도 없는 저의 장점을 선거 과정에서도 계속 지속하여 어느 누구도 봐 줄 사람이 없는 교육감이 되어 공정하고 깨끗한 인사를 할 것입니다.

지연과 학연이 없는 교육감은 해당 지역에서 공정하고 올바른 교육 행정을 펼치는 데 있어 강점이지 약점이 아니다. 이는 예나 지금이나 변함이 없는 사실이다. 교육에 있어서 특정 지역에서 태어나고 자라고 교육받았다는 것이 강점이 될 수는 없다. 이에 동의하지 않는다면, 선진 교육을 위해 유학 가는 경우나 훌륭한 선생님을 다른 지역에서 유치하고 초빙하는 것을 어찌 설명할 수 있을까? 하물며 광역자치단체에서 교육을 대표하고 총괄하는 교육감이 그 선거에서 지연과 학연을 지렛대로 삼아 당선되었다면, 지연과 학연은 화합과 협업보다는 차별과 유착, 혹은 편 가르기와 부패의 개연성이 훨씬 높다. 인천의 앞선 두 교육감의 연이은 수뢰 사건이 그 좋은 예이다[10]. 불행히도 현 교육감도 그 전철을 밟을 것을 예

---

10 인천의 교육수장이 뇌물수수로 연달아 구속되는 비극을 맞이했다. 나근형 전 교육감

고하고 있다.[11] 실제 3년 넘게 인천교육을 담당한 필자의 경험으로도 인천에서의 지연, 학연은 인천교육 발전에 도움보다는 해악이 더 큰 것이었다. 그 이유는 대략 세 가지 정도로 정리할 수 있다.

먼저, 지연, 학연이 정보나 인적 네트워크에 긍정적으로 기능하기보다는 특정 인사나 자원을 편파적으로 활용하게끔 한다.

둘째, 교육은 좀 더 개방적이고 진취적으로 접근해야 미래 세대에 대한 준비가 가능한데 지연과 학연은 폐쇄적이고 퇴행적인 행태를 보이는 족쇄와 같은 역할을 한다.

셋째, 지연과 학연은 그네들만의 리그와 제한된 인사들에 의한 비밀스러움을 더욱 강화해서 부패 가능성을 크게 한다.

인천 교육감들의 수뢰 사건과 그 전말은 구체적이고 실증적인 사례이다. 그러나 이러한 쓰라린 경험과 상처에도 불구하고 2018년 인천교육감 선거도 결국은 달라지지 않았다. 2018년 6월 3일에 있었던 교육감 후보자들의 첫 토론회의 내용을 보도한 경인일보의 기사[12]를 보자.

에 이어 이청연 인천시교육감도 뇌물수수와 불법정치자금 수수로 중형을 선고받고 법정 구속됐다. 일관되게 혐의를 부인하면서도 오락가락했던 진술이 결국 칼로 돌아왔다는 지적이 나온다.
http://www.incheonilbo.com/?mod=news&act=articleView&idxno=750185#08hF 2018. 7. 17. 인출
11 https://www.hani.co.kr/arti/area/capital/995738.html 2021. 6. 4. 인출
12 http://www.kyeongin.com/main/view.php?key=20180604010000948 2018. 7. 25. 인출

도성훈·고승의·최순자 후보 등 3명의 인천시교육감 후보를 초청해 지난 3일 열린 인천언론인클럽 주관 토론회에서 후보들은 상대 후보에 대한 네거티브 공세에 집중하는 모습을 보였다.

도성훈 후보는 과거 언론 기사를 인용하며 고승의 후보에게 "인사비리로 구속된 나근형 전 교육감과 관련, 검찰 조사를 받은 적이 있느냐"며 확인을 요구했다.

고 후보는 "한 차례도 검찰 조사를 받은 사실이 없다. 근무 평점을 조작해서 승진시키는 것은 상상하기도 어렵다"며 "나근형 교육감을 모신 것이 3년이 안 된다"고 반박했다.

도성훈 후보는 추가 질문을 통해 "고승의 후보가 인사 비리로 구속된 나근형 전 교육감의 측근 중 한 사람이기 때문에 책임에서 자유로울 수 없다. 직전 (이청연) 교육감만 비판하는 것은 옳지 않다"고 지적했다.

고승의 후보는 토론회 모두 발언부터 진보 성향의 도성훈 후보를 겨냥해 "인천 교육이 전교조 출신 전임 교육감의 뇌물 비리로 신뢰가 땅에 떨어진 상태. 인천시민의 자존심에 깊은 상처를 남겼다"고 공격했다. 고승의 후보와 최순자 후보는 비리로 수감 중인 이청연 전 교육감 체제에서 공모제 교장이 된 도성훈 후보의 경력을 문제 삼았다.

고 후보는 "내부형 공모제 교장 7명 가운데 6명이 전교조였고, 1명도 활동 경력이 있었다"고 공세를 폈다. 전교조 출신 교육감 아래 공모제 교장의 다수가 전교조 교사였던 점을 부각했다. 이에 도성훈 후보는 "전임 교육감과 교장공모는 관계가 없고, 공모 절차에도 문제가 없었다"고 반박했다.

교육감 선거 – 교육이 망가지는 이유

도성훈 후보는 최순자 후보에게 인하대 총장 재임 시절 대학발전기금 한진해운 회사채 투자 손실에 대한 책임을 따져 물었다. 최순자 후보는 "검찰에서도 혐의가 없다는 결론이 나온 일이고, 기금운용위원회와 재단 이사회에서 모두 승인한 내용"이라고 답했다. 상대 후보의 자격을 두고 벌어진 치열한 공방과는 달리 교육정책 토론은 밋밋했다.

특별시, 광역시 중에서 가장 넓은 면적을 보유하고, 인구 증가율 최고, 그리고 세계국제도시를 지향하고 강조하고 있는 인천의 면모와 위세와는 어울리지 않는 매우 지역적이고 폐쇄적인 모습이다. 그 상당한 원인이 지역과 학연에 연연하는 선거 풍토이다. 서로서로 너무나 잘 알고, 그래서 그런 지엽적인 관계에만 천착하여 정작 교육정책에는 관심이 없고 미래 비전도 필요 없는 상황을 연출하는 것이다.

이제 필자가 후보자로서 직접 경험한 일화를 소개하고자 한다. 필자가 2018년 5월 14일 교육감 후보를 사퇴 선언할 때까지 인천의 교육감 후보자는 총 4명이었다. 필자를 제외한 3명 모두는 인천 연고를 강점으로 주장하고 선전했다. 그들은 모두 인천에서 출생했거나 인천에서 학교에 다녔으며 그리고 졸업 후에도 인천에서 생활했다. 그런 연고성이 그들에게는 엄청난 자산이요 자랑거리였으며 매우 전략적인 선거 전략이었다. 그래서 그들만이 가지고 있는 지연과 학연을 강조하고 뽐내며 연고를 주장할 때는 진영 대결도 없이 그들은 같은 편이었다. 같은 편이 된 그들은 지연과 학연이 없는 필자를 비하하고 비난하며 공격했다.

약속이라도 한 듯이 세 후보 모두가 필자의 인천 연고 없음을 직·간접적으로 강조하고 비난했다. 인천을 전혀 모르는 사람에게 맡길 수는 없다는 식이었다. 또한, 선거운동을 할 때 선거 캠프 직원들이나 지지자에게 필자의 인천에 학연, 지연 없음을 따져 묻거나 출마를 항의하게 하는 경우도 종종 있었다. 한번은 ○○고등학교 동문 체육대회를 갔는데 유독 인천 출신이 아닌 이유로 '인천 출신도 아니고 ○○고 졸업생도 아닌 후보자가 여길 왜 왔냐'며 항의하는 타 후보 지지자들이 있었는데 '여기는 졸업생인 후보자만 와야 한다'며 툴툴거렸다. 그것도 비겁하게 필자에게는 얘기하지 않고 아버지의 선거운동을 도와주고 있는 아들과 딸에게 혼내듯이 소리를 지르는 식이었다. 도대체 저 아저씨들이 우리에게 왜 이러는지 모르겠다며 말을 전해 주는 아이들에게 필자도 마땅히 설명할 방법이 없었다.

지연, 학연에 왜 후보자들이 연연해 하고 실제 선거 전략으로 애용되고 있는지를 교육감 투표 결과를 보면 쉽게 알 수 있다. 고승의 후보는 강화도에서 출생하고 거기에서의 인지도나 영향력이 매우 크다고 본인도 자랑을 많이 했었는데 선거 투표의 결과도 그의 호언장담을 증명했다. 표를 보면 인천 전체로는 1위와는 많은 표 차이로 2위를 했던 고 후보가 유독 강화군에서만은 더 큰 표 차이로 1위를 했다. 이런 결과를 보면서 필자가 지연, 학연도 전혀 없는 상태에서 인천에 출마한 것 자체가 인천에 대한 모독이었을

교육감 선거 – 교육이 망가지는 이유

수도 있겠다 싶다.

[2018년 인천교육감 후보자 군·구별 득표 현황]

군구	선거인수	투표수	후보자별 득표수 및 득표율(%)						
			도성훈	%	고승의	%	최순자	%	계
중구	98,608	53,657	20,036	39	17,409	34	14,274	28	51,719
동구	57,559	34,755	13,331	40	9,510	29	10,467	31	33,308
남구	356,507	183,853	78,434	44	51,601	29	47,615	27	177,650
연수구	269,624	160,522	63,732	41	52,431	34	39,836	26	155,999
남동구	441,131	246,542	106,738	45	70,419	30	61,387	26	238,544
부평구	448,618	241,852	104,975	45	67,148	29	62,025	26	234,148
계양구	266,216	143,876	67,022	48	34,319	25	37,982	27	139,323
서구	422,819	230,138	103,339	46	64,425	29	55,109	25	222,873
강화군	60,755	39,938	9,248	25	17,148	46	11,139	30	37,535
옹진군	18,938	13,905	3,934	30	4,101	32	4,883	38	12,918
합계	2,440,775	1,349,038	570,789	44	388,511	30	344,717	26	1,304,017

출처 : 중앙선거관리위원회 홈페이지

교육감 선거가 민주주의의 꽃이 아니듯
시민을 대표하는 시의회도 마찬가지

교육감 선거가 민주주의의 꽃이 못 되고 있다는 주장을 앞서 여러 곳에서 반복적으로 이야기했다. 민주주의 체제에서 국민이 주인인 모습이 제대로 구현이 되려면 개별 국민 각자가 맡은 직무에서 민주시민으로서 역할을 제대로 하는 것이다. 특히나 선거에서 시민이 뽑은 공직자는 더 말할 나위가 없다. 교육감, 시장, 의회 의원들은 지방선거에서 선출된 대표적인 공직자들이다.

필자가 여기서 소개하고자 하는 것은 인천광역시 부교육감으로 재직 시절인 2015년 11월 25일 제228회 인천광역시의회 제2차 정례회에서 벌어진 일과 그 이후 시의회의 대응 내용이다. 이미 언급했듯이 시교육감과 시의회, 그리고 시장 모두는 시민에 의해 선출된 인천광역시라는 광역자치단체의 대표·대의 기관이다. 즉 민주주의의 꽃이라고 비유되는 지방선거에 의해 선출된 자들이고, 따라서 이들은 민주주의 선봉자 내지는 집행자가 되어야 할 공인(公人)들이다.

교육감 선거 – 교육이 망가지는 이유

2015년 11월 25일 수요일 10시부터 벌어진 일들을 앞으로 독자들은 한번 읽어 보시고 우리의 선량(選良)들이 민주주의를 어떻게 이해하고 있는지 그리고 어떻게 실천하고 실현하고 있는지 한번 점검해 보는 계기가 되었으면 싶다.[13] 이날은 교육청과 시청이 각각 추가경정예산안을 시의회에 보고하는 날이었다. 교육청의 차례가 되자 필자인 부교육감이 그 예산안을 보고했다. 그러나 지난 십여 년 동안 그랬듯이 시청은 법적으로 교육청에 전출할 예산을 편성하지 않아서 인천교육청의 부교육감은 그 내용을 시의회에 보고하고 협조를 구하려는 것뿐이었다. 실무적으로 시청과 무수히 협조를 구하고 예산을 세운다는 약속을 받아냈지만, 결국은 편성하지 않기를 다시금 반복하는 상황이었다. 예산을 실질적으로 책임지고 있는 부교육감으로서는 그 의무를 다해야 하는 상황이기도 했다. 그래서 제안 설명하면서 그간의 어려움에 더해 시장과 교육감 그리고 시의원들의 직무 유기 혹은 위법 사항을 민주주의와 자본주의 정신과 함께 설명하여 시의회의 도움을 청하고자 했다.

법을 가장 잘 지켜야 할 사람들이 법을 위반하고 있는 참담한 상황, 그러한 상황을 십여 년 넘게 방치하고 복지부동해 왔던 교육청과 시청 공무원, 그리고 시의원을 포함한 모두에게 우회적으로 경고를 함의하는 연설을 하며 제안 설명을 조금 길게 하려던 것뿐

---

13 아래에서 회의록을 다운받아 볼 수 있다.
http://www.icouncil.go.kr/open_content/council.do?act=searchsimple02&th
=228&daesu=7 2018. 7. 29. 인출

이었다. 아래는 회의록에서 발췌한 해당 부분이다.

3. 2015년도 인천광역시교육비특별회계 세입·세출 제2회 추가경정예산안 제안 설명 (10시 34분)

○ 의장 노경수 : 다음은 의사 일정 제3항 2015년도 인천광역시교육비특별회계 세입·세출 제2회 추가경정예산안 제안 설명의 건을 상정합니다. 박용수 부교육감님 나오셔서 제안 설명해 주시기 바랍니다.

○ 부교육감 박용수 : 안녕하십니까? 인천광역시 부교육감 박용수입니다. 항상 어머니의 따뜻한 마음과 손길로 인천교육 발전을 위하여 관심과 성원을 아끼지 않으시는 노경수 의장님을 비롯한 서른다섯 분의 의원님께 깊은 감사의 말씀을 올립니다. 우리 교육청의 2015년 인천광역시교육비 특별회계 세입·세출 제2회 추가경정예산안 제안 설명을 올리겠습니다.

이번 추가경정예산안 규모는 기정예산 3조 163억 원보다 629억 원이 증가한 3조 792억 원입니다. 세입과 세출을 구분하여 설명 드리겠습니다.

먼저 세입예산 편성 내역입니다. 중앙정부 이전수입은 특별교부금 164억 원 및 국고보조금 63억 원 증액으로 총 227억 원을 증액한 1조 9,941억 원을 편성하였습니다.

지방자치단체 이전수입은 법정 전입금 29억 원을 감액하고 비법정 전입금 49억 원을 증액하여 총 20억 원을 증액한 6,902억 원을 편성하였습니다.

교육감 선거 – 교육이 망가지는 이유

이 대목에서 의원님 여러분께 추가적인 설명이 필요할 것 같습니다. 인천시청은 교육청 올해 본예산에 편성되었던 과년도분 법정 전입금과 기약속한 학교용지 부담금 일부를 결국 이번 추경에도 편성하지 않았습니다. 따라서 우리 교육청은 이번 추경에서 267억 원을 감액 편성할 수밖에 없었습니다. 결국 시청의 교육청에 대한 과거 빚은 줄지 않게 되었습니다. 이것에 대해서는 더 이상 언급하지 않고 올해분 법정 전입금 부분에 대해서만 말씀드리고자 합니다.

인천시청은 지방교육재정교부금법 제11조에 따라 매년 시가 징수한 세금 중 지방교육세의 100%, 담배소비세의 45%, 시세의 5%를 인천 교육청에 전출하여야 합니다. 지방세 징수는 광역자치단체의 일반 행정기관인 시청의 업무로 지방 교육을 위한 재원의 징수도 법에 따라 시청이 대행해 주는 것일 뿐입니다. 따라서 교육청에 전출하여야 할 돈은 시청의 것을 주는 것이 아니라 교육청의 것을 그 주인에게 주는 것뿐입니다. 따라서 시청은 징수예정금액을 정확하게 계산하여 해당 비율에 해당하는 금액을 교육청 전출예산으로 편성하여야 합니다. 그러나 불행히도 올해 시청은 본예산에서 교육청에 줘야 할 돈을 법정금액보다 적게 편성했었습니다. 본예산에 451억 원을 편성하지 않더니 이번 정리 추경에서는 185억 원을 편성하지 않았습니다. 매우 안타까운 일입니다. 이는 법정시한을 공식적으로 어겨가며 올해의 교육청 돈 185억 원을 주지 않겠다는 공공연한 의사표시입니다.

부교육감으로서는 먹먹한 심정입니다.

우리 대한민국은 민주주의라는 정치체제와 자본주의라는 경제체제를 표방하고 있는 국가입니다. 저는 이를 이렇게 쉽게 이해하고 있습니다. 사람이 주인이 되어 각인이 존중되고 서로 인격적으로 인정하는 것, 내가 소중하듯 남도 소중하다. 나를 다루듯이 남도 그렇게 다뤄라. 그래서 모두가 법 앞에 평등하고 각인이 1인 1표를 행사합니다. 저는 이렇게 민주주의를 소박하게 이해하고 있습니다.

(보고 중지)

(○ XXX 의원 의석에서 – 의장님! 추경 예산안 제안 설명이잖아요. 지금 의원들 교육시키러 왔냐고요.)

(○ XXX 의원 의석에서 – 맞습니다.)

(○ XXX 의원 의석에서 – 들어봐요, 끝까지.)

(○ XXX 의원 의석에서 – 이거 말이 안 되는 얘기지, 지금.)

(○ XXX 의원 의석에서 – 계속하시죠.)

(○ XXX 의원 의석에서 – 본회의장에서 이게 뭐하는 거야, 지금.)

○ 의장 노경수 : 부교육감님, 빨리 정리하시죠.

○ 부교육감 박융수 : 네, 알겠습니다.

(○ XXX 의원 의석에서 – 들어볼 걸 들어봐.)

(○ XXX 의원 의석에서 – 들어봐야지, 들어볼 것은. 왜 안 들어봐.)

(보고 계속)

○ 부교육감 박융수 : 네, 알겠습니다. 의원님들 의견을 존중하여 그런 부분은 생략하도록 하겠습니다.

······중략······

이상으로 2015년도 인천광역시교육비특별회계 세입 · 세출 제2회 추가경정예산안에 대한 제안 설명을 마치겠습니다. 경청해 주셔서 감사합니다.

○ 의장 노경수 : 박용수 부교육감님 수고하셨습니다. 부교육감님께 당부말씀 좀 드리겠습니다. 지금은 추가경정예산안에 대한 제안 설명입니다. 적절치 못한 발언에 유감스럽다는 말씀을 드립니다.

결국, 필자 부교육감은 준비한 원고를 다 읽지 못했다. 그러나 이후 인쇄를 해서 의장을 비롯한 의원들에게 배부하여 그 뜻을 전달하는 노력을 다했다. 그 못 읽은 부분을 여기서 다시금 인용한다.

우리 대한민국은 민주주의라는 정치체제와 자본주의라는 경제체제를 표방하고 있는 국가입니다. 저는 이를 이렇게 쉽게 이해하고 있습니다.

사람이 주인이 되어 각인이 존중되고 서로 인격적으로 인정하는 것. 내가 소중하듯 남도 소중하다. 나를 다루듯이 남도 그렇게 다뤄라. 그래서 모두가 법 앞에 평등하고 각인이 1인 1표를 행사합니다. 저는 이렇게 민주주의를 소박하게 이해하고 있습니다.

자본주의 또한 자본, 즉 돈이 근본이 되는, 좀 더 엄격하게는 돈의 속성과 돈이라는 매개체가 존중되고 잘 활용되는 체제라 생각합니다. 돈같이 냉정한 것은 없다고 합니다. 사람이 하지, 돈은 거짓말을 안 한다고도 합니다. 엄격하다는 것의 우회적 표현일 수도 있을 것입니다. 그래서 공정한 원리의 도구라고도 합니다. 따라서 현실의 관계에서 돈은 정확히 계산되어야 한다고 배웁니다. 내 돈이 소중하듯 남의 돈도 소중하게 다루는 것. 이것이 자본주의의 한 가지 중요한 외연입니다. 남의 돈을 내 돈처럼 쓰는 것은 적절치 못합니다. 더군다나 양해나 협조도 구하지 않고 그리하는 것은 더 말할 나위가 없겠지요. "남의 돈을 내 돈보다 더 소중히, 그리고 엄격히 다뤄라." 하는 선현의 말씀이 문득 떠오릅니다.

2015년도 당해 연도분 법정 전입금이 늘어나면 그 늘어난 세수만큼 시청은 100%, 45%, 그리고 5%에 해당하는 금액을 정확히 계산하여 예산에 반영하고 연말까지 교육청에 전출해야 합니다. 법정 의무사항임에도 이를 반영하지 않은 것은 법을 위반하는 행정입니다. 공무원은 법을 준수하고 그에 따라 행정을 해야 합니다. 우리 공무원은 임용될 때 공무원으로서 헌법과 법령을 준수하고 국민에 대한 봉사자로서의 임무를 성실히 수행할 것을 선서하기도 합니다.

존경하는 의원님 여러분!

우리 인천광역시 내에서는 법정 전입금 편성과 관련하여 법이 정한 의무사항을 준수하도록 도와주시기 바랍니다. 인천시청과 인천시교육청이 민주주의와 자본주의의 기본 원칙을 성실히 이행하여 서로가 신뢰하고 상생해 나갈 수 있도록 저희들에게 귀한 가르침을 주시기 바랍니다.

이러한 사즉생(死卽生)의 노력은 시의회 의장으로부터 경고장을 받고, 부교육감 스스로는 상식적 조정자의 역할을 민주적으로 하여야 할 시의회의 예상치 못한 비상식적이고 비민주적 행태에 화병과 스트레스로 뒤통수에 큼지막한 원형탈모 두 개를 선물(?)로 받게 되었다.

報 道 資 料	제공일자	2015.11.26
인천광역시의회 2015.11.26.(목)부터 보도하여 주시기 바랍니다.	소관부서	총무담당관실
	담 당	김진달
	연 락 처	440 - 6112

시의회, 교육청 간부들의 부적절한 발언 등에 대한 조치 요구
교육청 간부들의 부적절한 발언과 처신 등에 대한 조치 요구

1. 본회의에서의 부교육감의 부적절한 발언

○ 2015.11.25. 제2차 본회의에서 2015년도 인천광역시교육비특별회계 세입·세출 제2회 추가경정예산안 제안설명 과정에서 교육청 박융수 부교육감은 인천시 법정전입금에 대해 추가설명이 필요할 것 같다 면서 추경예산안 설명과 벗어난 불필요한 내용과 함께 개인의 주 관적인 발언을 서슴지 않았음.

[부적절한 발언내용]

 - 지방세 징수는 시청의 업무로 지방교육을 위한 재원의 징수도 법에 따라 시청이 대행해 주는 것일 뿐입니다. 따라서 교육청에 전출해야할 돈은 시청의 것을 주는 것이 아니라 그 주인에게 주는 것뿐입니다.

 - 올해 시청은 본예산에서 교육청에 줘야할 돈을 법정금액보다 적게 편성했었습니다. 본예산에 451억원을 편성하지 않더니 이번 정리 추경에서는 185억원을 편성하지 않았습니다. 매우 안타까운 일입니다.

 - 이는 법정시한을 공식적으로 어겨가며 올해 교육청 돈 185억원을 주지 않겠다는 공공연한 의사표시입니다. 부교육감으로서는 먹먹한 심정입니다.

 - 대한민국은 민주주의라는 정치체제와 자본주의 경제체제를 표방하고 있는 국가입니다. 사람이 주인이 되어 각 인이 존중되어 서로 인 격적으로 인정하는 것, 내가 소중하듯 남도 소중하다. 나를 다루듯이 남도 그렇게 다루라. 그래서 모두가 법앞에 평등하고 각인이 1표를 행 사합니다. 저는 이렇게 민주주의를 소박하게 이해하고 있습니다.

○ 2015년도 추경예산안 제안설명은 지방자치법 제71조 및 인천광역시 회의규칙 제68조에 의거하여 시장·교육감으로부터 예산안 제안설명을 들은 후 이를 소관 상임위원회에 회부하여 법령에서 정한 사안만을 설명하여야 하는 매우 엄중한 자리임에도

○ 300만 인천시민의 민의의 전당인 본회의장에서 교육청 부교육감은 예산안 제안설명과 전혀 무관한 개인적 주관이 내포된 돌출발언을 함으로써 인천시의회와 인천시의원 35명 전체를 기만하고 우롱한 행위로 매우 심히 유감스럽고 안타까운 일이 아니라고 할 수 없음.

○ **이에 대하여 교육감은 사태의 심각성을 깨닫고 다시는 시민의 대표 기관인 민의의 전당 의회에서 불미스런 일이 발생되지 않도록 부 교육감에 대한 강력한 조치를 강구하여 그 결과를 의회에 보고할 것 을 엄중히 요구함.**

시의회가 부교육감을 규탄하고 경고하는 보도 자료 캡처 사진

그러나 시청이 전출하지 않는 자금을 받아내기 위한 필자의 작전과 공격은 쉼 없이 계속됐다. 엄청난 수치심과 좌절을 감수하며 투쟁하고 설득하고 협박하는 과정을 통해 결국 2017년까지 2,600억 원 이상의 밀린 자금을 다 받아 냈다. 이 자금에 대한 1년 이자만 해도 80억 원에 가깝다. 필자가 3년을 넘게 인천시교육청에 있으며 이런 밀린 돈을 다 받아 내서 기쁜 마음이 크긴 하지만, 왜 아직도 대한민국의 현실이 이런가 하는 마음 또한 무거웠다.

시교육청도 그 많은 자기 돈을 못 받는 상태가 십 년 넘게 지속하여도 큰 문제의식 없이 살아왔다는 사실도 충격적이다. 2015년 월급 줄 돈이 없으니 교육금고인 농협에서 빚을 내려고 했고, 앞선 2013년에는 339억 원이나 농협에서 빚을 내서 건물을 짓는 데 사용했다. 정작 못 받은 돈이 있음에도 쉽게 이자를 물면서 은행에 빚을 냈던 것이다. 교육청 예산이 자기 개인 돈이었어도 그랬을까 싶다.

시청을 보자. 그간 교육청에 전출하지 않고 밀린 자금은 시청 것이 아니었다. 남의 돈인 교육청 돈이다. 그런데도 몇 년에서 10년 넘게 악덕 채무자처럼 마냥 갚질(전출하질) 않았다. 이 악덕 채무자는 수치심도 없었고 너무나 뻔뻔하기까지 했다. 그 우월적 지위를 이용해 교육청이 찍소리도 못 내게 하고 남의 돈을 내 돈 마냥 쓰고 갑질을 했다. 그리고 그게 일상이 되었다.[14]

---

14 아래는 필자가 적반하장의 152억 원이란 제목으로 2015년에 인천일보에 기고한
   글이다. 시의회에 이어 언론에도 이러한 사실을 알려서 민주 시민들의 공감대를

시의회도 예외는 아니었다. 시의원들은 발언할 때마다 다음 미사여구를 의도적으로 그리고 반복적으로 사용했다. "오로지 300만 시민의 민의를 대변하는 시의원 아무개입니다."라고……. 필자의 눈과 귀에는 "300만 시민들은 안중에 없고 오로지 선거구인 지역 주민의 일부와 그네들이 속한 당과 같은 편인 시장만 위하고 대변하는 의원들이었다. 말로만 300만 시민을 이야기하지 그저 그들에게는 선거 때 그들의 득표와 관련한 셈법과 이해관계의 득실만 있었다. 따라서 민주주의나 자본주의의 기본 원리가 시의회를 운영하게끔 하지 않았고, 따라서 그들에 의해 지켜지지도 실천되지도 못했다. 이러고도 선거가 민주주의 꽃인가? 선거가 진정 시민 전체의 민의를 대변하고 있는가?

형성하고자 했다. 나중에 이 돈도 다 받아 냈다.
http://www.incheonilbo.com/news/articleView.html?idxno=670666#08hF
2018. 7. 30. 인출

정치인도 기부금이 부족하다고 난리인데
하물며 교육감 후보자는?

    노회찬 대표의 사망으로 현행 정치자금법의 개정에 대해 국민의 상당수가 원외 정치인과 정치 신인에게 불리한 정치자금법을 개정해야 한다는 의견에 동조하는 것으로 나타났다. 여론조사 전문기관 리얼미터가 CBS 의뢰로 정치자금법 개정에 대한 여론조사를 한 결과, 현행법 개정에 '동의한다'는 응답이 63.6%로 나타났다. '잘 모르겠다'는 응답은 21.9%, '동의하지 않는다'는 반대 응답은 14.5%로 그 뒤를 이었다. 모든 지역·연령·이념 성향·정당 지지층에서 법 개정에 동의하는 여론이 압도적인 것으로 집계됐다.[15] 정치자금법의 원래 취지가 정치권과 이권의 결탁을 차단하는 것이었지만, 현실은 원외 인사, 소수 정당인, 혹은 정치 신인에겐 불리하고 기성 정치인의 기득권에는 유리했다. 오히려

---

15 http://www.realmeter.net/wp-content/uploads/2018/07/CBS현안통계표18년 7월4주_정치자금법개정최종.pdf 2018. 7. 30. 인출

교육감 선거 - 교육이 망가지는 이유

불법 정치자금을 수수토록 방치하는 부작용이 크다는 지적들이 노회찬 의원의 불법적인 정치자금 수수와 그의 죽음과 관련하여 새로운 대안 마련의 논의를 가능하게 했다.

시사저널은 정치인과 돈이라는 제목으로 4편의 시리즈 기사를 냈다.[16] 시사저널을 비롯한 대부분의 언론사 기사의 논지는 대략 다음과 같은 것이었다. 먼저, 후원회기부금과 법정 지원금으로 정치를 할 수 있는 법과 제도 그리고 풍토를 만들 것을 주문한다. 둘째, 현행법이 유독 거대 정당, 기존 정치인, 원내 정당에만 유리하니 그런 차별이 없도록 개정을 해야 한다는 것이다. 그래서 소수정당, 정치 신인, 원외 정당에도 불리함이 없도록, 오히려 그들이 약자이니까 적극적인 지원이 가능하도록, 소위 배려의 정치자금법이 되어야 한다는 것이었다. 마지막으로 시민들이 십시일반 금전적 지원을 정치인들에게 항시 할 수 있도록 제도와 시민 의식을 개선해야 한다는 것이었다. 종합하면, 투명한 정치자금만으로 정치를 할 수 있게 하고, 정당의 크기나 실제 의원 신분 여부에 따라 정치자금 지원의 차별이 없어서, 자기 돈이나 불법 정치자금이 필요

---

16 〔정치인과 돈①〕 돈과 정치 그리고 '바보 노회찬'
　 http://www.sisapress.com/journal/article/176664　2018. 7. 30. 인출
　 〔정치인과 돈②〕 노회찬·정치 집어삼킨 괴물 '정치자금법'
　 http://www.sisapress.com/journal/article/176665　2018. 7. 30. 인출
　 〔정치인과 돈③〕 '제2, 제3의 노회찬' 신화 계속된다
　 http://www.sisapress.com/journal/article/176666　2018. 7. 30. 인출
　 〔정치인과 돈④〕 "정치, 富者들 전유물 아니다"
　 http://www.sisapress.com/journal/article/176667　2018. 7. 30. 인출

없는 깨끗하고 공정한 정치자금 환경이 만들어져야 한다는 것이다.

이 논의를 바탕으로 교육감 선거를 보자. 이미 앞선 글에서 여러 번 언급했듯이 교육감 선거는 시·도지사 선거와 똑같다. 따라서 정치자금법의 적용도 거의 같다. 정치인들은 정당이 있고 후원회 기부금과 정당 지원금으로 정치와 선거를 할 수 있는 것으로 상정하고 있다. 그러나 교육감 선거에 나오는 개인인 교육감 후보자는 어떠한가?

교육감 후보자는 정당이 없다. 따라서 정당 지원금도 없고 조직도 없다. 오로지 개인이 모든 것을 감당해야 한다. 정당이 없기에 정당 지원금도 없고 오로지 후원회 기부금만 가능한데 그것을 받을 수 있는 교육감 후보자 경우는 전교조를 비롯한 특정 조직이나 단체가 지지하는 경우에만 가능할 것이다. 물론, 그런 경우에도 지원 금액은 많지 않다. 2018년 인천교육감 선거를 보면 3명의 교육감 후보자가 최종 출마를 했는데 오로지 전교조 인천지부장 출신이고 그 전교조가 공식적으로 지지했던 도성훈 후보만이 후원회 기부금을 받았다. 기부금 총액은 84,914,392원이었으며 전액 선거비용으로 지출한 것으로 선거관리위원회에 신고했다. 이 후원회 기부금 덕에 다른 후보자에 비해서 도 후보자는 8,500만 원에 가까운 금액을 개인 돈에서 안 쓸 수 있었다. 반면 나머지 두 후보자는 전적으로 개인 자금으로 선거비용을 충당한 것으로 선관위에 신고했다.[17]

---

17 http://info.nec.go.kr/electioninfo/electionInfo_report.xhtml 2018. 7. 10. 인출

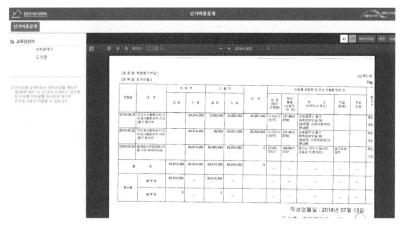

도성훈 후보의 후원회 기부금 수입·지출액 선관위 신고 내역서

　　노회찬 의원의 사망으로 인한 정치자금법의 개정 논의는 한동안 진행될 것으로 보인다. 그러나 교육감 선거의 문제에 대해서는 누구도 언급이 없다. 사실 금액이나 개인 부담 정도로 친다면 정치 선거보다 훨씬 부담이 큰 것이 교육감 선거다. 교육감 후보자로 출마하는 사람들은 비용을 전적으로 그 개인이 부담해야 한다. 풀뿌리 민주주의와 교육 자치를 위해 우여곡절 끝에 도입된 교육감 주민직선제가 내년이면 15년이 되지만, 선거제도의 문제가 해가 갈수록 심각하다. 교육감 선거제도의 존재 의미는 온데간데없는데 시민을 포함한 모든 이의 무관심은 이제 놀랄 일도 아니고 그저 일상이 되어버렸다. 현재의 교육감 선거제도와 관행 하에서 조직과 배경 그리고 음성적 자금도 없이 법과 제도의 취지대로 뒷배경이나 조직 없이 후보자 개인 돈으로 교육감 나오겠다는 사람

은 제정신이 아닌 자라고 봐야 할 것이다.[18]

정치인보다 오히려 돈을 더 쓰는 교육감 선거. 후원회 기부금도 안 들어오는 교육감 후보자. 고작 시민들에게 손을 벌릴 수 있는 게 출판기념회인데 이는 시민이 아닌 이해관계인인 교육 가족들에게 손을 벌리는 일종의 가렴주구(苛斂誅求) 식의 납부금 청구라고 보는 게 오히려 현실적인 해석이다. 결국은 후보자 개인 돈이나 대출금 혹은 선거 펀딩 자금으로 선거를 치르고 나중에 보전받는 식으로 할 수밖에 없는데 일정한 득표율이 안 나오면 가산을 다 탕진하고 빚더미에 올라앉아야 한다. 역시 정상적이지 않고 상식적이지 않다. 그러니 뒤를 봐줄 수 있는 편이 있는 후보자나 선거 정치꾼이 포진한 후보자가 오히려 출마할 만하다 하겠다. 정치인보다 더 돈이 필요하고 그래서 돈도 많아야 하고, 고위험의 낙선 확률에도 강심장을 가져야 하며, 전후 사정 안 가리고 못 가리는 바보이거나 교육감이라는 자리에 미친 사람이어야 한다.

2018년 7월 27일 방송된 CBS 라디오 '김현정의 뉴스쇼(98.1MHZ)'에서 김 앵커는 정의당 고(故) 노회찬 의원을 떠나보내는 시점에서 그의 스승이며 오랜 동지인 통일문제연구소 백기완 소장을 인터뷰했다. 그 인터뷰 마지막 내용을 인용하고자 한다.[19]

---

18 전혀 다른 명분과 교육적 목적, 그리고 그에 상응하는 개인적인 희생을 감수하고 인천교육감 선거에 출마했건만, 필자는 이런 잣대로는 정신 나간 사람이 돼버렸다.

19 http://www.cbs.co.kr/radio/pgm/board.asp?pn=read&skey=&sval=&anum=163035&vnum=8627&bgrp=6&page=&bcd=007C059C&mcd=BOARD2&pgm=1378 2018. 7. 28. 인출

◇ 김현정 : 진보 정치의 큰 자산을 잃었습니다. 큰 별이 이제 졌습니다. 잠시 후면 먼 길로 떠나보내야 합니다. 발인식이 진행이 될 텐데요. 백기완 선생님. 아까 동지라고 표현하셨죠. 노회찬 동지에게 마지막으로 '이 말은 내가 좀 꼭 하고 보내야겠다'하는 말씀 있으세요?

◆ 백기완 : 노회찬 동지를 지금 땅에 묻는다 그러는데요. 사람의 목숨이 끝났으니까 묻기는 묻어야겠죠. 그런데 진짜 묻어야 할 건 노회찬 동지의 시체가 아닙니다. 그건 무슨 얘기냐. 정치하는 사람들 정신 차려야 돼요. 사기만 치지 말라고. 여기가 민주주의요. 정치한다는 사람은 자기 세력을 정치적으로 구현하겠다고 하는 사람들은 정치하는 게 아니야. 그건 탐욕을 찾는 사람들이 자기 욕심만 부리자는 거지. 진짜 정치라는 건 뭐요? 이 땅에서 진짜 평화를 돼가느냐. 뭐가 평화냐. 이걸 딱 민중의 뜻을 수용을 하고 그걸 관철을 하고 그런 것이 진짜 정치요. 정신 차려야 돼요. 사기들 치지 말라고 그러쇼.

◇ 김현정 : '사기들 치지 마라. 정신 차려라' 이게 마지막 한 말씀. 고맙습니다. 고맙습니다. 건강하십시오.

◆ 백기완 : 네.

◇ 김현정 : 노회찬 의원의 정치적인 스승입니다, 백기완 선생. 오늘 노회찬 의원의 발인식을 얼마 앞두고 만나봤습니다.

일반 시민들로부터 합법적 금전적 도움도 받고 현실적 기준으로도 큰 문제가 없는 것으로 여겨지는 정치인들을 두고도 노회찬 의원의 죽음 앞에서 백기완 소장은 자기네끼리의 패거리 정치를 하는 정치인들로 규정하며 원색적으로 비난하고 있다. 이런 시각의 연장선상에서 백 소장에게 교육감 선거에 관해 물으면 뭐라고 평가할까? 많은 교육 예산이 선거비용으로 사용됨에도 불구하고 교육감 선거의 전 과정에 시민은 무관심하고, 결과적으로 자기네들만의 리그로 전락한 교육감 선거. 정치 영역에서도 실패한 깨끗하고 아름다운 선거가 교육감 선거에서 실현될 수 있다는 희망은 언감생심이다. 정치 선거보다 더 불합리하고 편향된 정치판보다 더 편 가르기가 심한 교육감 선거판이다. 그러다 보니 교육감 선거에서는 돈 문제도 더욱 왜곡되고 비밀스럽다. 개인이 감당할 수 없을 정도로 선거비용이 많이 드는데도 공식적으로 마련하기도 힘들고, 결국은 그 자금을 개인적으로 마련해야 하므로 음성적으로 진행될 수밖에 없다. 그러다 보니 4년마다 교육감 선거나 당선된 교육감과 관련해서 비리가 계속 이어진다. 이런 위기와 추락에도 국민도, 언론도, 그리고 국회와 정부도 큰 관심 없다. 관심도 없고 알지도 못하니 위기의식이나 죄책감 또한 있을 수 없다. 상황이 이러한데, 교육이 잘 될 거라 기대하면 이거야말로 후안무치의 도둑 심보다.

정치 중립 교육감 선거에서 어찌하여
지독한 정치 성향 수식어는 가능한가?

"민주진보 단일후보 촛불 교육감"

"보수추대 후보 인천 보수 교육감 단일화 두 개 단체에서 추대"

"서울시교육감 민주진보 단일후보"

"서울특별시교육감 선거 중도보수 교육감 후보"

인천광역시와 서울특별시에서 2018년 6·13 교육감 선거에 나온 교육감 후보자 4인의 선거공보 첫 장을 장식하고 있는, 그들을 설명하는 수식어들이다. 이 4인들은 각 지역에서 1, 2위를 하였고, 그래서 1위를 한 2인은 해당 지역에서 현재 교육감이다.

선거관리위원회가 이런 수식어를 허용하는 근거를 필자는 알고 싶다. 오히려 정치인들보다 더 질 나쁘게 정치 편향적인데 말이다. 민주진보 단일후보라는 명칭은 다분히 법률적 혹은 공식 기관의 대표성을 함의하는 강한 인상과 영향력을 일반 시민에게 준다. 단정적이고 규정적이라고 해도 무방할 듯싶다. 시민 유권자에게는 어느 공신력 있는 기관이 해당 후보자를 공신력 있게 평가하여 공표해서 민주와 진보를 대표하는 혹은 대변하는 교육감 후보자인 것으로 오해할 여지가 매우 농후하다.

공신력 있는 평가에 근거한 수식어일 거라는 이런 인상이나 해석과 달리, 현실은 전혀 그렇지 않다. 후보자가 매우 자의적으로 자신을 수식하는 용도로 붙인 것뿐이다. 과장과 사기성이 농후한 셀프 광고 수준이다. 후보자가 그저 정치적 의도와 세력을 가진 단체와 진영과 함께 꾸며낸 수식어일 뿐이다. 공신력과 신뢰성이 결여된 용어들이다. 더욱 가관인 것은 대한민국 정부나 공신력 있는 공적 기관 어디에서도 그걸 인정하거나 확인시켜 준 적이 없는데도 선관위는 이를 허용하고 언론도 아무런 논리적이거나 비판적 검증의 노력 없이 그냥 받아씀으로써 그렇게 공신력 있고 권위가 있는 것처럼 되어 버렸다.

어찌 이런 일이 국가가 주관하는 공직선거에서 가능한 일인가? 필자의 상식 수준에서는 용납이 안 되지만 대한민국 교육감 선거 판에서는 아무 생각 없는 기관이나 사람 덕분에 관행적으로 일상화가 되어 버렸다. 감시도 견제도 없다. 상식이 있는 후보자만 활용하지 않을 뿐이다. 상식과 건전성이 있는 후보자만 패배를 자초하는 꼴이다. 상황이 이러하다 보니 현실에선 비상식과 막무가내가 이긴다. 지난 2014년과 2018년 교육감 선거 당선자의 대부분이 이런 진영과 편을 가르는 수식어를 사용한 후보자들이었다.

정치 중립인 교육감 선거에서 교육감 후보자들이 다분히 정치 지향적인 수식어와 용어를 사용하는 것을 정부는 왜 허용하는지 알 수가 없다. 지방교육자치에관한법률 제46조[20]를 보면 정당은 교육감 선거에 관여할 수 없음을 선언하고 있다. 선관위도 이 법률 조항을 지극히 제한적으로 문리해석을 하여 적용하기 때문에 이런 사달이 현실에서 벌어지고 있다. 공식적, 표면적으로만 정당이 교육감 선거에 관여하지 못하게 함으로써 헌법 제31조[21]가 명령하고 있는 "교육의 정치적 중립성"이 보장된다고 단순하게 여기고 있는 것으로 보인다. 그러나 그렇게 단순하게 여긴다면 순진하

---

20 제46조(정당의 선거관여행위 금지 등) ① 정당은 교육감 선거에 후보자를 추천할 수 없다.

　　② 정당의 대표자·간부(「정당법」 제12조부터 제14조까지의 규정에 따라 등록된 대표자·간부를 말한다) 및 유급사무직원은 특정 후보자(후보자가 되려는 사람을 포함한다. 이하 이 조에서 같다)를 지지·반대하는 등 선거에 영향을 미치게 하기 위하여 선거에 관여하는 행위(이하 이 항에서 "선거관여행위"라 한다)를 할 수 없으며, 그 밖의 당원은 소속 정당의 명칭을 밝히거나 추정할 수 있는 방법으로 선거관여행위를 할 수 없다.

　　③ 후보자는 특정 정당을 지지·반대하거나 특정 정당으로부터 지지·추천받고 있음을 표방(당원경력의 표시를 포함한다)하여서는 아니 된다.

　　〔본조신설 2010.2.26.〕

21 제31조 ① 모든 국민은 능력에 따라 균등하게 교육을 받을 권리를 가진다.

　　② 모든 국민은 그 보호하는 자녀에게 적어도 초등교육과 법률이 정하는 교육을 받게 할 의무를 진다.

　　③ 의무교육은 무상으로 한다.

　　④ 교육의 자주성·전문성·정치적 중립성 및 대학의 자율성은 법률이 정하는 바에 의하여 보장된다.

　　⑤ 국가는 평생교육을 진흥하여야 한다.

　　⑥ 학교교육 및 평생교육을 포함한 교육제도와 그 운영, 교육재정 및 교원의 지위에 관한 기본적인 사항은 법률로 정한다.

거나 낭만적인 것이 아닌 직무유기다. 법령이 구체성이 없어 그러한 눈속임과 혼란을 규제하지 못하는 것이라면 정부(교육부와 선관위)와 국회는 해당 법령을 개정·보완해서 교육감 선거가 민주주의와 자치를 실현하는 도구가 아닌 비상식의 그들만의 리그로 전락한 현실을 개혁해야 한다.

좀 더 구체적인 예시를 하나 더 들고자 한다. 아래 수식어는 인천시장 선거에 출마한 4명의 후보자의 선거공보 첫 장을 장식하는 그들의 대표적 수식어들이다.

"인천의 새로운 시작"

"일 잘하는 인천시장"

"진짜 인천교체!"

"모두를 위한 평등도시 인천"

4명 모두 정당의 후보자들이기에 한쪽 모퉁이에 당명이 있긴 하지만, 교육감 선거와는 전혀 다르게, 일단 진보나 보수 혹은 어느 진영과 세력을 대표한다는 편 가르기 문구가 없다. 정치 및 정당 선거인 시장 선거에는 오히려 편 가르기 용어가 없다. 매우 의외다. 이런 식이면 정치 선거가 오히려 더 건전하다. 반대로 교육감 선거는 편 가르기 식이고 그래서 비교육적이다. 교육감 선거를 없애거나 교육감 선거에도 오히려 정당이 관여하게 하는 게 편 가르기가 덜 할 수도 있겠다 싶다. 시장 선거는 상대적으로 편 가르기 정도가 덜하고 교육감 선거는 편 가르기가 극에 달해 있다. 정당 관여만 배제하면 무엇을 해도 괜찮다는 식의 현재의 교육감 선거는 본말이 전도된 한심한 선거제도로 전락했다.

교육은 모든 아이를 위한 정성과 실천이다. 그러나 극단적 진영 대결의 결과물로 선출된 교육감에게서 진정성과 통합을 기대하기는 어렵다. 그렇게 정치 선거보다도 더 편협되고 기울어진 정치 선거가 되어 버린 교육감 선거를 계속 그대로 놔둔다면 아이들과 그들의 미래를 연결하는 다리를 부수는 것과 다르지 않다.

2022년 지방선거에서는 전혀 다른 패러다임에 근거하여 환골탈태하는 교육감 선거를 보고 싶다. 다시금 기어이 볼 수 없다면 교육감 선거는 종언을 고함이 마땅하다. 교육감 되는 게 유일한 지상과제인 교육감들은 교육감 자격이 없다는 게 필자의 생각이다. 이 상식의 믿음이 현실에서 실현되려면 헌법이 명령하는 교육의 정치적 중립성을 지키고 실천하는 교육감 선거제도에 모든 이해관계인이 주목하고 동참해야 한다. 교육부, 선관위, 국회, 시민단체, 그리고 시민들이 관심을 두고 참여하여 실천해야 한다.

특히나 교육은 학부모와 시민 모두가 쏟는 정성과 실천이 매우 긴요한데, 유권자들은 교육감 후보가 누군지, 공약이 뭔지 알려는 공부를 많이 해야 한다. 정치적인 것보다 더 나쁜 색깔론으로 시민들은 편 가르고 우매화하며 농락하는 교육감 후보에게 속절없이 굴복하여 무기력하게 그들을 교육감으로 뽑아줄 수는 없다. 현실은 그러한데, 아무도 관심이 없기에, 그렇게 생각하는 시민이 많지 않다. 이대로라면 2022년에도 똑같이 반복될 것이 뻔하다. 결국, 이러한 제도와 관행이 문제라고 생각하지 않는 유권자들이 대다수라면 공교육을 위해 세금만 내는 반쪽짜리 사회적 부모로만 머무는 것이다. 촛불 혁명의 승리를 이뤄낸 시민임에도 촛불이라는 명칭과 정신을 아무 거리낌 없이 제 이득을 위해 무한 활용하는 교육감 후보자들에게 무관심하고 그 실상을 알지 못한다면 정작 교육 영역에서는 촛불 승리는 없고 패배만 있을 뿐이다. 그래서 결론적으로 필자는 다음과 같이 시민 독자들에게 질문한다.

"도대체 지금의 교육감 선거가 정치 중립 선거인가?"

아니라고 생각하면 개혁을 해야 하지 않겠는가?

"교육감들이 시민들에 의해 제대로 그 능력과 역량을 검증받고 선거에서 제대로 선출되고 있는가?"

아니라고 판단한다면, 검증받고 훌륭한 자들이 교육감으로 선출될 수 있도록 잘못된 관행과 선거제도를 바꾸거나, 그럴 가능성이 없다면 아예 없애야 하지 않겠는가?

선출된 권력의
위선과 배신

　요즘같이 "선출된 권력"이란 단어가 많이 회자되는 때도 드문
것 같다. 왜 그럴까? 살아있는 권력이 민주적인 행태를 보이지 못
하고 더 나아가 부패하고 부정되는 상황이다. 그런데도 그 선출
된 권력자들은 그러한 비난과 경고에 아랑곳하지 않고 국민에 의
해 선출된 것임을 앵무새처럼 되뇌며 부패하지 않았다고 강변하
는 오만한 상황이 계속 연출되고 있다.

　그렇다면 선출된 권력은 지고지선(至高至善)하며 항상 존중되어
야만 하는 것인가? 당연히 민주적 절차에 따라 국민의 선택을 받
은 권력은 민주적 정당성을 부여받고 존중받아 마땅하다. 그러나
모든 권력은 법의 테두리 안에서 그 권력 행사가 이루어져야 하며
그 절차 또한 민주적 상식과 통념에 따라 진행되어야 한다. 선거
와 투표를 통해서 선출된 권력도 법과 제도에 의해서 임명된 권력
을 존중하여야 하며, 따라서 임명된 권력에 우위에 있는 것도 아니
므로 서로 견제와 존중의 관계에서 국민과 공익을 위해서 나눠진

권력을 견제하며 행사되어야 한다.

삼권분립으로 설명되는 민주주의 체제하에서도 선출된 권력의 최상부인 대통령이 국회의 동의를 얻어 대법원장을 임명한다. 대통령이 대법원장을 임명한다고 해서 대통령이 대법원장을 지배하거나 우위에 있는 것은 아니다. 임명 절차는 대통령제라는 정치체제에서 의전의 과정으로 거행되는 의식에 불과하다. 그래서 대통령도, 대법원장도, 국회의장도 서로 독립된 권력으로서 서로를 견제하고 존중해야 한다.

조금 더 내려와 미시적으로 행정부에서의 경우도 예외는 아니다. 대통령은 검찰총장을 임명하나 총장이 대통령의 명에 따라 검찰총장의 직무를 이행하는 것은 아니며 법과 원칙에 따라 총장직을 성실히 수행하면 대통령을 잘 보좌하여 두 권력 모두가 국민에 대한 올바른 봉사자가 되는 것이다. 모든 권력이 선출된 권력으로 채워질 수 없는 것은 민주주의의 꽃이라 불리는 선거로만 민주주의를 실질적으로 실천하고 지탱할 수 있는 권력 분립이나 전문성 확보를 이행할 수는 없기 때문이다. 선거를 통해서 선출된 권력도 그 독주를 견제받아야 하며 전문성에 근거해 고용되거나 임명된 권력의 조력을 받아야 한다. 따라서 선출된 권력과 임명된 권력은 상보(相補)의 관계며 견제와 균형의 원리가 작동되어야 한다.

민주주의 선거에서 선출된 권력은 대체로 최고 득표자가 당선되고 그가 권력자가 된다. 일단 국민의 전체를 대변하는 것은 아니나 현실에서는 어쩔 수 없이 전체를 대변하는 것으로 민주주의에서 약속 혹은 계약을 한 것이다. 그렇게 정당성이 부여된 권력이지만 실제 국민 전체가 좋아하지도, 그 선출된 권력만 국민의 복리와 이익을 대변하도록 독점되지도 않았다. 그래서 전문성과 지속성에 기초한 임명(고용)된 권력이 필요한 것이고 그들은 선출된 권력들의 다양한 공공사무와 관련한 비전문성을 보완하고 협력하여 실질적으로 국민을 위하는 실천력을 확보하기 위해 활용되는 것이다. 선출된 권력이든 임명된 권력이든 모두 공공성과 법치주의 원리에 따라 국민을 위하고 국민의 이익을 실현해야 한다. 이것이 지고지선한 가치이지 선출된 권력 자체가 지고지선한 것은 아니다.

임명된 권력 또한 직접적인 국민의 견제를 받기는 어렵다. 그 전문성과 지속성 때문에 개별의 국민이 알기도 어렵고 법령과 계약으로 그들에게 보장된 권력을 국민이 견제하는 것 또한 불가능하다. 따라서 민주주의 절차에 의해 선출된 권력이 그들을 임명하고 혹은 해임할 수 있게끔 한 것이며 결국 이 또한 최종적으로는 국민의 안위나 이익을 위해 양 권력의 견제와 상보를 담보하는 것이다.

선출된 권력이 항상 옳다거나 우위에 있다고 주장하는 상황은 이미 선출된 권력의 정당성과 실효성이 의심을 받는 위기일 가능성이 크다. 선출된 권력자들이 선출직이라는 사실에 천착하여 무소불위의 권력인 양 무비판적으로 스스로 옹호하는 발언을 남발하는 행태는 민주주의의 견제와 균형의 원리를 무시하는 일종의 갑질이고 국민을 무시하고 기만하는 행위다. 서울시교육감의 자기 측근의 특별 채용 건[22]과 인천교육청의 교장 공모제 시험 유출

건[23]을 보면 선출된 권력은 불법 행위도 문제가 없다는 식이다. 민주주의가 아닌 왕조체제에 사는 듯한 착각이 든다. 선출된 권력도 임명된 권력처럼 민주주의와 법치주의에 따라 국민을 위한 권력 행사가 될 때만 그 정당성을 인정받고 민주주의를 실천하는 국민 대표기관으로 인정될 수 있는 것인데 말이다.

---

22 https://biz.chosun.com/policy/politics/2021/06/03/4NBL2YC7PFH7LKY3ZF VWFQBNHQ/ 2021. 6. 12. 인출
23 https://www.hani.co.kr/arti/area/capital/995738.html 2021. 6. 12. 인출
     http://www.obsnews.co.kr/news/articleView.html?idxno=1318305 2021. 7. 16. 인출

IV

공짜 없는 세상이

정의로운 사회다

교육감 선거에서
3무(無)가 왜 필요한가?

　　필자가 2018년 6월 제7회 전국동시지방선거에서 인천교육감 후보자로 출마할 때 가장 강조했던 것의 하나가 남의 돈 10원 한 푼 안 받고 국민 세금인 교육청 예산을 가장 적게 쓰겠다고 선언한 3+3무(無) 선거였다. 선거에 출마하여 선거운동하는 기간 내내 필자는 약속한 3무 선거를 철저하게 지키고 실천했다.

　　필자는 왜 교육감 선거에 나오면서 모든 사람이 만류하고 부정까지 했던 3무 선거를 주장하고 실천했을까? 3무 선거는 필자가 선거에 갑자기 출마하면서 선거 전략으로서 구상하고 발표한 것은 아니다. 오염되고 망가진 교육감 선거가 진정 정치 중립, 교육 중심인 선거가 되려면 완벽한 공영 선거가 필요하기에 시민과 교육 가족들에게 부담을 안 주는 선거, 후보자 스스로에게도 부담을 최소화하는 선거가 되어야 한다는 차원에서 이전부터 일관되게 주장해 왔다. 교육부 지방교육지원국장으로 일하는 동안에도 정책으로서도 그리 제안하고 실천했으며 인천에서 교육감권한대행, 부교육

공짜 없는 세상이 정의로운 사회다

감을 하면서도 그 필요성을 기회가 될 때마다 역설했었다.

'3무(無)'가 무엇인가? 돈 받는 측면(세입)에서 출판기념회 열지 않기, 후원금·기부금 받지 않기, 선거 펀딩(모금) 하지 않기이며, 돈 쓰는 측면(세출)에서는 선거 유세용 트럭·스피커·율동운동원을 없앤다는 것이다. 이러한 돈 안 받고 안 쓰는 선거를 하며 당연히 정치 선거가 아닌 정치 중립 교육감 선거를 실천하기 위해 진보와 보수 어느 한쪽에 속하지 않는, 즉 진영 논리에 의해 편 가르기를 하지 않는 선거를 또한 천명하고 실천했다.

2018년 1월 8일 자 제14면 기호일보 인터뷰 기사¹를 보자.

> **Q** 올해 6월에 있을 인천시교육감 선거에 박 권한대행의 출마 여부에 시민들 관심이 많이 쏠려 있다. 그에 대한 입장은?
>
> **A** 솔직히 내가 교육감을 하고 싶어서 출마를 한다는 것은 전혀 불가능하다. 내가 교육감이 된다는 자체가 부자연스럽고, 더 긴장되고, 더 막중한 책임감이 있다.
>
> 일선 학교장과 일부 교육관계자들이 이 전 교육감 구속 이후 불안했던 인천교육을 권한대행으로 1년여 동안 잘 이끌어 안정화시킨 공을 높이 평가해 주시는 분들도 있다.
>
> 이분들의 주장은 '인천교육의 변화다. 그동안 진보·보수로 나뉘어 분열을 일으켰고, 교육감의 비리와 교육감 당선 진영의 보상 요구

1　http://www.kihoilbo.co.kr/?mod=news&act=articleView&idxno=731724 2018. 7. 22. 인출

교육감 선거 - 교육이 망가지는 이유

등으로 매번 어수선했던 인천교육이 바뀌어야 한다'는 것이다. 적어도 지난 1년여 동안 저에게서 그런 모습을 보지 못했다는 것에 저를 나름 응원하는 분들이 많다. 그래도 이분들이 투표권이 있는 인천시민들을 모두 대변할 수는 없다.

앞으로 시민들을 표준화한 여론조사 결과에서 '그래도 박용수가 낫다'는 평가가 나온다면, 그것은 시민들의 '명령'이라 생각하고 받아들일 것이다. 인연을 소중히 여기고 있는 한 사람으로서 인천시민과 인연을 맺은 제가 시민의 명령을 저버린다면, 이 또한 지난 3년 동안 인천에서 참교육하겠다고 발버둥 쳤던 저의 행동이 허세였고, 거짓말이라고 생각한다. 시민들의 명령이 있다면 내 모든 기득권을 다 버리고, 한 번 그 명령을 따라 보겠다. 그러나 지금 분위기가 뜬다고 내가 당장 나가겠다고 밝히는 것도 주제넘은 짓이다. 아마 저의 출마 여부 결정은 다음 달 말이나 3월 초에 정해질 것 같다.

Q 현 교육감 선거 제도에 문제점이 많다고 주장하는데, 그 이유가 무엇인지.

A 교육감 선거는 직선제를 유지하되, 선거공영제로 가야 한다. 정당 지원도 없고 정치인도 아닌 교육감 후보가 정치인들과 똑같이 선거하다 보니 과다한 선거비용을 충당하기 위해 정치자금을 받아 구속되는 사례도 있었다. 현재 전국 교육청이 교육감 선거 때문에 낸 비용이 2천억여 원이다. 이것 때문에 교육 행정에 쓸 예산을 못 쓰게 된다. 결국, 교육감 선거는 일반선거와 달리 정책선거로 가야 한다. 홍보전 선거보다 후보들이 교육정책에 대해 심층적으로 토론하고, 그 토론을 통해 유권자들이 참다운 교육 수장을 판별할 수 있도록 해야 한다. 충분히 가능하다. 만약 내가 교육감 선거에 출마

해 당선된다면 2022년 선거에서는 반드시 교육감 선거 제도를 바꿀
수 있다.

2018년 1월 18일 자 3면 중부일보 인터뷰 기사[2]에도 3무 선거
에 대한 의지가 강력히 표출되어 있다.

"시민들의 적극적인 지지가 있다면 오는 6월 인천시교육청 교육감
선거에 나서겠습니다." 박융수 인천시교육감권한대행(부교육감)은
17일 중부일보와의 인터뷰에서 "교육감에 출마하겠다고 나선 진보
와 보수 진영 인사들을 보고 화가 났다"며 "후보들 대부분이 비리와
연루된 전임 교육감들의 측근들로 석고대죄해도 모자란 사람들"이
라고 말했다.
이어 "학부모, 시민단체의 일부 인사들과 만날 때마다 인천교육을
위해 출마해달라는 요청이 있다"며 "여론조사를 통해 더 많은 시민
들의 지지를 확인한다면 출마하겠다"고 덧붙였다. 박 권한대행은
앞선 교육감들이 '돈' 문제로 물의를 일으킨 만큼 특정 진영과 조직
에 기댄 선거운동을 하지 않겠다고 말했다.
선거공보 인쇄, 선거사무소 운영 등 필수적인 비용만 사용하고, 대규

2 http://www.joongboo.com/?mod=news&act=articleView&idxno=1222657
   2018. 7. 22. 인출

모 선거운동원과 차량을 동원한 유세는 하지 않겠다는 것이다. 또 선거 자금 모금을 위해 선거법이 보장한 정치 기부금과 선거 펀드 모집, 출판기념회 개최를 하지 않는 '3무(無) 선거'를 치르겠다고 했다.

박 권한대행은 "비리로 물러난 전임 교육감들의 전철을 밟지 않기 위해 아무에게도 신세 지지 않고 선거에 나서겠다"며 "시민들에게 낙선을 두려워하지 않고 교육감 선거를 치르는 새로운 기준을 보여 주겠다"고 말했다.

그리고 최종 2018년 3월 6일 최종 출마를 선언했다. 한국경제 신문은 필자가 출마 선언을 한 후 인터뷰[3]한 최초의 언론사였다. 해당 기자가 인천에까지 와서 협소하고 허름한 선거사무소에서 인터뷰를 했는데 3무 선거와 관련한 핵심을 다음과 같이 기술하고 있다.

박융수. 교육공무원 출신. 박근혜 정권 교육부에서 누리과정(3~5세 무상보육) 국고지원 확보, 국정 역사교과서 반대. '찍히다시피' 인천시 부교육감으로 인사 조치. 약 1년간 인천교육감권한대행. 1965년 충남 서천 출생. 고위공무원 정년퇴임까지 8년 남음. 인천에 연고

---

3 http://news.hankyung.com/article/201803212935g 2018. 7. 30. 인출

없음. 그런데도 인천 학부모들이 교육감 출마 요청. 지역 언론사 여론조사에서 공동 1위.

6·13 지방선거 인천교육감에 출사표를 던진 박융수 예비후보의 스토리는 독특하다. 일반적 손익 계산으로는 쉽지 않은 결정을 내렸다. 그러면서 '3무(無)'를 공약했다. 출판기념회 열지 않기, 후원금·기부금 받지 않기, 선거 펀딩(모금) 하지 않기. 여기에 '3무'를 추가했다. 선거 유세용 트럭·스피커·율동운동원도 없앤다. "진보와 보수 어느 한쪽에 속하지 않겠다"고도 했다. 갈수록 태산이다. 진영도 조직도 없이 손발 묶고 어떻게 선거를 치르겠다는 것인지 궁금해졌다.

언론사 인터뷰에서 확인할 수 있듯이 선거 시작 전에는 호기심이나 기삿거리로서라도 3무 선거에 관심이 많았으나, 선거가 시작된 후로는 전혀 아니었다. 출마 선언 후 한국경제신문의 인터뷰 이외에 다른 기자가 추가로 3무 선거를 다뤄 준 사례는 없었다. 필자는 출마 후 사퇴 시까지 총 8차례의 기자브리핑을 했는데 기자들이 3무 선거의 상세 내용이나 추가 질문을 하는 때는 없었고, 오히려 걱정인지 비아냥거림인지 "3무 언제 그만둘 거냐?"는 질문만 장난스럽게 던지는 경우가 반복적으로 있었다.

필자가 예비후보자로서 60여 일간의 선거운동에서 확인한 결과는 대부분 사람이 3무 선거에 대해 무관심하다는 것이었다. 즉, 교육감 선거제도를 공명정대하고 진정 교육 선거로 환골탈태시키기 위한 필자의 의도와 실천 의지를 가슴으로 이해하고 동조해 주는 사람이나 단체는 없었다.

아이러니하게도 가장 칭찬과 격려를 많이 받을 것 같았던 3무 선거가 "정치 한 번도 안 해 본 작자가 선거에 나와서 세상 물정 모르면서 그렇게 한다"며 오히려 볼멘소리의 대상이 되었다. 그러나 필자는 진정 교육감 선거가 정치 중립 선거로 다시 태어나게 하고 아이들 교육 예산을 조금이라도 더 확보해야 한다는 매우 현실적 기여를 목적으로 선거비용을 최대한 아끼고 선거 자금도 모두 개인 돈으로만 사용한 것이다. 그를 통해 정직하고 깨끗한 선거를 만들어 가고자 했다.

교육 예산은 국민 세금으로 편성된다. 당연히 그 교육 예산은 아이들 교육을 위해서 쓰여야 한다. 그러나 아이들을 위해 써야 할 예산을 교육감 선거에 쓴다. 뭔가 잘못된 거 아닌가? 교육감 후보자로서 3무 선거를 하면서 선거 경비를 줄인다면 그 혜택은 아이들과 교육청에게 돌아간다. 이러한 솔선수범과 성공을 통하여 교육감 선거의 새로운 풍토를 조성하고, 더 나아가 개혁된 법과 제도에 의한 교육적이고 민주적인 교육감 선거제도를 완성하려 했다. 이는 단순히 개인의 선거 출마 이슈가 아닌 진정한 정치 중립인 교육감 선거의 새로운 기준과 표준을 만드는 것이기도 했다. 필자는 그게 교육적인 실천이라 믿었다.

공정하고 모든 이를 위한 교육을 원하는가?
공정하고 모든 이를 위한
교육감 선거가 그 선결 과제다

우리의 교육은 미래를 도모하고 있는가? 그 교육을 책임지는 전국의 17명의 교육감을 뽑는 선거는 그런 교육을 지향하고 담보하고 있는가? 결론은 그렇지 못하다. 그렇지 못하다면 다른 대안을 모색하고 개혁을 해야 한다. 그렇지 않고도 교육이 잘 되기를 기대한다면 아무 대책이나 계획도 없는 희망사항에 불과하다.

대한민국은 20세기 후반부터 21세기 지금에 이르기까지 괄목할만한 성장을 이뤄냈다. 미국, 일본, 독일, 영국, 중국에 견주거나 오히려 능가할 수도 있는 각종 교육 및 경제 지표들이 그 증거다. 지난 50년간 지속적인 경제 성장을 유지했으며, 각종 사회지표도 선진국으로 평가받을 만큼 괄목할 만한 실적을 창출했다. 그 발전 정도의 정점은 최근 10년의 요즘이 아닌가 싶다. 물론 이 정점이 지난 50년의 결실의 끝이라면 슬픈 일이고, 이제 앞으로 그리고 새로운 50년 시작점이었으면 하는 바람이다. 그런 바람이 이루어지려면 과거 50년 동안 그랬듯이 교육에 중심을 두고 그를 위한 정성과 실천을 다해야 한다.

　교육에 평생을 몸담았던 필자는 교육과 경제―소위 잘사는 것―가 매우 상관이 크고, 특히 교육이 경제에 매우 긍정적인 방향으로 영향을 끼치는 것으로 이해하고 주장해 왔다. 물론 경제 관료들은 그 반대로 생각하고 주장하는 것 같다―즉 경제발전이 되었기 때문에 교육도 발전했다는 식으로 말이다. 물론 필자가 막무가내로 혹은 맹목적으로 교육이 일방으로만 경제에 영향을 미쳤다고 주장할 생각은 없다. 상호 긍정적 작용과 영향으로 교육과 경제가 선순환적으로 함께 윈윈하는 성공을 거뒀다고 평가하는 게 합리적인 해석일 것이다. 다만, 우리의 과거 50년을 되돌아볼 때 종합적으로는 교육의 발전과 기여가 경제의 발전에 매우 중요한 요인으로 작용했다고 볼 수는 있을 것이다. 우리에게만 발견되는 사례는 아니고, OECD나 UNESCO 자료를 분석해 보면 대체로 교육을 중시하는 국가들에서 공통으로 확인할 수 있는 일반적인 결론이다.

　대한민국은 60년대 말 이후 지속적인 경제발전을 거듭해 왔다. 90년대 말의 IMF 위기와 2000년대 말의 금융위기를 겪었지만, 오히려 위기를 기회로 활용하여 극복하고 상당한 수준의 실적을 이뤄 현재에 이르렀다. 그래서 2006년 국민소득 2만 달러를 달성하고 결국 2012년에는 20-50 클럽 회원국이 되었다.[4] 우리 규모의

4　http://news.einfomax.co.kr/news/articleView.html?idxno=3441400 2018. 8. 1.

국가가 이렇게 단기간 내에 이렇게 괄목할 만한 성장의 '기적'을 일궈 낸 국가는 없다. 그래서 모두가 자랑스러워할 만한 성과이다. 우리 것이기에 우리가 보기엔 별 게 아닌 듯싶어도 정말 대단한 성과다. 표의 7개 회원국들을 보자. 우리가 이들 여섯 나라와 어깨를 나란히 하고 있다. 이후 다시 6년 후, 그리고 2만 달러 진입 12년 만인 2018년 우리나라는 국민소득이 3만 달러 이상이 되면서 인구가 5,000만 명 이상인 '30-50클럽' 회원국이 되었다.[5] 자랑스럽다.

[2012년 기준 20-50클럽 회원국 명단]

(20-50클럽 회원국)

연도	국가	가입 당시 GDP	가입당시 총 인구
1987	일본	2만 366달러	1억 2203만명
1988	미국	2만 821달러	2억 4497만명
1990	프랑스	2만 2003달러	5671만명
1990	이탈리아	2만 151달러	5669만명
1991	독일	2만 2693달러	7998만명
1996	영국	2만 990달러	5816만명
2012	대한민국	2만 3680달러	5000만명

자료 : ODED, 통계청

인출

5 http://www.edaily.co.kr/news/read?newsId=02194326619147912&mediaCode No=257 2018. 12. 30. 인출

유치할 수도 있겠지만, 586세대인 필자의 예를 좀 더 들겠다. 소년 시절 가장 먹고 싶은 게 짜장면과 탕수육이었다. 그래서 그것을 먹을 수 있는 것도 연례행사 정도였다. 재래식 화장실에서 소위 두루마리 화장지를 쓸 수 있게 된 것도 중·고등학교 때나 되어서였다. 당시 재래식 화장실에서라도 두루마리 화장지를 너무 쓰고 싶어 천 원 정도였던 월 용돈의 반 이상을 들여 그것들을 샀던 기억이 지금도 생생하다. 대학에 들어가서야 수세식 화장실이 있는 집에서 살 수 있었다. TV 광고와 같이 우유를 마시고 싶었고 아이스크림콘도 먹고 싶었다. 먹을 때는 입 주변에 우유나 아이스크림을 먹었다는 표시도 일부러 보이고 싶었다. 그러나 먹을 기회는 많지 않았다. 그것이 금세 바뀌었다. 이제 우유도 맘대로 마시고 아이스크림콘 이외에 더 비싼 아이스크림도 자주 먹을 수 있게 되었고, 짜장면이나 탕수육도 먹고 싶을 때 항상 먹을 수 있게 되었다. 재래식 화장실에 지금도 잘 갈 수 있는 '나'이지만— 지금 아이들은 잘 못 가는 것 같다 — 이젠 그런 화장실을 찾기가 어렵게 된 것을 보면 분명 좋은 세상이 되었다.

서울을 비롯하여 전국의 도시들도 하루가 다르게 바뀐다. 우리가 발전하고 있다는 것을 실감하게 해 준다. 세계 최고의 인터넷 환경과 IT 여건은 우리 사회가 경쟁력 있음을 대내외에 과시하는 좋은 증거가 되고 남음이 있다. 사회의 성숙도와 민주성도 전 세계적으로 자랑거리이다. 민주화를 성공적으로 이끌어 냈으며 사회가 안정화되었다. 수년 전에는 시민들의 촛불이 대통령 탄핵을 이뤄 내 다시 시민들이 나라를 구했다. 이러한 시민들의 의식 있는

공짜 없는 세상이 정의로운 사회다

조용한 혁명은 세계적으로도 유례가 없는 것이며 선진국으로서의 외연도 넓히는 효과도 거뒀다. 자랑스럽고 대견하다. 남·북한이 분단된 것만 빼고는 우쭐대고 싶을 정도다.

이 정도로 우리는 발전하고 또 성장했다. 우리의 대내외 여건과 특징상 우리는 계속 지속 발전해야만, 이러한 먹고살 만한 상태가 유지될 수 있다. 그렇다면 우리는 계속 발전할 수 있는가? 솔직히 불안하다. 그간 사람들의 노력과 경쟁력 덕분에 지금까지는 잘해 왔는데 앞으로는 걱정스럽다. 이런 생각이 최근에 든 것은 아니다. 10년 전부터 고개를 들더니 이젠 선명해지고 강해졌다. 이런 지표와 징후들은 선명하고 명백하다. 그래서 정신 똑바로 차리고 준비하고 정성을 다해야 한다. 그 걱정의 이유가 될 수 있는 사실은 대략 이런 것들이다.

먼저, 국민 전체의 삶의 만족도가 매우 낮고 올라갈 기미가 보이지 않는다.[6] OECD 국가 중에서 높은 자살률 오명을 기록한 지가 꽤 오래고 이 또한 개선될 기미가 도무지 보이지 않는다.[7]

---

6 2017년 11월 15일 OECD는 이 같은 내용을 담은 더 나은 삶의 지수 2017을 공개했다. 보고서를 보면 한국인의 삶의 만족도는 10점 만점에 5.9점을 기록, 통계가 집계된 31개국 중 가장 낮았다. 한국인의 삶의 만족도는 지난해와 같았지만, OECD 평균이 지난해 6.5점에서 7.3점으로 올라가면서 상대적으로 뒤처졌다. 지난해에는 38개국 중 30위였다.
   http://biz.khan.co.kr/khan_art_view.html?artid=201711151904001&code=920100 2018. 12. 30. 인출
   https://news.sbs.co.kr/news/endPage.do?news_id=N1004865793&plink=ORI&cooper=NAVER 2018. 12. 30. 인출

7 https://news.joins.com/article/22824428 2018. 12. 30. 인출

둘째, 저출산 및 고령화가 급속도로 진행되고 있고, 그에 대한 개선 정도가 보이지 않고 문제의 심각성은 더욱 심화하고 있다. 매년 숫자로 들이닥치는 저출산 쓰나미는 공포 그 자체다.[8] 사회 구성원 전체가 미래를 부정적으로 보고 있다는 분명한 방증이다.

셋째, 사회 통합의 정도가 약화하고 있으며, 갈등과 반목, 그리고 무관심의 정도가 심각해지고 있다.[9]

넷째, 사회의 역동성이 갈수록 쇠락하고 있다. 노력하면 될 수 있다는 가능성이나 자신감이 떨어지고 있다. 그 덕에 사회의 계층화가 굳어지고 악화하고 있다. 빈익빈 부익부 현상이 개선이 안 되고 있으며 그 개혁을 공약으로 내건 정권 교체도 아무런 성과를 내지 못하고 있다.[10]

다섯째, 국가의 미래를 뽑는 선거가 더는 민주주의의 꽃이 못 되고 있다. 광역 지역의 교육을 책임지는 교육감 선거는 한술 더 뜬다. 훌륭한 후보자가 입후보해서 그를 뽑는 게 아니라 상대편 후보자의 잘못과 비리로 추락하는 것에 대한 어부지리로 선택을 받는 게 일반적인 선거의 구도가 되었다. 그래서 선거를 통해서 훌륭한 지도자를 찾아내는 게 연목구어가 되어 버렸다. 교육전문가를 뽑는 교육감 선거는 교육의 중대사임에도 불구하고 교육 정

---

8 http://www.yonhapnews.co.kr/bulletin/2018/08/22/0200000000AKR20180822
   080400002.HTML?input=1195 m 2018. 12. 30. 인출
   https://www.yna.co.kr/view/AKR20210526069300002?section=search 2021. 7.
   15. 인출

9 https://news.joins.com/article/22060104 2018. 12. 30. 인출

10 http://news.kbs.co.kr/news/view.do?ncd=4028712&ref=A 2018. 12. 30. 인출

치꾼이거나 진영 편 가르기 대장을 뽑는 가장 비교육적이면서 아무도 관심 없는 선거 행사로 전락했다.[11] 그러나 거기서 선출된 자가 특별·광역자치단체 교육을 시민들의 무관심 속에 4년 동안 책임진다.

역사적으로 보면, 조선의 패망과 일본의 식민지로 전락한 여러 가지 요인 중 하나를 국민에 대한 교육을 미리 준비하고 실행하지 못했다는 반성에 기초하여 해방 후 교육의 정비와 투자를 최우선으로 하였다. 이론(異論)과 의심 없이 국민과 국가가 함께 노력했다. 그 결과는 교육의 위대한 성공이었다. 교육의 성과와 미래 지향성을 다시금 환기한다면, 위 다섯 가지 문제에 대처하고 해결하는 방향으로 교육이 역시나 우선하여 중시되고 실천되어야 하는데, 현실은 오히려 문제를 더욱 꼬이게 하는 방향으로 나가고 있다.

교육이 왜 그렇게 잘못된 길을 가고 있는지에 대해 몇 가지로 정리해서 설명하고자 한다. 군이 거창한 얘기는 하지 않더라도 교육이 사회복지제도보다 훨씬 생산적이고 미래 지향적이라는 것에는 의심의 여지가 없을 것이다. 그래서 소위 잘사는 나라들도 과거부터 지금까지 교육에 정성을 다해 왔다. 우리의 열정과 노력도 세고 강했다. 정부가 나서는 것 이상으로 국민이 오히려 교육에는 더 열성적이었고 투자도 많이 했다. 모두가 관심 있고 목매는 교육이다 보니 항상 정성과 치밀함이 필요하다. 모든 이를 위한 정부의 교육 정책에서는 더욱 절실한데 그렇지 못하면 교육이 오히

11 http://news.donga.com/3/all/20180615/90591020/1 2018. 12. 30. 인출

려 불만스러운 공공의 적이 될 수 있다. 그런 사례가 많기도 했지만, 유독 21세기 이후에 반복되는 설익은 교육 정책의 남발과 실패로 교육이 우리에게 부메랑이 되어 우리를 혼란스럽고 아프게 하고 있다.

필자는 교육을 공기에 비유하고 싶다. 우리가 공기의 중요성을 모르듯이 교육도 그런 존재가 되어 버렸다. 교육이 공기가 되는 것은 모든 이에게 숨을 쉬게 할 정도로 중요하다는 뜻이다. 반면 너무나 당연히 여기는 공기이기에 일상에서는 별로 고맙게 여기지 않기도 하다. 그러나 공기가 일순간이라도 없으면 인간은 죽고 만다. 그런데 같은 공기일지라도 지역에 따라 매우 다르다. 바로 옆에서는 쓰레기를 태워서 오염되기도 하고, 다른 곳에선 환경을 잘 조성해서 오히려 깨끗하고 좋다. 같은 조건, 비슷한 환경이라도 거기에 있는 사람이 어떻게 하느냐에 따라 천차만별이 된다. 이게 핵심이다.

누구에게나 중요한 공기처럼 '모든 이를 위한 교육'은 대한민국에서 유독 큰 꿈이요 목표였다. 지난 50년의 경제 성장과 궤를 같이하며 그 만인을 위한 교육은 우리 곁에 바짝 다가왔고 우리의 현실이 되었다. 인과관계를 확실하게 증명할 수는 없으나, 경제와 대한민국 국민의 삶의 정도도 매우 좋아졌다. 필자가 보기엔 모든 이를 위한 교육이 경제 주체들의 가능성과 잠재성, 사회의 역동성과 개방성, 그리고 글로벌 사회에서의 경쟁력에 크게 이바지했다. 교과서에도 나오는 '유일한 부존자원인 인적 자원의 최대한 활용' 전략이 빛을 발한 것이다. 부분적으로 오염되거나 문제가 있는 공기를 두고 '나만 산소마스크를 써야 한다'라고 할 수는 없다. 결국, 같이 갈 수밖에 없는 것이 공동체이며, 그래야 건강한 사회다. 이제는 그 고민을 더 늦기 전에 해야 할 때다.

필자는 2018년 인천교육감 선거에 출마하면서 그런 교육 이야기의 고민과 토론의 장을 꿈꿨다. 그리고 이를 뒷받침할 수 있는 실천 노력을 다른 후보자들과 함께 경주하길 바랐다. 먼저 솔선수범한다는 차원에서 진영 논리에 매몰되지 않으려고 진영에 따른 단일화를 거부하고 교육중심주의를 표방했으며, 돈 선거판을 깨부수고자 3무 선거를 천명하고 실천했다. 공약과 토론에서는 교육감이 할 수 있는 것과 해야 하는 것에 국한해 교육감 선거의 현실성과 체감도를 높이려 애를 썼다. 그러나 불행히도 메아리가 없었다. 경쟁 후보 누구도 동참하지 않았다. 설상가상으로 지역의 주요 여론 주도층도 전혀 관심을 기울이지 않았고 시민의 교육감 선거에 대한 관심 또한 개선되지 않았다.

선거를 통해서 절감한 사실은 정치와 선거는 국민을 현혹하려 한다는 것이다. 교육감 선거에서는 유권자의 무관심이 더욱 심각하다 보니 후보자들은 관심을 조금이라도 더 끌기 위해 무조건 지르고 보자는 식이었다. 현혹의 정도도 더욱 세고 강해졌다. 교육은 다른 정책에 비해 그 효과가 매우 더디고 복합적이다. 그러다 보니 후보자는 더욱 사기성 짙은 치장을 하기에 혈안이 되었다. 실제 교육감이 할 수 있는 것은 신통찮고 시간이 오래 걸리니 할 수 없는 것이라도 보기가 좋은 것에만 천착하여 선거에 유리하다고 여기는 것에만 매달린다.

모든 학교를 좋은 학교로 만드는 것에는 관심이 없고 소위 관심을 끌 수 있는 진영을 대변하는 학교 몇몇을 만드는 데 공약을 남발했다. 소위 보수 진영도 그렇고, 진보 진영도 마찬가지다. 그들이 서로 다르다고 주장하며 대결하는 진영이지만 선거에서의 행태는 똑같았다. 교육에서는 진영이 불필요하고 교육에 필요한 모든 정책을 엄선하여 채택하는 것이 중요할진대, 그들은 알지 못하는지 혹은 모르는 척하는지, 선거에서 오로지 이기는 것 이외에는 아무런 교육적 고민과 배려가 없었다. 진영이 다르다고 앞에서는 싸울지언정 행태는 비슷해서 뒤에 가서는 어깨동무하며 의기투합을 할 기세다. 보수는 자율형 학교로 '시작부터 우대하는' 학교를 만들어 교육을 잘하는 것처럼 치장하더니, 그에 뒤질세라 혁신학교를 만들어 진보 역시 '또 다른 불평등'을 평등의 이름으로 은폐하려 한다. 결국, 교육감이 신경 쓰고 정책 역량을 집중해야 할 '미래를 열고 이끄는 모든 아이를 위한 행복한 교육'은 없다. 거의 모든 교육감 후보자들이 공정하고 모두를 위한 교육을 외치기는 했으나 실제 각론과 실천 내용은 없었다.

교육감 선거는 후보자 개인 역량 대결이 아닌 진보와 보수라고 명명되는 진영 대결 싸움뿐이다. 이 경우 대체로 한두 가지의 이슈를 놓고 양쪽 극단에서 대치 국면만 유지된다. 교육 정책에서 한 가지 의견과 입장만 옳고 정의로운 것은 없다. 현실에서는 타협과 조화가 현실적 대안이 될 것인데 유독 교육감 선거에서는 이기거나 지는 일방통행식 방식만 유효하다. 그러다 보니 피해자는 항상 학생과 학부모다. 선거 결과에 따라 정책 방향이 하루아침에 뒤집힌다. 교육적이지 않다. 아직도 유효한 대표적 정책 이슈가 고등학교 학교 체제다. 좀 더 쉽게 설명하면 자사고 — 현재의 정확한 명칭은 자율형 사립고 — 와 특목고를 없애느냐 마느냐의 이슈다. 정권과 교육감의 교체에 따라 정책이 지옥과 천당을 오간다. 교육의 안정성과 미래 예측성이 없다. 보수 성향의 정권과 교육감이 지지하고 확대한 자사고와 특목고가 진보 성향의 정권과 교육감 체제에서는 핍박받고 급기야는 부정당한다.

유독 교육 정책에서는 중용이 없다. 시계추의 움직임처럼 극단만이 있을 뿐이다. 진보 계열 교육감들의 끈질긴 요구와 투쟁에 기초하여 교육부장관은 법령을 개정하여 2025학년도부터는 모든 자사고가 모두 일반고로 전환되게끔 되어 있다.[12] 그래서 학교 현장에서는 혼란과 소송 대결이 한창이다. 교육부장관의 조치에도 헌법 소원이 제기되었고, 공정하지 못한 평가에 의해 지정 취소를 받은 자사고는 소송을 제기하여 현재까지는 모두 교육감을 이기는 승소를 했다. 교육감이 옳다고 주장하며 한 행정행위가 법원에 의해 부정된 상황이다.[13]

이명박 정부 교육과학기술부의 무자비한 자사고 확대 정책[14]이 전혀 교육적이지 않았듯, 지금의 교육부와 진보 교육감 또한, 똑같

---

12 https://news.joins.com/article/23627146 2021. 6. 10. 인출

13 https://www.segye.com/newsView/20210610516223?OutUrl=naver 2021. 6. 10. 인출

14 https://news.naver.com/main/read.nhn?mode=LSD&mid=sec&sid1=102&oid =003&aid=0002115693 2021. 6. 10. 인출

은 시행착오를 반복하고 있다. 그 사이에서 우리의 아이들은 혼란스럽고 고통받는다. 정책결정자들이 이견을 조율하지 못하고—하려는 의지가 없을 수도 있다—교육 정책을 그저 이념과 진영에 따라 조령모개 하는 상황이 부끄럽고 답답하다. 지역과 국가의 교육 정책을 책임지고 있는 교육감이나 교육부장관이라면 아이들의 미래를 위해 교육 제도에 관한 한 법적 안정성과 신뢰 이익을 보호하려는 노력은 기본일 터인데 대결 구도를 이용하여 정치 이슈화하며 여론몰이만 선호한다. 그래서 교육 현장은 매번 혼란스럽다.

그래서 다시금 교육감들에게 묻는다. 그들이 선거 때 외쳤던 공정한 교육이 무엇인가? 정의로운 교육이 무엇인가? 우리는 거기에 대한 답을 얻고 싶다. 그간 중앙 정부나 지방 정부가 교육 개혁이란 이름으로 명명된 많은 시도도 그 정답을 찾는 과정이었다고 스스로 위로할 수도 있겠다. 지치고 짜증이 난다. 왜 이리 답을 찾는 게 어려운지 포기하고 싶었을 때도 있었다. 그러나 학교 현장을 직접 관장하는 교육감의 개혁은 좀 더 현실적이고 피부에 다가와야 한다. 당시 상황에 맞는 듯한 개혁도 시간이 지나면 다시 엇박자가 나오고 비틀린 느낌이다. 미국 사회에 딱 안성맞춤인 교육개혁안도 한국 사회에 오면 영 아니다. 상당히 현실적이고 구체적인 교육 제도도 그럴진대 철학적인 접근과 다양한 가치를 조정해야 하는 '공정' 혹은 '정의'에 관한 접근은 신중하고 치밀하며 겸손한 접근이 필요하기도 하다. 그러나 소위 백년대계라 칭해지는 교육이 무색할 정도로 교육감 선거판에 따라 칼춤을 췄다.

변화와 개혁은 교육에서도 꼭 필요하다. 그러나 그 변화와 개혁의 시작과 끝은 아이들의 성장과 미래에 초점을 맞춰 고민하고 추진해야 한다. 교육감 선거 싸움의 소재로 쓰여서는 안 된다. 교육감에 따라 자치단체별로 교육 정책이 달라 국가적 교육 정책을 찾을 수가 없다면 대한민국 교육이 어디로 가고 있는지, 가야 하는지를 알 수가 없는 것이다. 그래서도 교육감 선거의 존재 의미를 묻지 않을 수 없다.

우리 사회가 이제는 진지하게 고민하고 중지를 모아야 할 '공정한' 교육과 사회에 관한 논의는 우리 사회가 진정 지속 가능한 사회로 가기 위해 꼭 필요한 과정이다. 이제 우리 사회의 토대를 이루고 발전을 견인했던 교육에도 '공정' 혹은 '정의'의 논의가 진지하게 이루어져야 한다. 정부가 바뀔 때마다 교육 정책도 바뀌었다. 교육감이 바뀌어도 해당 지역의 교육이 바뀌었다. 문제가 있으면 바꿔야 한다. 발전을, 미래를 도모하기 위해서도 지금보다 나은 교육을 위해서도 바꿔야 한다. 그러나 이제 바꾸는, 바뀌는 교육은 그네들 편에서가 아니라 모든 아이와 시민들을 위해 정의롭고 공정한 교육인가를 따져 봐야 한다. 이것이 미래를 도모하고 우리 사회가 좀 더 통합되고 지속 가능한 발전을 도모할 수 있는 토대가 될 수 있기 때문이다. 그러나 필자가 직접 참여한 교육감 선거에서의 모습은 전혀 그렇지가 않았다. 오히려 그런 논의와 숙의를 파괴하는 과정이었다.

정의란 무엇인가라는 주제로 하버드대에서 수십 년 연속으로 최고의 명강의로 유명한 마이클 샌델 교수는 그의 수업의 목적은 특정 도덕적, 정치적 견해를 이해시키는 것을 위한 것은 아니라고 단언한다. 그보다는 학생들에게 비판적 태도를 심어 주어 중대한 도덕, 정치 문제에 직면했을 때 깊이 고민하는 시민이 될 수 있도록 도와주는 데 목적이 있다고 밝히고 있다. 교육에 관한 유일한 선거인 교육감 선거는 후보자들의 공약과 정책이 왜, 누구를 위해, 어떤 가치를 가지고, 미래 무슨 비전을 위해 필요하고 실현될 것인지에 대한 심각한 고민과 토론의 장이고 축제이어야 한다. 단지 이해관계와 자기네 편들에서만 유효한 정책 놀음에 머물러서는 안 된다. 교육감 선거는 교육에 관하여 시민들과 후보자들이 고민하고 토론하며 좀 더 나은 교육 기회를 제공할 수 있는 토대가 되어야 한다. 현실적으로 구현될 수 있는 공정하고 정의로운 교육을 탐색하는 축제의 장이어야 한다. 그래야만 교육의 전문성과 자주성, 정치적 중립성이 꽃피우는 교육감 선거가 될 수 있다. 우리의 나라가, 사회가, 그리고 개인이 좀 더 품격이 있는 성숙으로 나아갈 수 있는 지렛대가 될 수 있는 좋은 학습의 장이기도 하다. 필자의 선거에의 참여와 이 글에서의 고발과 제안은 그 논의와 토대를 마련하고 자 함이다. 그래서 대한민국 국민이 교육에 관해 좀 더 진솔해지고 관심을 가지면서 논의하고 참여하여, 최종적으로 내 아이만을 위한 교육을 넘어 우리 아이들을 위한 행복한 교육을 만드는 데, 지혜와 힘을 모을 수 있기를 기대한다.

그 많은 교육 예산을 쓰며 교육감 선거를 하고 당선된 교육감들이 그네들 편에서만 유효한 교육을 논한다면 교육감 자격이 없다. 그런 교육감 선거는 더는 할 필요가 없다. 교육감 선거를 따로 하는 이유는 교육을 존중하고 그 자주성과 전문성을 보장하기 위해서다. 따로 해서 관심도 없고 그 무관심을 역으로 이용해 편 가르기를 하여 결국 공정하거나 정의롭지 못한 교육을 한다면 대한민국의 미래와 교육은 암담하다. 우리 인간의 역사가 인류 의지에 의한 가역적 노력에 따라 발전했다고 믿는다면, 교육지도자인 이들의 교육 정책 시작과 그 과정도 정의로운 절차를 밟으며 최종적으로 모든 아이를 위한 과실을 얻고자 하는 신실한 노력을 해줬으면 하는 바람이다. 그러려면 전 과정에서 가장 중시해야 할 대상은 바로 교육 정책의 대상자인 아이들과 시민들이다. 자기네들끼리가 아니다. 선거에서 지지자들에 의해 최종 교육감이 되었지만, 교육감으로서 행하는 모든 것은 모든 시민과 아이들을 위하는 방향으로 정책이 모색되고 추진되어야 한다. 그래야 교육이 미래를 밝힐 수 있다.

교육은
정성과 실천이다

아래는 필자가 2017년 4월 26일자 경기일보에 기고한 글이다.[15] 인천교육감권한대행을 정신없이 두 달 보름을 하면서 다시금 마음을 다잡고 생각을 정리하며 썼던 기억이 또렷하다. 마침 신문사의 요청도 있고 해서 인천교육을 책임지고 있는 사람으로서 교육을 어떻게 대하고 있는지를 시민과 함께 공유하고 싶어 흔쾌히 기고하겠다고 했었던 것 같다. 아이들 교육을 업으로 삼았던 사람으로서 그리고 두 아이의 아버지로서 교육은 정성과 실천이라고 여겨 왔다. 교육감권한대행이 되면서 공식적으로 대내외에 교육에 관한 핵심을 이야기할 할 때 위 문구를 대표적으로 사용했다. 교육청 교직원들에게도 기회가 있을 때마다 이야기해서 그들이 교육 행정을 펼칠 때 참고하도록 했다. 어른이 미성년

---

15 http://www.kyeonggi.com/?mod=news&act=articleView&idxno=1344651
    2018. 8. 1. 인출

공짜 없는 세상이 정의로운 사회다

세대인 아이들을 대하면서 그리고 그들을 교육하면서 해야 할 자세와 태도라 생각했다. 기도하는 마음과 진력하는 자세가 필요하다고 생각했고 그 생각과 자세를 행동으로 옮겨야 해서 교육은 실천으로 완성된다 여겼다. 백번의 말보다 더 영향력이 강한 것은 실제 행하는 것이다. 그리고 그 실천은 아이들에게 산 교육이 될 수도 있다. 그래서 교육은 정성과 실천이라고 정의한 것이고 마음에 새기고 항상 실행에 옮기려고 노력했다. 그 기고문 전문을 읽어 보자.

대한민국 헌법 제1조 ①항 대한민국은 민주공화국이다. ②항 대한민국의 주권은 국민에게 있고, 모든 권력은 국민으로부터 나온다. 제11조 ①항 모든 국민은 법 앞에 평등하다. 누구든지 성별 · 종교 또는 사회적 신분에 의하여 정치적 · 경제적 · 사회적 · 문화적 생활의 모든 영역에 있어서 차별을 받지 아니한다.

왜 갑자기 헌법을 들먹이는지 궁금할 것 같다. 교육 이야기를 하기 위해서다. 현대적 의미의 교육은 신분제 및 왕정의 몰락에 이은 민주주의의 탄생과 그 궤적을 같이한다. 국민이 주인인 나라, 모두가 평등한 나라, 그리고 민의에 의해 정치가 이루어지는 민주공화국이 실질적으로 보장되기 위해서는 '모든 국민을 위한 교육'이 필요했다.

현대적 의미의 공교육은 200년 전부터 태동하기 시작했지만, 국민 개개인이 피부로 느낄 수 있는 공교육의 역사는 그리 오래되지 않았다. 더욱이 우리 대한민국의 민주주의 역사가 짧듯, 우리 공교육의 역사도 길지 않다. 그러나 공교육화의 속도나 달성 정도는 비슷한 사례를 찾기 어려울 정도로 특기할 만하다.

과거에 교육은 전적으로 개인 전속적이거나 능력 있는 부모가 좌지우지하는 것이었다. 그러다 보니 교육은 아주 소수의, 그리고 상위의 엘리트 계급 집단만이 누릴 수 있는 특권의 하나였다. 영어로 학교를 의미하는 'School'이 그리스어의 'Schole'에서 유래하였고, 'Schole'의 의미가 여가(leisure)임을 상기한다면 과거의 교육이 어떤 의미였는지 쉽게 가늠할 수 있다.

그러나 현대의 교육은 소수나 특권층을 위한 것이 아니라 전체 시민과 국민 개개인의 천부적 인권을 확인하고 보장하는 기본적이고 전략적인 수단으로 등장했다. 모두가 행사하는 1인 1표의 선거권, 누구든지 성별·종교 또는 사회적 신분에 의하여 정치적·경제적·사회적·문화적 생활의 모든 영역에 있어서 차별을 받지 않게 하는 헌법 정신을 실현하기 위해서도 국민의 능력을 일정 수준 이상으로 키워주는 것이 필요하기 때문이다.

태어날 때부터 부모나 처한 환경은 다를 수밖에 없고 그 차이를 현실적으로 부정할 수는 없다. 그래서 우리 인류 문명의 역사는 그 다름과 차별을 극복하기 위해 각종 정책과 제도를 통해 형평성을 높이고자 노력해 왔다. 그중에서 가장 근본적이고 효율적인 방법으로 공감되어 추진되고 진화된 것이 교육이다. 출생의 한계를 뛰어넘어 개인의 타고난 능력을 최대한 계발할 수 있게 하고, 나아가 개인과 사회의 발전을 모두 도모하기 위해 도입된 것이 공교육이다.

대한민국이 위기라고 한다. 위기일 때는 가장 기본으로 돌아가야 한다. 기본적으로 부모가 그 아이들을 보살피는 것은 동물의 세계에서도 확인할 수 있는 자연스러운 현상이다. 우리는 그 이상의 '인간'이다. 민주주의와 공존과 번영을 위해 공교육이 등장한 것은 내 아이뿐만이 아니라 우리 아이들을 살피는 인류애적인 패러다임으로의 전환이기도 하다. 그 문명사적 전환을 다시금 시도하고 심화시킬 때다. 우리 아이들을 위한 공교육을 다시금 짜자. 대한민국 아이들은 민주시민인 우리 어른들에게는 모두 내 아이들이기 때문이다.

그렇다. 교육감이 불명예스러운 일로 감옥에 있었던 인천도 당시 위기였고 시민들은 연거푸 감옥 가는 교육감들의 인천교육청을 불신하고 무관심할 수밖에 없었다. 그게 인천교육의 슬픈 자화상이었다. 학생과 시민은 죄가 없었다. 교육감의 문제였고 교육청의 문제였다. 당시 인천교육을 급작스럽게 책임지게 된 사람으로서 모든 게 미안하고 죄스러웠다. 한 아이를 키우기 위해 제대로 된 가정에선 얼마나 많은 정성과 헌신을 하는가? 사회적 부모를 업으로 삼는 사람으로서 그런 가정에서의 부모 노릇을 해야 한다고 생각했다.

인천에서 부교육감을 하면서 교육감권한대행을 한다는 것은 많은 개인적인 희생이 따랐다. 필자가 떠날 것을 선택했다면 시기적으로 그리고 여건상으로도 인천에서 교육을 책임지는 일을 피할 수도 있었다. 그러나 그럴 수는 없었다. 인천교육이 가장 어려운 시기에 이를 외면해서는 안 된다고 믿었다. 인천교육에 애정이 있다고 2년 동안 이야기해 왔던 사람의 도리가 아니라고 여겼다. 또한, 평생을 교육에 몸담았던 자로서 위기의 시기에는 더더욱 교육을 지켜야 한다고 믿었다. 그래서 인천에 남아 흔들림 없이 인천교육에 매진했다. 맹자의 측은지심(惻隱之心)은 인(仁), 즉 교육이 가장 강조하는 덕목인 인성(人性)이다. 그것을 실천하지 않고 교육을 행한다 할 수 없다 생각했다. 부교육감으로서 2년을 넘게 일하고 다시 1년 넘게 교육감권한대행의 직을 수행했다. 2018년 신년사에도 그 연장선상의 이야기를 했다.[16]

현대의 공교육은 가정에서 나아가 사회가 모든 아이에게 부모 역할을 하는 것이다. 세금 내는 모든 시민도 그래서 사회적 부모다. 더욱이 필자를 비롯하여 교육에 직접 종사하는 사람들은 직업으로써 사회적 부모를 행하는 사람들이다. 그들의 자세와 역할이 가정의 그것들과 달라서는 안 된다. 부모들은 오랫동안 아이가 제대로 커 줄지 노심초사하며 아이들 교육에 정성을 다하고 투자를 하며 희생도 한다. 그렇게 정성과 실천을 다해도 그만한 성과를 얻기가 쉽지 않다. 그런데도 제대로 된 부모는 그들의 아이들에 정성을 다한다. 아이들이 엇나가도 제 탓을 하며 좌절하지 않고 평생을 그 자식들의 멋진 성장을 위해 정성을 다한다.

사회에서의 교육, 학교에서의 교육도 마찬가지다. 정성을 다해도 아이들이 잘될 확률은 반 정도이다. 하물며 정성도 기울이지 않고 월급 받으니까 마지못해 하는 식으로 일한다면 학교에서의 아이들 교육이 제대로 될 리가 만무하다. 아주 평범한 일상의 경험

---

16 http://news1.kr/articles/?3194313 2018. 8. 2. 인출

칙이다. 교육은 사람을 다루는 가장 중요하고 민감한 영역이고, 사람 중에서 특히나 미성숙의 아이들을 주로 대하는 영역이기에 그렇다. 무한한 가능성이 있지만, 우리가 교육한 대로, 원하는 대로, 아이들이 성장해 주는 것도 아니다. 그래서 정성과 실천이 필요하다. 진인사대천명(盡人事待天命)이 교육에서 너무나 절실히 필요한 이유다. 정성을 다해 최선의 교육을 하고 아이들의 훌륭한 성장을 기도하는 마음으로 인내를 갖고 지켜보며 기다리는 것이다.

지역에선 4년마다 한 번씩 시민들의 투표로 교육감이 선출된다. 지방교육자치라 하여 교육 영역에서는 유일한 선거다. 임명직도 아닌 선거직인 교육감은 민주주의 원리에 따라 해당 지역 주민들에 의해 아이들 교육을 위임받은 자들이다. 교육은 정성과 실천이라는 명제를 가장 고민해야 할 사람들이다. 결국, 그 솔선수범과 무실역행의 지도자가 시민이 선택한 해당 지역 교육감들이다. 교육감 선거 과정에서 후보자로서, 그리고 선거가 끝난 후 교육감으로서 모든 아이를 위한 교육을 위해 정성과 실천을 다하고 있는가? 시민들의 대답이 '아니다'라면, 그래서 이제 15년이 되는 교육감 선거는 더는 존재 의미가 없을 것이다.

교육과 민주주의에 아무 도움이 못 되는
교육감 선거, 이제는 폐지하자

1949년 교육법 제정 시부터 법령상으로는 교육감과 교육위원회가 있는 교육자치제가 시작은 된 형식을 취하긴 했으나 1991년까지는 그 시행이 유보되는 꽤 긴 기간의 과도기를 거쳤다. 그래서 교육감은 대통령에 의해 임명되어 지역의 교육을 책임지게끔 했다. 1991년 지방자치의 시작으로 지방교육자치도 명실상부하게 도입·시행되었다. 지방자치의 운영 형태와 유사하게 지방교육자치도 운영되었다.

정부 수립 후 1991년까지 지방 교육 체제는 집행기관으로 교육감이 있고 심의·의결기구로 교육위원회가 있는 형태였다. 시·도지사가 있고 의회가 있는 지방자치제와 병렬적 형식이었다. 교육감을 임명·제청하는 방식이나 교육위원회의 구성 방법 등은 시기에 따라 다양하게 변경되었으나, 특별·광역 지역에서 교육·학예를 대표하는 집행 기구는 한결같이 교육감이었다. 지방 사무를 일반 행정과 교육 행정으로 나누어 일반 행정의 집행 기구로 시장·도지사

267
공짜 없는 세상이 정의로운 사회다

를, 교육 행정의 집행 기구로 교육감을 두어 운영하는 방식이었다. 이는 해방 후 미 군정청 하에서부터 제도화된 것으로 미국의 독특하고도 자생적인 교육자치제도[17]의 영향을 직접적으로 받은 것으로 보인다. 이러한 구조는 교육의 자주성, 중립성, 전문성을 존중하려는 의도로, 일반 자치로부터 구분되고 정치적으로도 독립된 교육 집행기관으로 교육감을 둔 것이다. 일반 행정으로부터 독립된 교육 행정은 대한민국 정부 수립 때부터 현재까지 운영되고 있고, 이를 가능하게 하는 대표적 장치가 교육·학예를 대표하는 교육감이다.

그래서 우리의 지방교육자치 연혁은 교육감 선출 방법의 변천사라 하겠다. 지방자치제가 시작된 1991년 이전까지는 대통령이 교육감을 임명하였으나 1991년 이후에는 지방교육자치의 명목으로 다양한 주체가 교육감을 선출했다. 지방교육자치가 시작된 1991년부터 1997년까지는, 시·도의회와는 별개이지만, 특별 상임위원회 형식으로 구성된 주민 직선의 교육위원회가 교육감을 선출했다. 그러나 이 제도로는 학부모와 교육계 의견의 반영이 어렵다는 비판을 수용하여 1997년부터 2000년까지는 학부모로 구성된 학교운영

---

17 미국의 지방교육자치는 주 단위인 State와 학교구 단위인 Local School District 단위에서 이루어진다. 그러나 주 단위의 교육자치는 주에 따라 매우 다양하나, 학교구 단위의 교육자치는 미국 전역에서 통일성이 있다. 따라서 미국의 교육자치의 대명사 격은 Local School District 단위에서의 교육자치라고 보는 게 합리적일 것이고, 주민이 직선하는 교육위원들과 그들이 고용하여 교육 행정을 집행케 하는 교육감(장)의 형태다. 그러나 지금 우리의 교육자치는 미국의 그것과 매우 다르다. 우리는 교육감만을 주민이 선거를 통해서 뽑는다. 우리는 집행기관에, 미국은 심의·의결기관에 방점을 찍고 있는 게 확연히 다른 점이다. https://nces.ed.gov/programs/digest/d12/tables/dt12_098.asp 2018. 8. 10. 인출

교육감 선거 – 교육이 망가지는 이유

위원회와 교원단체 선거인단이 교육감을 선출하게 했다. 이 또한 이해관계자인 교사들이 교육감 선출에 직접적으로 관여하는 게 문제가 있다는 비판이 일자 2000년부터 2006년까지는 교원단체를 배제하고 오로지 학교운영위원회 위원들만이 선거인단이 되어 교육감을 선출하게 된다. 그러나 이 방법도 선거인단이 학부모로만 제한되고 그 학부모도 학교운영위원회 학부모로 다시 제한되어 자치제도의 대표성을 충분히 반영하지 못한다는 비판이 제기됐다. 결국, 지방자치제의 근본 취지를 복원하고 존중한다는 차원에서 교육감 직선제를 도입함과 동시에 시·도의회와의 이중 통제 및 중복의 이유로 별도의 교육위원회는 폐지하고 의회에 상임위원회인 교육위원회를 두는 방식으로 변경하여 지금까지 오고 있다. 즉, 광역자치단체의 경우 한 개의 시·도의회와 두 개의 독립적으로 구성되고 운영되는 집행기관인 교육감과 시장·도지사가 있다. 그리고 교육감을 포함하여 의원, 시장, 도지사 모두를 주민이 직접 선출한다.

[교육감 선출제도 연혁 요약]

대통령 임명 ('49 ~'91)	⇒	교육위원회에서 선출 ('91 ~'97)

- (군단위)독임제 집행기관('49 ~ '61)
- (특별시/시)교육위원회 사무장('49 ~ '61)
- 교육위원회 사무장('62 ~ '91)

- 독임제 집행기관(이후 계속)

⇒	선거인단에 의한 간선 ('97 ~'06)	⇒	주민 직선 ('07 ~ 현재)

- 학운위 및 교원단체 선거인단('97 ~ '00)
- 학교운영위원 전원('00 ~ '06)

2022년이면 주민 직선 교육감제가 도입된 지 15년이 된다. 국민에게 직접 어떤 교육감이 좋을지를 묻고자 주민 직선제를 채택하였지만, 국민은 원래 그것에 관심이 없었다. 국가적 선거는 모두 정당을 배경으로 한 정치 선거다. 그런데 2007년부터 불쑥 정당이 배제된 교육감 주민 직선제가 도입되었다. 이미 앞선 글에서 언급했듯이 교육감 선거가 2010년 전국동시지방선거에 얹혀 같이 시행되기 전까지 교육감 선거가 단독으로 치러질 때는 투표율이 낮게는 10%대였고, 대개가 20%대였다. 국민 대다수가 투표하지 않는 선거가 교육감 선거였다는 것이다. 2010년부터 지방선거와 함께 치르게 되니 투표율은 지방선거 투표율이 되니 낮은 투표율 문제는 더는 거론이 안 됐다. 필자가 보기엔 이게 오히려 독이 되었다. 국민은 항상 교육감 선거에 관심이 없었으나 묻어가는 선거가 된 이후로는 별문제가 없는 선거로 둔갑한 것이다. 그러나 실상은 지금도 아무도 관심이 없는 교육감 선거인 것이다.

교육감 직선제가 도입되고 나서 여러 심각한 문제가 드러났다. 그러나 다른 선거에 묻혀 문제점에 관해서도 관심이 없다. 결국, 교육감 선거에도, 그 선거 때문에 생긴 문제에도 모두 관심이 없다. 그래서 교육감 선거는 유령이 되었지만, 심각한 문제는 교육 현장에 계속 쌓이고 있다. 문제가 쌓여 가고 있는데 모른다는 게 더 큰 문제다.

먼저 교육 현장이 분열되고 찢겼다. 편 가르기와 반목만 쌓였다. 교육감 선거에는 정당이 없다. 그래서 후보자는 유권자에게 쉽게 다가갈 방법이 필요했다. 유권자도 같은 방법을 택했다. 선거에서 가장 쉽고 명확한 구분이 여당과 야당이라는 이분법적 구도이다. 이 이분법을 교육감 선거에도 같이 적용했다. 정당이 없으니 정당은 뒤에 숨고 보수와 진보라는 진영의 구분이 여당과 야당이라는 간판을 대신했다. 유권자도 이에 부응했다. 교육감 선거가 정당이 없는 선거라는 것을 필자가 길에서 만난 많은 유권자 대부분은 몰랐다. 길거리에서 명함을 나눠주며 박용수를 외치는 필자에게 그래도 관심 있는 시민이 이렇게 묻는다. "그래서 여당이에요? 야당이에요? 아님, 민주당이에요? 한국당이에요?"라고. 묻는 시민에게 조심스럽게 교육감 선거는 정당이 없다고 답하면, 다시 묻는다. "그럼, 진보예요? 보수예요?" 예를 들어 10명의 시민 중 9명이 그렇게 물었다. 이게 교육감 선거의 실상이다. 그래서 교육감 선거에는 진보와 보수의 대결밖에 없고 승리자와 패배자만 있을 뿐이다. 그래서 후보와 그 진영은 상대방을 공격하고 내 편과 네 편을 가르며 선거에서 이길 생각만 한다. 그래서 교육이 선거의 이슈가 되지 못하고 편 가르기만 남는다.

교육감 선거에 관심이 없는 것을 인지하지 못하고 계속 반복하는 게 또 다른 문제다. 교육감 선거를 하는데 다른 지방선거에 얹혀야 하다 보니 시민들은 교육감 선거에 관심이 없는 것을 모르고 지나간다. 선거기간 내내 교육감 선거는 깜깜이 선거라서 문제라는 기사가 매일 쏟아지지만 정작 투표일에는 똑같은 투표율로 기록되니 무관심이 드러나지 않는다. 교육감 선거에 관심이 없는 것을 뻔히 알지만, 숫자로 확인되는 투표율 덕분에 유권자 모두가 스스로 관심이 없는 것을 자각하지 못한다. 그래서 당연히 선거가 끝난 후 지방 교육은 그저 교육감이 알아서 해 버리는 무관심한 대상으로 다시 잊힌다. 교육이 중요하다 하면서도 정작 민주주의 시민은 교육감 선거 때문에 무관심한 사실을 잊는 악순환이 계속된다. 요약하면 이런 과정이다.

교육감 선거 시작 → 진보 보수 중 하나 잣대로 후보자 판단 → 선거운동 기간 내내 관심 없다가 다른 투표용지와 함께 기표 → 지방선거 투표율을 보고 교육감 선거도 관심이 있었던 것으로 착각 → 4년 내내 교육감에 대해서는 관심 없음 → 다시 반복하는 교육감 선거.

셋째, 투입 대비 효과가 없다. 아이들에게 들어갈 교육 예산 2,000억 원을 빼내 교육감 선거를 하는데, 그렇게 뽑힌 교육감들이 2,000억 원 값어치를 하는지 의문이다. 시민들의 시간과 다른 기회비용까지 고려하면 당장이라도 그만둬야 할 교육감 선거다. 개인 자격으로 교육감 선거에 나가는 후보자들의 면면을 현재의 선거 제도하에서 유권자들은 알 길이 없고 후보자들도 딱히 알릴 방법이 없다. 그래서 정치 선거와 똑같은 형식으로 교육감 선거에서 쓰이는 2,000억 원은 하수구에 아깝게 버리는 생수와 같다. 그러다 보니 선거의 결과물이란 것의 경제적 가치를 따지는 게 의미 없다. 전체적으로 교육감 선거를 왜 하는지, 누굴 뽑아야 하는지 관심이 없고 알지도 못한다. 그런데도 내년에 선거는 예정대로 시행될 거다. 묻지도 따지지도 않는 교육감 선거다.

넷째, 교육감 선거는 교육적이지 않다. 선거의 과정을 보면 제대로 된 토론회도 없고 정치 선거보다 훨씬 못한 비교육적 선거다. 일단 공식적이지도 않은 진영 대결로 싸움만 하고 네거티브로 시종일관하며 그런 이전투구가 그대로 아이들에게도 비친다. 배울 게 있는 교육감 선거가 아니라 보거나 듣지 않았으면 하는 선거다. 매번 교육감 선거 후 교육감이 불미스러운 일로 유죄판결을 받거나 감옥에 간다. 이번에도 예외가 아닐 것 같다. 돈 들이고 시간 쏟으며 왜 이래야 하나?

마지막으로 누굴 위한 교육감 선거인지 모르겠다. 직선제를 도입한 이유는 주민의 의사를 직접적으로 묻고자 하는 의도였다. 그러나 유권자는 교육감 선거에 관심이 없다. 그저 지방선거 투표용지에 교육감 투표용지가 하나 있으니 거기에 도장을 하나 더 찍는 정도이다. 선거가 끝난 후 1년만 지나도 누굴 찍었냐고 물으면 그걸 기억하는 사람이 거의 없다. 투표할 때도 누군지도 모르고 찍고, 선거가 끝나고 나면 누굴 찍었는지는 더욱 기억하지 못한다. 하물며 이름 석 자도 기억하지 못하는데 교육 공약을 기억할 것을 기대한다는 것 자체가 어불성설이다. 아무것도 모르고 얻는 것도 없는데 우리는 우매한 반복을 계속하고 있다. 이거야말로 교육의 장에서 가장 비교육적이고 배움이 없는 나쁜 사례이다.

이 모든 것을 종합하면, 이제 교육자치제를 폐지하는 게 맞다. 교육자치제나 교육감 직선제 자체가 목적이 되어서는 안 된다. 유권자, 학부모, 아이들이 필요로 하는 교육감을 투표하는 방법으로 찾는 것은 효과적이거나 현실적이지 않다는 것이 이제 수많은 시행착오로 확인했다. 교육의 전문성과 독립성 그리고 정치 중립성을 확보하기 위해 정부 수립 이후 계속해 왔던 것처럼 교육·학예 집행기관으로 교육감을 두는 것은 나름 현실적인 제도라 볼 수 있다.

그런 상황이라면 1991년까지 시행한 교육감에 대한 대통령 임명제가 그나마 현실적이고 합리적으로 보인다. 대통령은 국민이 선출하고 선거 중에서도 가장 투표율이 높으니 국민의 참여나 관심 정도가 가장 높다. 실질적으로 주민 자치가 안 되는 교육자치제를 고집할 이유가 없다. 대통령도 과거와 같은 군사 독재 정부의 수반도 아니고 국민이 선택한 대통령이니 대통령이 임명하는 교육감이 민주적이지 못할 이유도 없다. 아이들 돈도 빼앗지 않고, 국민을 피곤하게 하지 않아도 되고, 경력과 역량을 고려하여 유능한 교육전문가를 찾아서 임명하는 게 깜깜이 교육감 선거를 통해서 선출하는 것보다 훨씬 쉽고 합리적이며 교육적일 수 있다. 우리 같은 작은 나라에서 17개 교육감이 제각각인 것도 문제다. 대통령이 임명하는 교육부장관과 대통령이 임명하는 교육감이 한 팀이 되어 일하는 것이 중앙과 지방의 교육 협업을 위해서도 바람직할 수 있다. 이제 더는 바랄 게 없다고 검증이 끝난 교육감 선거를 폐기하자. 제발 교육감 선거 바보 놀음을 멈추자. 우리는 바보가 아님을 이제 교육감 선거제를 폐지함으로써 보여주자.

에
필
로
그

　2018년 6월 13일 교육감 선거에서 중도 하차하고 한동안 묵언의 시간을 보냈다. 과거 수년간 밀렸던 집안일과 가족들 식사와 편안함을 제공하는 일을 주로 했다. 외부에 나가지 않고 나의 삶을 되돌아보며 혼자만의 시간을 가졌다. 좌절과 울분의 적막한 시간이기도 했으나 모든 것은 나의 불가피한 선택이고 내 삶의 소중한 부분이라 여기며 평상심을 회복하는 노력을 하였다.

　그런 나와 가족들의 시간을 두어 달 보낸 후 선거에 나가 직접 모든 것을 체험하고 학습한 것을 그대로 버려서는 안 된다는 생각이 문득 들었다. 그래서 수개월 동안 매일 조금씩 글쓰기를 했다. 하루에 쓸 수 있는 분량은 그리 많지 않았다. 끄집어내는 기억과 경험의 실타래가 유리실이었던지 손에 피가 나는 듯했고 가슴엔 울혈이 찼다. 교육감 선거에 출마하면서 계획했지만 완성하지 못했던 것을 글로써라도 보충해야 한다는 절박한 심정으로 과거의 기억과 생각을 엮어 내며 혼자만의 싸움을 했던 것 같다. 글 쓰는 내내 아프고 화가 나기도 했다. 그렇게 하루하루를 선거판의 길거리가 아닌 집의 낡은 책상 — 이것은 선거사무실에도 가져가서 쓰다가 다시 집에 가져왔다 — 에서 자판을 두드렸다.

어느 정도 마무리되었을 때 전체를 읽어 보니 지극히 나의 일기였다. 남에게 읽히기가 쉽지 않았다. 그래서 모든 것을 덮었다. 그리고 한동안 잊고 지냈다. 2021년 4월 7일에는 지방선거 재보궐선거가 있었다. 지방선거였기에 3년 전의 선명한 기억이 다시금 떠올랐고 내년에 다시 전국동시지방선거가 있다는 사실을 어쩔 수 없이 상기해야만 했다. 내년에 교육감 선거가 있다는 사실에 내가 마지막 해야 할 일이 있다는 의무감이 다시금 생겼다. 깜깜이 교육감 선거이므로 선거를 앞두고라도 유권자와 시민에게 선거의 부조리와 부정의를 알려야 한다는 의무감 말이다. 그래서 3년 전 글을 전면적으로 다시 쓰고 새로운 사항을 추가하는 몇 달의 작업을 했다.

선거에 나가 교육감 선거제도의 관행과 규칙을 바꾸는 것이 불가능함을 2018년에 확인했다. 이제는 이 제도를 폐기할 것을 선언한다. 아무도 관심이 없는 선거이기에 뭐가 잘못인지 왜 문제인지조차 묻질 않는다. 이제 정치도 변화하고 있다. 대통령 탄핵으로 풍비박산하여 끝없는 추락을 하던 보수 정당이 개과천선하여 역사상 최초로 30대 당수를 선출했다. 반면, 대통령 탄핵으로 어부지리로 집권까지 하고 진보와 개혁의 본산이라 주장하던 정당은 그 구호와 겉치레가 부끄럽게 낡고 음습한 기득권 그룹이 되어 꼰대 정당으로 전락했다. 정당도 그 대응과 개혁 여부에 따라 부침이 심하여 살아 있는 듯하나, 교육감 선거 영역만 죽은 듯 요지부동이다.

　교육감 선거는 이미 사망했다. 죽어서 변화와 개혁이 없는 것이다. 그 이유는 아무도 관심이 없어 몰라서 그렇다고 나는 생각한다. 국민이 알고 분노했다면 판이 뒤집혔을 것이다. 그러나 교육감 선거는 알 길이 없다. 원래부터 통로가 없는 막다른 길이었던 셈이다. 교육은 아이들의 미래를 여는 과정이다. 이 가슴 설레고 위대한 장정에 국민의 무관심을 배경으로 교육과 미래에 역행하고 부조리하며 부정의한 교육감 선거제도가 아직도 유지되고 있다. 교육감 선거제도는 명백히 해악이고 교육을 저해한다. 그냥 놔둬서는 안 된다. 역사와 아이들에게 죄를 짓는 것이다. 독자들께서 이 책을 읽고 동감과 함께 교육감 선거를 없애 주시길 바란다. 교육감 선거는 이제 분명히 기득권을 옹호하는 제도로 전락하였고, 우리 아이들의 앞길을 막는 가장 비교육적이며 교육 예산 낭비하고 사람들을 편 갈라서 서로 싸우게 하는 몹시 나쁜 선거로 판명되었다. 하루라도 빨리 폐지해야 한다. 그래야 교육에 숨통이 튼다.

2021년 봄부터 가을까지 다시 씀
무릉 **박융수**

지방교육청 재정운용 실태(2)

(인천·충남교육청)

2015. 10.

감 사 원

목 차

감 사 원

제 목 법정전출금 사용 부적정

소 관 청 인천광역시

관계기관 인천광역시 본청

내 용

  인천광역시에서 공립학교의 설치·운영 및 교육환경개선을 위하여 「지방교육재정교부금법」 제11조 등에 따라 지방교육세 등 법정전출금(2014년 예산: 4,814억 원)을 일반회계에 편성한 후 인천광역시교육청(이하 "교육청"이라 한다) 소관 교육비특별회계에 법정전출금으로 전출하고 있다.

  「지방교육재정교부금법」 제11조 제2항에 따르면 위 관서는 매년 지방세 수입 중 지방교육세 100%, 담배소비세의 45%, 시세의 5%를 매 회계연도 일반회계에 법정전출금으로 편성한 후 교육청으로 전출하도록 규정되어 있고 교육청은 이를 전입받아 교육비특별회계 법정이전수입으로 처리하고 있다.

  그리고 위 관서는 2014. 1. 1.부터 교육재정의 안정적 재원 운영을 위하여 「인천광역시 교육재정부담금의 전출에 관한 조례」를 제정하여 위 관서 일반회계에서 교육청 교육비특별회계로 전출하는 법정전출금의 경우 반기별로 징수된 세액대비 전출대상 전액을 정산하도록 하고 있다.

한편 위 관서 교육담당부서(교육지원담당관)는 예산에 편성된 법정전출금을 교육청으로 전출할 경우에는 예산액과 배정액을 교육청(복지재정과)과 위 관서 자금담당부서(세정담당관)에 문서로 통보하고, 자금담당부서가 자금을 교육청에 전출하고 있다.

따라서 위 관서 자금담당부서에서 2014. 12. 24. 교육담당부서로부터 2014회계연도 법정전출금 4,814억 원 중 미전출액 1,528억 원을 전액 전출하도록 통보받았으므로 미전출액을 위 조례에 따라 2014년 12월까지 교육청에 전출하여야 했다.

그런데도 위 관서 자금담당부서에서는 2014. 12. 24. 교육담당부서로부터 통보받은 2014회계연도 법정전출금 1,528억 원 중 660억 원만 전출하고 868억 원은 전출하지 않다가 2015. 2. 27. 위 관서 일반회계 수입 중 임시적 세외수입(토지매각) 등에서 세수결손이 발생하는 등 예산현액대비 2,649억 원의 미수납이 발생하자 교육청 법정전출금 868억 원을 위 관서 자체사업비 등에 사용하였다.

더욱이 위 관서에서는 이를 교육청에 통보하지 않아 교육청에서는 2015회계연도 법정전출금으로 받은 2,004억 원 중 868억 원을 2014회계연도 법정전출금으로 잘못 수납처리하게 되어 2014회계연도 결산서상 순세계잉여금은 실제 674억 원의 결손이 발생하였으나 195억 원의 잉여금이 발생한 것으로 결산보고서가 잘못 작성되게 하였다.

조치할 사항　　　인천광역시장은

[**통보**] 인천광역시교육청에 지급하지 않은 2014년도 법정전출금 868억 원을 조속히 지급하는 방안을 마련하도록 하고

[**주의**]

① 앞으로 교육비특별회계 법정전출금을 인천광역시교육청에 지급하지 않고 인천광역시의 자체사업비 등에 사용하는 일이 없도록 법정전출금 지급 업무를 철저히 하며

② 관련자에게는 주의를 촉구하시기 바랍니다.

　　[관련자]

　　재정기획관실 세정담당관실 지방행정사무관　　○○○

　　　　〃　　　　　　　　〃　　　　담당관 지방서기관 ○○○

인천광역시 중·고등학교 무상급식 실시 내역

〈2-1〉 2017년 중학교 무상급식 전면 실시

(결산기준, 단위: 명, 일, 억원)

구분	학생 수	지원단가 (단위:원)	지 원 액			1인당 부담경감비 (단위:원)
			총 계	교육청	지자체	
초	156,142	2,770	806	406	400	515,870
분담율			100%	50%	50%	
중	77,320	3,900	550	325	225	711,330
분담율			100%	59%	41%	
계	233,462		1,356	731	625	
분담율			100%	54%	46%	

※ 중학교 무상급식에 따른 학부모부담 경감비 - 711,330원

〈2-2〉 2018년 고등학교 무상급식 전면 실시

(2018년 1차 추경 예산 기준, 단위: 명, 일, 억 원)

구분	학생 수	지원단가 (단위:원)	지 원 액			1인당 부담경감비 (단위:원)
			총 계	교육청	지자체	
초	163,450	2,880	1,071	618	453	655,240
분담율			100%	58%	42%	
중	77,920	3,620	638	389	249	818,780
분담율			100%	61%	39%	
고	94,346	3,620	781	353	428	827,800
분담율			100%	45%	55%	
계	335,716		2,490	1,360	1,130	
분담율			100%	55%	45%	

※ 고등학교 무상급식에 따른 학부모부담 경감비 - 827,800원

교육감 선거 - 교육이 망가지는 이유

2018. 6. 13(수) 실시 제7회 전국동시지방선거 주요사무일정

시행일정	요일	실 시 사 항	기 준 일	관계법조
2. 13부터	화	예비후보자등록 신청 [시·도지사 및 교육감 선거]	선거일 전 120일부터	법§ 60의2①
3. 2부터	금	예비후보자등록 신청 [시·도의원, 구·시의원 및 장의 선거]	선거기간개시일 전 90일부터	법§ 60의2①
3. 15까지	목	각급선관위 위원, 예비군 중대장이상의 간부, 주민자치위원, 통·리·반의 장이 선거사무관계자 등이 되고자 하는 때 그 직의 사직	선거일전 90일까지	법§ 60②
		입후보제한을 받는 자의 사직	선거일전 90일까지[비례대표지방의원선거에 입후보하는 경우 선거일전 30일 : 5.14(월)]	법§ 53①②
3. 15부터 6. 13까지	목 수	의정활동 보고 금지	선거일전 90일부터 선거일까지	법§ 111
4. 1부터	일	예비후보자등록 신청 [군의원 및 장의 선거]	선거기간개시일 전 60여 일부터	법§ 60의2①
4. 14부터 6. 13까지	토 수	지방자치단체장의 선거에 영향을 미치는 행위 금지	선거일전 60여 일부터 선거일까지	법§ 86②
5. 14에	월	국회의원 재·보궐선거 확정(지방선거와 동시 실시) ※ 사유확정일: '17. 4. 10. ~ '18. 5. 14.	선거일 전 30일까지 실시사유가 확정된 선거	법§ 35② 법§ 203③
5. 22부터 5. 26까지	화 토	선거인명부 작성		법§ 37, 규§ 10
		거소투표자신고 및 거소투표자신고인명부 작성	선거일전 22일부터 5일이내	법§ 38, 규§ 11
		군인 등 선거공보 발송신청		법§ 65⑤
5. 24부터 5. 25까지	목 금	후보자등록 신청 (매일 오전9시 ~ 오후6시)	선거일전 20일부터 2일간	법§ 49 규§ 20
5. 30까지	수	선거벽보 제출	후보자등록마감일 후 5일까지	법§ 64② 규§ 29④
5. 31	목	선거기간개시일	후보자등록마감일 후 6일	법§ 33③

시행일정	요일	실 시 사 항	기 준 일	관계법조
5. 31부터 6. 12까지	목 화	선거방송토론위원회 주관 대담 · 토론회 개최	선거운동기간중	법§ 82조의2
6. 1까지	금	선거공보 제출	후보자등록마감일 후 7일까지	법§ 65⑥ 규§ 30⑤
		선거벽보 첩부	제출마감일 후 2일까지	법§ 64② 규칙§ 29②⑤
6. 1에	금	선거인명부 확정	선거일전 12일에	법§ 44①
6. 3까지	일	투표소의 명칭과 소재지 공고	선거일전 10일까지	법§ 147⑧
		거소투표용지 발송 (선거공보, 안내문 동봉)	선거일전 10일까지	법§ 65⑥, 154①⑤, 규§ 77
		투표안내문(선거공보 동봉) 발송	선거인명부확정일 후 2일까지	법§ 65⑥, 153①, 규§ 76
6. 7.부터 6. 13. 18시까지	목 수	선거여론조사결과 공표 금지	선거일 전 6일부터 선거일의 투 표마감시각까지	법§ 108①
6. 8부터 6. 9까지	금 토	사전투표소 투표 (매일 오전 6시 ~ 오후 6시)	선거일전 5일부터 2일간	법§ 155②, § 158
6. 13	수	투 표 (오전 6시 ~ 오후 6시)	선 거 일	법 제10장
		개 표 (투표종료후 즉시)		법 제11장
6. 25까지	월	선거비용 보전청구	선거일후 10일까지(기간의 말일 이 토요일 또는 공휴일인 때에는 그 익일)	법§ 122의2①, 민법§ 161 규§ 51의3①
8. 12이내	일	선거비용 보전	선거일후 60여 일이내	법§ 122의2① 규§ 51의3②

교육감 선거 – 교육이 망가지는 이유

| 부록 4 | 6·13 제7회 전국동시지방선거 선거 결과 |

광역자치단체 (시·도지사/총 17곳)	• 더불어민주당 : 14곳 • 자유한국당 : 2곳 • 무소속 : 1곳	
기초자치단체 (구·시·군의장/ 총 226곳)	• 더불어민주당 : 151곳 • 자유한국당 : 53곳 • 민주평화당 : 5곳 • 무소속 : 17곳	
광역의원 (총 824명, 비례대표 포함)	• 더불어민주당 : 647명 • 자유한국당 : 116명 • 바른미래당 : 5명 • 민주평화당 : 3명 • 정의당 : 11명 • 무소속 : 16명	
기초의원 (총 2927명)	지역구 기초의원 (총 2541명)	• 더불어민주당 : 1386명 • 자유한국당 : 862명 • 바른미래당 : 17명 • 민주평화당 : 45명 • 정의당 : 17명 • 무소속 : 172명
	비례대표 기초의원 (총 386명)	• 더불어민주당 : 239명 • 자유한국당 : 133명 • 바른미래당 : 2명 • 민주평화당 : 3명 • 정의당 : 9명
국회의원 재보궐 (총 12곳)	• 더불어민주당 : 11곳 • 자유한국당 : 1곳	
교육감 (총 17개 시도)	• 진보 성향 : 14곳 • 중도 성향 : 1곳 • 보수 성향 : 2곳	

※ 출처: [네이버 지식백과] 제7회 전국동시지방선거 (시사상식사전, 박문각)

선거인명부 확정 상황

(단위: 명)

시도명	읍면동수	투표구수	인구수 (선거인명부작성 기준일 현재)	확정된 선거인수			인구대비 선거인 비율(%)	세대수
				계	남	여		
합계	3,496	14,134	51,900,975 (62,247/106,068)	42,907,715 (58,124/106,205)	21,250,463 (23,554/47,752)	21,657,252 (34,570/58,453)	82.7	21,891,521 (58,124/106,205)
서울	423	2,245	9,862,251 (25,068/37,923)	8,380,947 (23,567/37,923)	4,062,902 (9,780/17,931)	4,318,045 (13,787/19,992)	85.0	4,282,568 (23,567/37,923)
부산	206	907	3,461,884 (3,494/2,586)	2,939,046 (3,299/2,586)	1,432,767 (1,188/1,059)	1,506,279 (2,111/1,527)	84.9	1,475,233 (3,299/2,586)
대구	139	627	2,471,533 (1,547/1,385)	2,047,286 (1,436/1,385)	1,004,063 (571/544)	1,043,223 (865/841)	82.8	1,013,273 (1,436/1,385)
인천	151	709	2,960,626 (3,108/7,715)	2,440,779 (2,895/7,716)	1,216,785 (1,150/3,610)	1,223,994 (1,745/4,106)	82.4	1,206,163 (2,895/7,716)
광주	95	364	1,461,346 (604/816)	1,172,429 (558/816)	573,756 (222/238)	598,673 (336/578)	80.2	595,468 (558/816)
대전	79	360	1,496,480 (978/991)	1,219,513 (905/990)	603,912 (388/337)	615,601 (517/653)	81.5	618,379 (905/990)
울산	56	279	1,162,523 (425/1,594)	942,550 (393/1,594)	482,923 (165/734)	459,627 (228/860)	81.1	461,245 (393/1,594)
세종	17	76	296,974 (217/246)	222,852 (205/246)	110,476 (82/85)	112,376 (123/161)	75.0	116,532 (205/246)
경기	561	3,079	12,991,093 (18,031/38,542)	10,533,027 (16,700/38,541)	5,266,168 (6,682/18,257)	5,266,859 (10,018/20,284)	81.1	5,237,058 (16,700/38,541)
강원	188	660	1,546,624 (1,153/1,201)	1,296,196 (1,058/1,200)	648,216 (439/335)	647,980 (619/865)	83.8	701,869 (1,058/1,200)

교육감 선거 – 교육이 망가지는 이유

시도명	읍면동수	투표구수	인구수 (선거인명부작성 기준일 현재)	확정된 선거인수			인구대비 선거인 비율(%)	세대수
				계	남	여		
충북	153	489	1,597,152 (842/1,609)	1,318,186 (793/1,758)	662,494 (326/654)	655,692 (467/1,104)	82.5	698,667 (793/1,758)
충남	207	740	2,124,838 (1,190/3,383)	1,740,413 (1,098/3,383)	881,437 (455/1,363)	858,976 (643/2,020)	81.9	933,826 (1,098/3,383)
전북	241	614	1,848,198 (887/1,547)	1,527,729 (810/1,547)	752,828 (344/393)	774,901 (466/1,154)	82.7	801,640 (810/1,547)
전남	297	863	1,891,574 (769/1,335)	1,577,224 (710/1,335)	783,160 (304/291)	794,064 (406/1,044)	83.4	853,679 (710/1,335)
경북	332	967	2,684,397 (1,163/1,722)	2,251,538 (1,102/1,713)	1,122,676 (456/603)	1,128,862 (646/1,110)	83.9	1,197,575 (1,102/1,713)
경남	308	925	3,380,233 (1,459/2,593)	2,765,485 (1,350/2,593)	1,380,138 (541/924)	1,385,347 (809/1,669)	81.8	1,414,430 (1,350/2,593)
제주	43	230	663,249 (1,312/880)	532,515 (1,245/879)	265,762 (461/394)	266,753 (784/485)	80.3	283,220 (1,245/879)

☞ ( )안은 (주민등록 재외국민수 / 선거권 있는 외국인수), 본수에 포함됨.

인천시의회, 인천시교육청 부교육감 등 부적절한 발언 등에 대한 조치 요구, 보도자료 전문

報 道 資 料	제공일자	2015.11.26
인천광역시의회 2015.11.26.(목)부터 보도하여 주시기 바랍니다.	소관부서	총무담당관실
	담 당	김 진 달
	연 락 처	440 - 6112

시의회, 교육청 간부들의 부적절한 발언 등에 대한 조치 요구

○ 인천광역시의회(의장 노경수)는 지난 11월 25일 제228회 제2차 정례회에서 교육청 2015년 제2회 추경예산안 제안설명과정에서 추경예산안 설명과 무관한 개인적 주관이 내포된 돌출발언을 한 부교육감을 비롯하여,

○ 최근 역사교과서 국정화 반대 기자회견에 참여한 교육청 간부공무원들을 부적절한 행동에 대하여 집행부에 대한 감시기능을 가진 시의회 차원에서 그대로 묵과할 수 없기에 이에 대한 적절한 해명 및 강력한 조치를 강구하여 그 결과를 의회에 보고할 것을 엄중히 요구하였음

별첨 : 조치 요구사항 1부.

교육청 간부들의
부적절한 발언과 처신 등에 대한 조치 요구

1. 본회의에서의 부교육감의 부적절한 발언

○ 2015.11.25. 제2차 본회의에서 2015년도 인천광역시교육비특별회계 세입·세출 제2회 추가경정예산안 제안 설명 과정에서 교육청 필자 부교육감은 인천시 법정전입금에 대해 추가설명이 필요할 것 같다 면서 추경예산안 설명과 벗어난 불필요한 내용과 함께 개인의 주관적인 발언을 서슴지 않았음.

> **[부적절한 발언내용]**
>
> - 지방세 징수는 시청의 업무로 지방교육을 위한 재원의 징수도 법에 따라 시청이 대행해 주는 것일 뿐입니다. 따라서 교육청에 전출해야할 돈은 시청의 것을 주는 것이 아니라 그 주인에게 주는 것뿐입니다.
> - 올해 시청은 본예산에서 교육청에 줘야할 돈을 법정금액보다 적게 편성했었습니다. 본예산에 451억 원을 편성하지 않더니 이번 정리추경에서는 185억 원을 편성하지 않았습니다. 매우 안타까운 일입니다.
> - 이는 법정시한을 공식적으로 어겨가며 올해 교육청 돈

185억 원을 주지 않겠다는 공공연한 의사표시입니다. 부교육감으로서는 먹먹한 심정입니다.

- 대한민국은 민주주의라는 정치체제와 자본주의 경제체제를 표방하고 있는 국가입니다. 사람이 주인이 되어 각 인이 존중되어 서로 인격적으로 인정하는 것, 내가 소중하듯 남도 소중하다. 나를 다루듯이 남도 그렇게 다루라, 그래서 모두가 법 앞에 평등하고 각인이 1표를 행사합니다. 저는 이렇게 민주주의를 소박하게 이해하고 있습니다.

○ 2015년도 추경예산안 제안 설명은 지방자치법 제71조 및 인천광역시 회의규칙 제68조에 의거하여 시장·교육감으로부터 예산안 제안 설명을 들은 후 이를 소관 상임위원회에 회부하여 법령에서 정한 사안만을 설명하여야 하는 매우 엄중한 자리임에도 300만 인천시민의 민의의 전당인 본회의장에서 교육청 부교육감은 예산안 제안 설명과 전혀 무관한 개인적 주관이 내포된 돌출발언을 함으로써 인천시의회와 인천시의원 35명 전체를 기만하고 우롱한 행위로 매우 심히 유감스럽고 안타까운 일이 아니라고 할 수 없음.

○ 이에 대하여 교육감은 사태의 심각성을 깨닫고 다시는 시민의 대표 기관인 민의의 전당 의회에서 불미스런 일이 발생되지 않도록 부교육감에 대한 강력한 조치를 강구하여 그 결과를 의회에 보고할 것을 엄중히 요구함.

2. 역사교과서 국정화 반대에 대한 교육청 간부들의 처신

○ 지난 11월 3일 교육부에서 중·고등학교 역사교과서 국정화 확정고시를 발표하자 교육청 브리핑룸에서 이청연 교육감을 포함한 교육국장, 5개 지역(남부, 북부, 동부, 서부, 강화) 교육장들이 교과서 국정화 철회 요구 기자회견을 실시한 바 있음. 이는

  - 단체 기자회견에 참여한 교육장들은 교육청 간부 공무원으로 근무지(학교 등)를 벗어났을 경우 그와 관련된 일련의 행정행위(출장, 연가 등 결재)가 이루어졌는지 여부

  - 공무원으로서 국가교육정책이 발표·고시되는 시점을 기화로 이에 반하는 단체 기자회견 참여는 국가공무원법 제66조(집단행위의 금지)를 위반한 소지가 충분하다고 판단됨.

○ 그리고, 지난 11일 역사교과서 국정화 반대 시국선언에 참여한 인천지역 교사 901명에 대한 징계에 대하여는

  - 교육부에서 이들 행동이 정치적 집단행위로 국가공무원법을 위반했기 때문에 징계처분을 내리도록 하였음에도 불구하고

  - 인천시 교육청에서는 어떠한 이유에서 아직까지 징계를 하지 않은 사유에 대하여 교육감이 직접 시민들에게 분명히 밝혀야 하며, 그 결과를 의회에 보고할 것을 엄중히 요구함

교육감 선거 교육이 망가지는 이유

글 박용수 | **발행인** 김윤태 | **발행처** 도서출판 선 | **교정** 김창현 | **본문디자인** 고연 | **표지디자인** 디자인이즈
등록번호 제15-201 | **등록일자** 1995년 3월 27일 | **초판 1쇄 발행** 2021년 12월 15일
주소 서울시 종로구 삼일대로 30길 23 비즈웰 427호 | **전화** 02-762-3335 | **전송** 02-762-3371

값 20,000원
ISBN 978-89-6312-609-8 03370